RAINER GROSS
GEZEITENWECHSEL

AF290021

Der Traum von der großen weiten Welt – deshalb ist er nach Hamburg gekommen. Er träumt ihn immer noch, seit seiner Kindheit. Er will in der Millionenstadt als Schriftsteller leben, sich eine literarische Existenz aufbauen, sich inspirieren lassen von der Hansemetropole und ihrem urbanen Leben. Doch die Fremde nimmt ihn nicht auf, die Erfüllung bleibt aus, und als er in eine Krise gerät, offenbart sich ihm die ganze Zwiespältigkeit seiner Existenz.

Der zweite Band des Schriftsteller-Zyklus von Rainer Gross.

Rainer Gross, Jahrgang 1962, geboren in Reutlingen, studierte Philosophie, Literaturwissenschaft und Theologie. Heute lebt er mit seiner Frau als freier Schriftsteller wieder in seiner Heimatstadt. Er wurde 2008 mit dem Friedrich-Glauser-Debütpreis ausgezeichnet.

Bisher sind rund siebzig Titel von Rainer Gross erschienen. Zuletzt veröffentlicht: Novemberland (2023); Schafsgezwitscher (2023); Das heiratende Mädchen (2023); Jesus trinkt den Kaffee schwarz (2024); Café im Hof (2024); Abschied in Cork (2024); Seminaristenblues (2025); Jahrtausendwende (2025).

Rainer Gross

Gezeitenwechsel

Roman

2025

Bibliographische Information der Deutschen Nationalbibliothek:
Die Deutsche Nationalbibliothek verzeichnet diese Publikation in der Deutschen
Nationalbibliographie; detaillierte bibliographische Daten sind im Internet über
http://dnb.d-nb.de abrufbar.

Verlag: BoD · Books on Demand GmbH, Überseering 33, 22297 Hamburg,
bod@bod.de
Druck: Libri Plureos GmbH, Friedensallee 273, 22763 Hamburg
Umschlagfoto: Containerschiff auf der Elbe © Rainer Gross
Alle Rechte vorbehalten
ISBN: 978-3-7693-0392-6

Denen, die's angeht.

Nebelstille. Mild und feucht wie ein Morgen am Strand. Plattenwege zwischen kahlem Gebüsch, Amseln hecken darin. Ab und an blühende Forsythien. Wege zwischen geklinkerten Wohnblöcken, dann schmale Straßen, dann Familienhäuschen mit Giebeldach. In den Gärten stehen uralte Bäume. Der Sand einer Pferderennbahn. Der Bahnhof. Am Zug die erste Alltagshandlung. Lange steht seine Frau noch in der offenen Tür, sie lesen einander von den Lippen. Sie fährt nach Hamburg hinein, zur Arbeit. Den Rückweg geht er allein. Der Nebel macht die Welt sanft und freundlich. Die Zimmer zuhause sind kahl und kalt. Jetzt bin ich hier, denkt er. Ich habe es geschafft. Hier kriegt mich niemand mehr weg.

Tief einatmen am Hauptbahnhof. Aufschauen wie aus einem Traum. Wehende Fahnen, eilende Menschen, Lautsprecher, einfahrende Züge. Er steigt in die U3 und fährt wie auf Achterbahn zwischen den mächtigen Bauten der Hansestadt hindurch, hoch über den Straßen, unter dem hohen blauen Himmel. *Baumwall, Landungsbrücken,* er tritt hinaus in den Hafenwind und die Schiffe und den Strom wie in immerwährende Ferien. Er kann es nicht fassen. Fischbrötchen an den Kajen, eine Flasche Wasser im Gepäck. Vor drei Wochen waren sie hier noch verzweifelt und spätabends auf Wohnungssuche.

Die Sonne glüht hinter den geschlossenen Lidern. Eine Zigarre aus dem Etui, dünn, fein. Frauen gehen wie festliche Flaggen im Fluss des Lebens. Ein Japaner isst einen Hotdog und schaut den Möwen zu. *Sightseeing.*, aber nicht mehr für ihn. Er fährt eine halbe Stunde nach Hause und kann morgen wiederkommen, oder übermorgen, oder in einer Woche. Kein Abschied wie früher. Keine Praktikumswochen, die zu Ende gehen. Zehn Jahre haben sie sich vorgenommen. Zehn Jahre, dann wollen sie weitersehen.

Draußen auf dem Land passiert die U-bahn eine Moorlandschaft. Schwersinnig stehen Wälder am Horizont, helle Birken winken darin wie dürre Hände. An einem Bachlauf fast märkische Kopfweiden, auf den Wiesen bleckt Wasser zwischen Riedgrasschöpfen. Walddörfer. Vorortsiedlung. An der Peripherie.

Einkauf. Der Marktplatz, die Fußgängerzone, die große Straße. Banken und Sparkassen, ein Blumenhändler, ein Kaufhaus, ein Drogeriemarkt. Dort besorgt er Slipeinlagen für seine Frau, ostentativ holt er die leere Schachtel hervor, um das Richtige zu finden. Taschentücher, feuchtes Klopapier. Beim Bäcker kostet das Pfund Mischbrot zwei Euro fünfundzwanzig, das Brötchen fünfundzwanzig Cents. Rundstück, sagen sie hier. Erste Vorräte, die er nach Hause bringt, damit sie zu essen haben abends und um die aufkommende Panik zu beschwichtigen: Frikadellen, eine Dose Ravioli, Wasser, Butter, Wurst, Käse, Milch, das Nötigste, wie man so sagt. Die Küchenutensilien sind noch in Umzugskartons verpackt. Auf dem Heimweg zieht von Westen eine Wolkenfront herauf, überdeckt den Himmel, schickt Regen.

Abends im Fernsehen: Zwei Kommissare essen an einem Imbiss an den Landungsbrücken. Das Regionalprogramm berichtet über Bauerndörfer in Schleswig-Holstein. Die Nachrichten bringen Friedensverhandlungen in Nahost.

Zwei Jahre sind sie noch in Nürnberg geblieben. Als seine Frau die Stelle im Allgemeinen Sozialen Dienst in Wandsbek bekommen hat, konnten sie umziehen. Leichter Abschied von der fränkischen Reichsstadt mit ihren Altstadtgassen, der Burg, der Südstadt. Es ist für beide ein neuer Abschnitt, ein Aufbruch in ihrem gemeinsamen Leben.

Morgens kann er nicht wieder einschlafen. Im kleinen Badezimmer wird es warm und feucht, als er duscht. Duft und heißes Wasser. Grauer, großer Himmel in den Fenstern. Die Birken wehen und winken. Einsamkeit, denkt er. Die Geräte und Gegenstände sperren sich seinen Händen: feindselige Haken, Bohrlöcher, Schrauben. Die Geborgenheit verbirgt sich in Umzugskartons und muss gefunden werden, Stück für Stück. In einem Karton entdeckt er Blechbüchsen duftenden Tees, Porzellanschalen, Räucherstäbchen. Wieder segeln Tee-Clipper auf historischen Meeren oder ernten Shiva-Pflückerinnen von Dreitausenderbüschen. Ein Freudenschauer überläuft ihn. Seine kleine Teewelt, die er hegt und pflegt. In die er sich flüchtet. Er will gleich das Teeregal einräumen, aber das ist noch nicht aufgebaut.

Er wird viel allein sein, erkennt er.

Er wird viel mit Gott allein sein.

Er hat viel Zeit, Halt anderswo zu finden als in Umzugskartons.

Gespräche und Begegnungen. Fremde Rituale. Wird er aufgenommen werden? Dafür nich, sagt eine Dame am Telefon, wofür dann?, würde er am liebsten fragen. Ein Zugreisender meint am Hauptbahnhof zu den widersprechenden Ansagen: Die Dame sollte mal auf die Uhr schauen. Beifälliges

Gelächter der Mitreisenden. Tschü-üs, verabschiedet ihn die Verkäuferin an der Supermarktkasse. Die Leute sind freundlicher und offener als die rustikalen Franken. Norddeutsche Gefälligkeit. Immer spürt er ihre ´einheimische Souveränität, besonders in dem Norddeutsch, das sie sprechen, und ist nichts als der Zugereiste. Er fühlt sich fremd hier, fremder als anfangs in Nürnberg. Er verbringt den Nachmittag auf dem Sofa vor dem Fernseher, bis seine Frau von der Arbeit kommt.

Dann klingelt es unten an der Haustür, und sie steht in der Tür, bringt Kühle mit und Zuversicht und freut sich heim zu kommen. Dann gibt es Abendessen. Wärmung der Ravioli im Topf auf dem Gasherd. Scheibe Brot. Am Kieferntisch sitzen sie neben der Heizung, im friedvollen Fensterblick der Dämmerung, der gelben Lichter, der Zweiggirlanden der Birken. Beruhigender Geruch nach warmem Essen. Das Bett im Schlafzimmer ist schon aufgebaut. Die Vorräte, die Gläser, die Teller haben sie in den Kartons gefunden. Die Musikanlage und der Rechner sind betriebsbereit. Im Bett liest er in Tolkiens Fantasymeisterwerk, wie die Reiter von Rohan nach Helms Klamm aufbrechen. *Hearken, my folk!*

Honig macht die Augen hell, sagt er sich, aber sie
haben kaum mehr Brot im Hause. Ein Becher auf-
gebrühten Beuteltees, am Fenster sitzen, in der
Wärme der Heizung. Regentropfen in den Birken:
Schnüre aus Silberperlen. Die Welt ruht und
schweigt im Grau des Himmels. Pianoweisen aus
dem CD-Player. Heute Nacht Träume von Buchen-
schößlingen, die aus seinem Schreibtisch sprießen,
und von rätselhaften Frauen, die sterben durch
schmerzlichschöne Hingabe.

Der Spiegelschrank im Badezimmer hängt an der
Wand, und im Schlafzimmer ist der Schrank aufgebaut. Bücher drängen sich in den Wohnzimmerre-
galen, bunt, voller Geschichten und Motive. Er
freut sich auf seine Arbeit. Er freut sich auf die
Nachmittage am Rechner. Der Schreibtisch steht
im Wohnzimmer, weit weg vom zugigen Fenster,
anders als in Nürnberg, in einem durch ein Regal
abgeteilten Eck. Beim Hereinkommen aus dem
dunklen Flur flutet Sonne durch die Fenster.
Dumpf und malzig riecht es nach dem Pfeifenrauch
von gestern Abend. Wenn sie kochen, riecht es
nach Streichholz und Gasflamme wie unterwegs
auf seinen Motorradreisen im Zelt, ein heimeliger
Geruch. Seine Frau erinnert die Uhr über dem
Herd an ihre Großmutter.

Er hat es geschafft. Sie haben es geschafft. Nichts braucht mehr zu geschehen. Sie sind jetzt hier und können leben – aber was bloß?, fragt er sich. Wie? Zeit hat er genug, sie auf sich zukommen zu lassen. Jederzeit könnte er sich in die U-bahn setzen und auf Streifzug gehen, durch die Hafenstadt, durch die Millionenstadt. Wie er sie in seinem Praktikum und bei den Besuchen bei seinem Freund kennen gelernt hat. Er wird Nebenverdienste suchen: VHS-Kurse, Verkäufer in einer Buchhandlung oder einem Teeladen, Feuilleton-Artikel für Zeitungen, Kurse an der Evangelischen Akademie Nordelbien. Das ist sein Bild, das er verfolgt. Eine literarische Existenz: nicht nur als Schriftsteller, sondern so, dass alles, was er erlebt, ein Stück Literatur abgibt, die Tage und Stunden und Ereignisse schon Literatur *sind*. Ein Leben im Roman. Ein Leben in einer Geschichte. Seiner Geschichte, die er sich ausgedacht hat, die er für sein Leben hält. Gottes Geschichte. Er hat ihn nicht wirklich gefragt, was willst *du*, was soll ich tun? Er hat das Gefühl, es durchgesetzt zu haben. Ein Zweifel bleibt. Ja, eine Existenz, die Literatur ist. Untergetaucht in der großen Geschichte, die die Welt ist. Eine klandestine Existenz, verborgen und unerkannt unter Millionen von Menschen. Er mitten darin, wie die Made im Speck. Und aus der Verborgenheit heraus: schreiben. Seine Bücher veröffentlichen, sich den Menschen mitteilen, ohne Ruhm, Kommerz und *public relations.* So stellt er sich das vor.

Worin soll das münden? Was ist das Ziel? Selbstverwirklichung? Gott dienen? Er weiß es nicht. Er kann es nicht bestimmen oder fügen. Es muss von selbst kommen.

Sie haben einen Hausmeister, bezahlt über die Nebenkosten. Keine Treppen wischen, keine Mülleimer leeren, keinen Schnee schippen im Winter. Das tut gut. Der Mann ist ein Sturkopf aus Dithmarschen, schlohweißes Haar, altes Friesengewächs, mit dessen Maßnahmen sie nicht immer einverstanden sind. Aber er ist ihnen sympathisch. Später gibt er das Treppenwischen auf und bezahlt seine Enkelin dafür.

Die Badewanne ist zu klein, stellt er fest. Zu wenig Armfreiheit, so kurz, dass er die Beine aufstellen muss, und das Wasser bedeckt nicht einmal seine Brust. Es ist auch nicht heiß genug, sie müssen den Gasbrenner in der Küche höher stellen. Im Badezimmerfenster mit dem geriffelten Glas Ostersonne. Schön soll es werden, denkt er, das Auferstehungsfest.

Die Fahrt mit dem Auto führt ihn überland. Schmale Sträßchen, Weidezäune, alte Bäume, die ihr Fingerwerk in den lichtgefluteten Abendhimmel zeichnen. Backsteinhöfe am Wegrand. Einmal ein Fuhrweg, abgesperrt, der zu stillen Gestüten führen könnte mit abendlichem Ausritt.

Er holt sie vom Ortsamt ab, die Straßenkarte neben sich auf dem Beifahrersitz. Dort winkt sie, am rechten Bürgersteig, sie steigt ein. Zuhause sitzen sie am Tisch und essen Labskaus mit Spiegelei, Matjes und Roter Bete, während die Kommissare über Rente reden oder wieder am Hafenimbiss stehen. Lautlos schwebt der blasse Vollmond am Himmel.

Unter der Woche sind sie beim Pastor der Freien Gemeinde eingeladen, wo sie seit einigen Wochen hingehen. Eine weite, helle Wohnung, breites Sofa, der Pastor meint, dort könnten sie zu viert die Fußball-Weltmeisterschaft schauen. Danke für die Einladung. Ob sie Ärzte empfehlen könnten. Hinterher besichtigen sie zu viert einen Antiquitätenmarkt zwischen altem Gebälk und historischen Bauten. Duellpistolen gibt's, echte, für tausend Mark, und Hamburgensien, aber sie verzichten und sparen ihr Geld auf für die maritime Dekoration ihrer Wohnung. Im Netz gibt es Fernrohre, Kompasse, Schiffsleuchten, Seekarten. Mach nur, sagt seine Frau. Mit dem Pastorenehepaar verbleibt man in Voraussicht auf ähnliche Treffen.

Abends auf dem Balkon. Stehend, rauchend. Die Brücken sind abgebrochen, denkt er. Hier ist er sicher. Hier ist er in einer anderen Geschichte. Milde, feuchte Abendluft. Es weht sanft in den Birken. Amseln singen, still blühen Narzissen am Fuß eines Baums. Rasen, Wege, Häuser. Wohnsiedlung in einem Vorort an der Peripherie. In der Ferne öffnet sich der Horizont; dort zieht ein Flugzeug im Untergangslicht auf seiner Bahn zum Flughafen. Es ist alles gut.

Merkwürdige Lektüre: *Die Heimkehr* von Hermann Hesse in gilbem Bändchen, geheftet, aus der Reihe der Wiesbadener Volksbücher. Stempel im Innern: Reutlinger Frauenarbeitsschule. Warum hat sich dieser Dichter, dieser Mensch vom Glauben seiner Väter abgewandt, warum Einheit und Frieden in der Ferne gesucht? Das versteht er nicht. Wieso Siddharta, wieso Verschmelzung, wieso Gegensatz aus Geist und Sinnlichkeit, wenn er doch das Evangelium in Reichweite hatte? Er begreift es nicht und will es doch begreifen. Es treibt ihn um, dieser Mensch.

Warum?

Weil ich mich selbst nicht begreife, gibt er sich die Antwort. Jenes Ich, das damals Hesse las und sich selbst finden wollte. Es ist ihm jetzt so fremd wie alle vergangenen Ichs. Er weiß auch als glaubender Mensch nicht, wer er ist. Früher dachte er, es zu wissen, aber das war eine Täuschung. Er hat die Geschichte seines Lebens in eine bestimmte Richtung gedeutet. Ein Selbstentwurf, nichts weiter. Alles bisher waren nur Selbstentwürfe. Wer aber bin ich in Wahrheit?, fragt er sich. Das weiß nur Gott

Hesse hatte bereits ein erstes Leben gelebt bis zum selben Alter wie er, bevor alles in ihm aufbrach. Das Leben ist unberechenbar. Es bricht sich Bahn, befreit sich, entfaltet sich ohne Rücksicht. Wer weiß, was ihm hier in Hamburg noch geschehen wird? Dachte, 's wär alles schon vorbei, als er zum Glauben kam, und es wartete bloß noch ein friedlicher Abgang auf ihn. Aber er merkt jetzt hier oben, nachdem er sich seinen Traum erfüllt hat, dass er längst nicht in Sicherheit ist.

Er ist noch immer auf der Suche. Obwohl er in Gott alles gefunden haben müsste. Er sucht immer noch ein erfülltes Leben.

Das heißt für ihn aber, wie früher, dass er an der Zwiespältigkeit der Welt leidet. Sie verspricht das Paradies, weckt Träume und erschreckt doch durch Niederlagen, Scheitern, Verlust und Ausweglosigkeit. Sie verspricht die Fülle und macht doch nicht satt. Nun sitzt er hier, am Tor zur Welt, und fragt sich wie Walther von der Vogelweide: Wie soll er zur Welt leben?

Er leidet noch an der Welt. An ihrer Janusfratze. An ihrer Feindseligkeit, die er oft empfindet und die sich schon im Kleinen, im Alltag, im beständigen Kleinkrieg mit Küchengeschirr, Gasherden und Schlagbohrern, mit Behördenwillkür und Nachbarärger bemerkbar macht.

Was suche ich wirklich?, fragt er sich. Die Welt ist die gleiche geblieben, hier oben am Ziel seiner Wünsche. Die große weite Welt, die er sich als Kind vorgestellt hat, bleibt ein Traum.

Was ich suche, ist Frieden, denkt er. Frieden mit sich und der Welt. Ein erfülltes Leben. Eine geklärte, sichere Existenz. Eine Erklärung dafür, warum er sich führen lassen will und doch immer wieder aufbegehrt. Irgendeine Erkenntnis, einen Lehrsatz, einen Modus, eine Praxis, die ihm hilft, voller Freude leben zu können.

Vielleicht hat er mit Gott die Antwort längst gefunden. Das ist ja sein Glaubensbekenntnis. Aber vermutlich hat er die Antwort einfach noch nicht verstanden.

Ich habe die Antwort gefunden, denkt er. Das ist ja mein Bekenntnis. Aber ich habe sie noch nicht verstanden. Vielleicht braucht das Zeit. Vielleicht kann er sich erst jetzt in rechter Weise suchen.

Vielleicht ist es nur die Fähigkeit zu lieben, die er sucht. Die Liebe würde heilen. Die Liebe würde ihn befähigen, wahrhaft zu leben. Die Welt lieben, sich selbst, seinen Nächsten. Und Gott.

Er weiß nicht, wie er Gott lieben soll, der ihm diese Zerrissenheit der Welt zumutet.

Die Nachbarin unter ihnen hört oft zu laut Musik. So laut, dass er sich beim Schreiben nicht konzentrieren kann. Er wird wütend. Er legt eine Scheibe in den CD-Player und stellt auf volle Lautstärke. Ein Techno-Stück. So laut, dass er sich die Ohren zuhalten muss. Die Bässe dröhnen, er spürt es im Magen. Dann stellt er wieder leiser, aber die Musik von unten bleibt. Wütend geht er zwei Treppen tiefer und klingelt. Zwei junge Mädchen öffnen, was los sei?, fragt die Eine genervt. Er versucht, ihnen zu erklären, was los ist, aber das Mädchen an der Tür hört gar nicht zu, stöhnt genervt auf und will die Tür wieder schließen. Er hält die Tür auf, schiebt den Fuß über die Schwelle, damit er weiterreden kann. Sie wird hysterisch und droht, die Polizei zu rufen. Er wird sarkastisch und meint: Ooooch, jetzt hat aber jemand Angst! Sie sind doch verrückt!, ruft die Freundin im Hintergrund, und er sieht ein, dass er zu weit gegangen ist. Vollgepumpt mit Adrenalin schlägt er noch einmal gegen die geschlossene Wohnungstür und geht wieder nach oben. Seine Hände zittern. Das hat jetzt nicht viel gebracht, denkt er. Ich muss mal mit der Mutter reden, vielleicht bringt die sie zur Einsicht. Und insgeheim erschrickt er über sich, wie aggressiv er ist.

Immerhin haben sie, als er oben ist, die Musik leiser gestellt.

Ein Hamburger Herrenhaus in Blankenese. Drei Geschosse, unterm Dach wohnt der Herr Doktor. In Gummistiefeln, weil es draußen regnet, machen sie ihm ihre Aufwartung und holen ihre ersteigerten Lithographien Hamburger Elbansichten ab. Sechs Euro, für vier weitere bietet er einen Stich vom Jungfernstieg an. Er bittet sie nicht herein. Akademiker, wie er selbst, aber mit Kultur und Geld aufgewachsen. Hätte ich das auch erreichen können?, fragt er sich. Hätte ich das erreichen wollen? In einem anderen Leben, denkt er. Er hat nach seinem Studium nicht promoviert. Er wollte auch nicht die akademische Laufbahn einschlagen. Er war auf der Suche.

Sie spazieren durch den Hirschpark und kehren im *Witthüs* ein. Reetgedeckt, Teepavillon, Stuck an den Wänden und Polsterstühle und klassische Musik. Treffpunkt zum Nachmittagstee. Es gibt Qualle auf Sand und *Ronnefeldt*-Tee. Mit ihren Gummistiefeln sind sie fehl am Platz, aber so soll es sein. Die edlen Menschen um sie her betreiben gedämpften Tons ihre Konversation. Die Leute von Hamburg, denkt er mit Siegfried Lenz. Fremde Rituale. Aufgenommen werden? Kultiviert muss man sein, denkt er, von Jugend auf. Klassisch-humanistische

Bildung. Die distinguierten Akademiker mit stillgepflegtem Lebensstil waren schon immer sein Wunschbild.

Hinterher auf dem Weg zur U-bahn sprechen sie darüber. Weshalb hat er nichts erreicht in seinem vierzigjährigen Leben?, fragt er sie. Oder doch etwas erreicht, nämlich das, was er tatsächlich erreichen wollte? Oder hätte er sich mehr anstrengen sollen, um leistungsfähiger zu werden? Hat er endgültig den Zug verpasst?

»Du hast einen Zug verpasst«, sagt sie, »den du gar nicht erreichen wolltest. Du hast nur geglaubt, du müsstest ihn erreichen, weil alle anderen das erwartet haben. Oder weil du gedacht hast, dass sie es erwarten.«

Ja, erkennt er, er hat seine Geschichte wirklich immer in eine bestimmte Richtung gedeutet. Vielleicht ist ja alles gar nicht wahr, denkt er. Vielleicht bin ich kein Narr, kein Springinsfeld und Taugenichts, der aus der Reihe tanzt. Vielleicht bin ich bloß ein ängstlicher Junge, der einen Schutzraum sucht, in dem er leben kann.

Er dekoriert die Wohnung. Maritima aus dem Internet. Ein Stück Netz mit einer Netzboje ergattert er, das drapiert er an die freie Flurwand. Eine einfache Talje mit einem Holzblock, nur die Taue fehlen. Sieht deplatziert aus über der Flurbank. Übers

Wohnzimmersofa hängt er eine Seekarte und arrangiert auf einem kleinen Bord das Messingfernrohr im Nussbaumkasten, den Kompass, eine Segelanleitung für angehende Matrosen, vier kleine Bändchen über Hamburg, die er in der Buchhandlung entdeckt hat, und seinen Kompass, den er noch von seinem Trip nach Melbourne hat. Obwohl es nicht die gewünschte Wirkung hat, ist er zufrieden. Am Meer wohnen, denkt er. Das muss man doch sehen. Als sie abends vom Büro kommt, sagt es ihr zu. Es ist ihr nur ein bisschen fremd, sagt sie, aber daran wird sie sich noch gewöhnen.

Ausflug in den Duvenstedter Brook. Am Mühlenteich findet er die Wohlsdorfer Mühle, einen literarischen Ort. Dort sollte man einkehren, aber sie haben zur Feier des ersten Mai schon beim Griechen gegessen. Der Teich erinnert sie an die Heimat: Auwald, Wege zwischen Sumpf und Wald, Frühlingszauber, Traulichkeit. Hinterher wird Verlassenheit daraus. Diese Fremde, denken sie beide. Sie kann ihnen noch keine Geborgenheit geben, und ihre verzweifelten Versuche, heimisch zu werden, bewirken oft das Gegenteil. Heimisch wird man durch Gewohnheit, sagt er, durch Wohnen, durch Hiersein. Bis dahin sind wir nirgendwo. Nur die Buchensämlinge, die er aus dem Waldboden grub, gedeihen im Topf auf dem Balkon prächtig.

Hafengeburtstag. In der Stadt ein Festtag. Hinaus nach Klein-Flottbek, hinein ins Derby-Getriebe. Hinter Maschendraht und Bäumen schallt ein Lautsprecher, Rennatmosphäre und Grillwürstchen, Jockeys queren mit ihren Gäulen die Parkwege. In der Sonne ist es heiß. Vom Jenischhaus aus sehen sie den ersten Windjammer elbaufwärts ziehen, ein Horn tönt übers Wasser bis zu ihnen herauf. Sie durchqueren das Tal der Flottbek, die sommerwarmen Gerüche von Laub und Unkraut und Staub, queren die stark befahrene Elbchaussee, beehren den erstbesten Eisverkäufer und setzen sich unter dem Schatten eines Baumes aufs Geländer, um den Schiffen zuzuschauen. Was alles heute auf dem Wasser ist!, staunt er. Vom Schlauchboot bis zum Containerschiff: Schaluppen, Schoner, Segelboote, Motorflitzer, Hafenfähren, Feuerwehr und Küstenwache, die *Cap San Diego* kehrt von ihrer Ausfahrt zurück und verleiht dem Elbhafen ein vergangenes Flair von Übersee. Der Glanz auf dem Wasser blendet. Nachher steigen sie in die Fähre bei Teufelsbrück und fahren, dichtgedrängt stehend auf dem Sonnendeck, nach Finkenwerder und von dort zu den Landungsbrücken, hinein ins Menschengewimmel.

An den Landungsbrücken herrscht Kirmes. Eine Currywurst mit Pommes zwischen Schiffsschaukel und Magenbrot. Vom Geländer aus sieht man den Betrieb im Hafenbecken. Der Sprecher verabschiedet aus den Lautsprechern jedes kleine Schiff, das ausläuft. Nationalhymnen erschallen, Noch vertäut liegen die beiden Russen und der Norweger, die *Statsraad Lehmkuhl*. *Open ship* verkündet ein Schild, zwei Euro sind billiger Obolus, und dann stehen sie auf den Planken, fühlen die Taue in den Händen, blicken schwindelnd hinauf in die Takelage, verfolgen die Züge und Spannungen von Talje zu Talje. Die Blöcke sind aus Metall und innen mit Kunststoffrollen versehen. Vom Bug aus, wo mächtig der Bugspriet mit den Klüverbäumen in die Szenerie hinaus ragt, beobachten sie das Manöver eines havarierten Containerschiffs, das von Schleppern ins Dock 14 gezogen wird. *Blohm&Voss* zeigt sich noch vor dem Tag der Offenen Tür transparent: Die buntbemalte Dockwand ist herab gelassen, das Dock geflutet, Einblicke können getan werden.

Im Heck das doppelte Steuerrad, hinter dem mancher Besucher sich wie Störtebeker vorkommt. Zwei Steuerungspulte für Wind- und Maschinenfahrt, elektronische Anzeige von Richtung und Stärke, Stellung des Steuers, vielleicht sogar Echolot. Modernes Segelschiff, und dennoch ein Schauschiff, den weiten Weg von Norwegen herab gekommen, um zum Geburtstag zu gratulieren, beschaulich an der Kaje zu liegen und an Touristen zu verdienen. Manche Seemänner sprechen Englisch, aber auch seine paar Brocken Schwedisch werden verstanden.

Zum Schluss, als alle Souvenirs schon weggepackt sind, ergattert er durch hartnäckiges Nachfragen noch einen Pin mit dem Schiff darauf, *Statsraad Lehmkuhl*, Andenken und Beweis, dass er persönlich dort gewesen ist.

Den Hafengeburtstag kennt er schon von Hamburg. Er findet alles bestätigt, was er sich erhofft hat. Dafür ist er hierher gezogen, denkt er. Seine Frau dagegen ist beeindruckt. Das kennt sie nicht aus ihrer Heimat. Sie hat rote Backen vom Wind und strahlt vor Freude. Was ich durch dich alles erlebe!, sagt sie. Die U-bahn bringt sie in die Innenstadt, die wie im Windschatten des Festes liegt. Die Gassen sind feiertäglich verlassen, ein Straßencafé nimmt sie auf, Getränke erfrischen. Aber diese Menschenmassen, sagt sie. Das ist nichts für mich!

Besuch bei seinem Freund in Schnelsen, mit dem Auto. Die Kinder sind schon im Bett, im Wohnzimmer ist der große Tisch ausgezogen und gedeckt. Das Essen hat der Freund gekocht, seinen berühmten Grünkernauflauf aus Studiumszeiten. Hier, im Korbstuhl sitzend und das Weinglas gefüllt, kommt in ihm ein sehr altes Gefühl von Heimatlichkeit auf. So war es, denkt er, seinerzeit in der Kaiserpassage. Unsere Literatentreffen. Unsere Teenachmittage. Kommilitonen, dieselben Fächer.

Das gibt's also noch, denkt er zufrieden. Und ein weiterer, seither vergessener Charakterzug, den er an sich wiederentdeckt: Geselligkeit. Politische Diskussionen mit dessen Frau, Wortspiele, Ironie und Selbstironie, philosophische Exkurse – ach, Freund!, seufzt er. Seine Frau sitzt daneben und ist still. Erst später erfährt er, dass sie mit der Reminiszenz nichts anfangen konnte, mit diesem Wiederaufleben einer Zeit, in der er sie noch nicht kannte.

Tun, wozu sie hier sind. Das wollen sie besonders am Anfang, um sich einzuleben, um zu erkunden, wie das Leben hier oben schmeckt. Er wartet darauf loszuziehen mit seinem Notizbuch und Menschen zu begegnen, Geschichten zu entdecken, Material zu sammeln für den großen Hamburg-Roman, der ihm vorschwebt. Das Ausbrechen einer jungen Frau aus vornehmer Handelshaus im neunzehnten Jahrhundert mit Beziehungen bis in die Südsee. Suzette Michaelis, nachgebildet der Familie Godeffroy. Dazu hat er im Praktikum recherchiert und erste Entwürfe gemacht. Daran weiter zu arbeiten, darauf wartet er. Seine Frau findet sich inzwischen ein in die Arbeit, muss sich als Anfängerin behaupten, schließt erste Freundschaften. Sie sind offen für alles.

Ausflug nach Fehmarn. Nur eine Stunde Fahrt. Wieder wie damals, mit dem Motorrad auf dem Weg nach Schweden, hebt ihn die Brücke plötzlich übers Wasser, jenes Wasser, das er verheißungsvoll hinterm Buschgürtel aufblitzen sah. Auf Fehmarn folgen sie den Wegweisern nach Puttgarden, bis schon die Fährstation, der Zoll und dänische Schilder die Überfahrt ankündigen. Schweden wäre nicht weit, sagt er zu ihr. Seit elf Jahren war er nicht mehr dort. Mit Weh im Herzen biegt er ab. Kleine Dörfer, ein flaches Inselland wie ein bestellter Garten, schmale Durchfahrten und Wegweiser zum Strand.

Das Wiedersehen mit dem Meer. Das Brausen der Brandung, die die Grenze der Annäherung markiert. Die Helle der Dünen, die Nachgiebigkeit des Sandes. Möwenschreie. Dunstiger Horizont, über dem schemenhaft Frachter und Fähren schweben. Die Nähe des Meers wie die eines Freundes. Gehen im Wellensaum, das Wegsacken des Fußes unter dem Rückzug des Wassers. Das Schäumen im Kies, der Feuchtglanz auf den Steinen wie auf Juwelen. Das Meer.

Selbst an einem einzigen Tag, selbst nur für Stunden erfüllt es ihn mit Sehnsucht und Frieden. Das ist nun alles erreichbar, denkt er, binnen einer Stunde. Auch dafür sind sie hierher gezogen.

An einem flachen Haff sitzen sie windstill. Auf einer Sandbank reihen sich Möwen, manche auf-

fliegend und als Sagenvögel den Glanz querend,
der vom Horizont golden aufs unbewegte Wasser
fließt. Seichte, stille Lagune. Vorn auf der Land-
spitze der Feuerturm. Eine Dammstraße, auf der
ein Auto parkt, dahinter die winkenden Giganten
der Windgeneratoren wie Kulisse zu einem futuris-
tischen Theaterstück.

Er braucht den Meeressaum und geht ihn allein
entlang, während sie in der Sonne döst.

Sammelt Strandgut: ausgebleichte Holzstücke,
weich wie Balsa, Fischgerippe mit und ohne Kopf,
eine Bierflasche aus Finnland mit einem Rest See-
wasser am Boden.

Später kehren sie ein, in einer halbwegs authen-
tischen Fischerkate, von zwei Frauen geführt, mit
halbwegs authentischer Speisekarte. Kutterscholle
gibt's mit Bratkartoffeln, das weiche weiße Fleisch
der Maischollen, dunkles Bier dazu. Der blonde
Knabe, der an ihren Tisch kommt und sie eindringlich mustert, kommt ihm vor wie Thomas Manns
Hyazinth in *Tod in Venedig*. Von Westen ziehen
Wolken auf, auf der Rückfahrt regnet es.

Sie machen am Wochenende Ausflüge ins Umland, nutzen das Wohnen an der Peripherie. Bäu-
erliches Schleswig-Holstein. Arkadische Landschaf-
ten. Picknick am Mühlenteich. Blick von den wenigen Erhebungen übers Land. Windräder am Hori-

zont. Blühende Rapsfelder, eiszeitliche Sandböden, Megalithgräber und Herrensitze, Pferdehöfe, Koppeln und Alleen. Es tut gut, aus der Stadt heraus zu kommen. Die Landschaft ist anders als in seiner Heimat. Keine Römer, keine Kelten, aber auch keine Pfeffersäcke und Hansekaufmänner, sondern Grafen und Herzöge unter dänischer Herrschaft. Das interessiert ihn, geht ihn aber nichts an. Das soll jetzt Heimat werden.

Der nordische Himmel, den er von seiner Durchreise auf den Skandinavientouren her kennt, mit ziehenden Wolken, hintereinander gestaffelt mit Weitblick, den er so liebt – er führt jetzt nicht mehr nach Norden. Ist keine arktische Verheißung, sondern Alltag. Sie geben sich Mühe, sich einzufühlen und heimisch zu werden, suchen auf der Karte Ziele, spüren das ganz andere Lebensgefühl, das dieses Land zwischen den Meeren bereit hält. Es ist zwar Fremde, aber sie spricht zu ihnen. Sie wächst ihnen ans Herz. Die Landschaft weckt vertrauliche Gefühle, im Gegensatz zur Stadt.

Seine Frau lernt Hamburg durch ihre Arbeit kennen. Aber er sitzt an der Peripherie und hat eine dreiviertel Stunde mit der U-bahn, bis er im Zentrum ankommt. Vielleicht hätten sie doch eine Wohnung in der Stadt nehmen sollen. Da wären sie näher dran. Es war Zufall, dass sie diese Wohnung hier bekamen, in einer Mietblocksiedlung mit Müllcontainern und Parkplätzen an der Straße.

Nun merkt er, dass ihr Wohnort das Hamburggefühl wesentlich prägt. Es ist hier nicht sehr großstädtisch. Manchmal fehlt ihm das.

Eine Nacht allein. Kerzenlicht, einen irischen Tee, eine Pfeife Rauchtabak. Im Fernsehen stößt er auf Brechts *Die Gewehre der Frau Carrare* und die Geschichte des Spanischen Bürgerkriegs. Er muss an Hemingway denken und an Kollender, der irgendwo in Hamburg wohnt und den er besuchen könnte, mit ihm reden, über den Tod und warum er der Feind ist, weshalb Menschen eine Fahne brauchen und dass er auf die Liebe insistiere, insistieren muss, sonst geht nichts mehr in seinem Leben. Gewehre mit der Spitzhacke aus dem Sandboden graben im eigenen Haus, Fahnen aus rotem Stoff und neue Fahnen aus rotem Blut, und eine schäbige Mütze, die für die Herren ein Grund zum Morden ist – dort, in diesem kargen Gelass mit kalkgetünchten Wänden, mit einem Laib im Ofen und selbst gedrehten Zigaretten und dem Ausschauhalten nach der Lampe eines Fischerbootes draußen am Kap: Dort ist alles einfach. Dort geht es ums Kämpfen. Dort gibt es eine Front. Dort fressen einen die Feinde so oder so.

Aber hier?, denkt er. Im jalousienverdunkelten Wohnzimmer, wenn es um halb vier schon wieder hell wird? Vor dem Rechner mit dem vertrauten

Summen der Maschine, die die Träume dokumentiert? Mit Versicherungsbeitrag und Telefonrechnung, mit Kopfschmerz und Schlaflosigkeit, mit sinnlosen Tagen und einer Zeit ohne Ziel? Wofür kämpfen?, fragt er sich. Sein Romanheld Carl Wittgenstein sagte, dass einer sein Leben lang gegen etwas kämpft und darüber vergisst, wofür er kämpft. Aber er kämpft nicht einmal gegen etwas. Nur gegen Kopfschmerz und Schlaflosigkeit, gegen leere Tage und helle Nächte. Vielleicht um ein wenig Fassung, ein wenig Stimme, ein wenig Gebrauchtwerden.

Er hat den Hamburg-Roman noch nicht begonnen. Er hat genug mit Tagebuchschreiben zu tun, die Erlebnisse zu dokumentieren, das neue Leben zu fassen versuchen. Vier Manuskripte stapeln sich im Flurregal, alle schon in zig Kopien an Verlage geschickt, vergeblich.

Morgen trifft er sich mit dem Freund in Schnelsen. In dem kleinen Schreibzimmer mit dem zu weichen Klappsofa, das er von der Steuer absetzen kann. Sie werden über Brecht reden und Hemingway, über den *Guten Menschen von Szechuan* oder die *Svendborger Gedichte*. Über Literatur und das Schreiben, über den Sinn des Lebens, und der Freund wird seinen Darjeeling schlürfen und sagen: Das ist alles nicht so einfach.

Im Fernsehen ein Krimi, der schwäbische Kommissar auf einem Reiterhof. Heimaterinnerung: Er riecht regelrecht den würzigen Geruch des welkenden Laubs am Wegrain, in den Hecken hängen gelbe Blätter und letzte Beeren, und im Sonnenglast der tiefstehenden Sonne glitzert Nässe. Die erste Nacht seit Langem, die er durchschläft. Am Morgen Heimweh, Ungeborgenheit, Angst vor dem Draußen. Er sitzt am Schreibtisch, draußen grauer Himmel und Nässe, einen Tee neben sich auf dem Teetisch. Heute Abend sind sie bei Freunden eingeladen oder solchen, die es werden sollen. Er kennt sie aus dem Praktikum. Halb sieben zum Abendbrot, haben sie gesagt. In Eilbek, ein gemietetes Reihenhaus. Ob sie mit dem Auto fahren oder die S-bahn nehmen, ist noch unentschieden. Er freut sich darauf. Eine nette Begegnung mitten in der Fremde.

Am Rathausmarkt in einer Nebenstraße gibt es einen Pfeifenhändler, *Schubert&Schubert*. Ein Tabakindianer grüßt am Eingang, innen Holzregale und *Peterson*-Pfeifen, auch *Peterson*-Tabake mit Sherlock-Holmes-Design und über ein Dutzend Ratsherren-Mischungen. Sie hat Lust auf Zigarillos und lässt sich beraten, entscheidet sich für eine Schachtel dominikanische. Zusammen mit der Ratsherrenmischung Nummer vier fünfzehn Euro.

»Seit wann rauchst du?«, fragt er erstaunt.

»Ich wollte es schon immer mal probieren«, sagt sie. »Wenn du rauchst, sieht das immer so cool aus.«

An den Landungsbrücken erinnert ihn der warme, tranige Dieselgeruch der Fähren an seine Überfahrten nach Skandinavien. *Wenn die bunten Fahnen wehen* – tatsächlich. Am Geländer lehnend rauchen sie gemeinsam von den neuen Zigarren und schauen den Schiffen zu.

Im Barlach-Haus im Hirschpark ist er lange nicht gewesen. Die Skulpturen geben eine beruhigende Anwesenheit. Stille, Sonnenlicht in den großen Scheiben, frohe, tiefe Eindrücke. Die Plastiken werden zu Personen, denen sie sich scheu nähern, von denen sie sich beim Gehen verabschieden. Für ihn sind es alte Bekannte: die Erwartende im Fries der Lauschenden; der Mann im Block; Moses; die sorgende Frau; Jesus und sein Jünger mit dem Titel *Das Wiedersehen*. Für sie ist es neu und aufwühlend, das muss ich erst verarbeiten, sagt sie. *Das Wiedersehen* nimmt er als Poster mit. Die Innigkeit, der grobgeschnitzte Halt, den die Figuren ins Erleben bringen, will er zuhause haben.

»So gehalten bin ich ja auch«, sagt er zu ihr draußen. »Seine Hand unter meine Hüfte gelegt, das berührt mich.«

»Mich auch«, sagt sie.

Lange Rückfahrt mit der U-bahn. Abendwärme an den Haltestellen, kühle Blätterluft in den Fenstern. Zuhause wartet ein Edgar-Wallace-Krimi und eine Pfeife mit dem neuen Tabak. Dazu sind sie hergekommen, wissen sie. Das hätten sie in der Heimat nicht haben können.

Alstervergnügen. Wehende Fahnen am Jungfernstieg, Ausflugsdampfer, die Alster funkelt, der Himmel blaut und die ehrwürdigen Häuser rundherum blitzen. Gemächlicher Rundgang im Karree, im Strom der Leute. Ein Steak im Brötchen, Pfefferminzbruch und Geleebananen und dazwischen immer wieder der Blick auf die Alster. Auf den Pontons gab es gestern Abend das letzte Feuerwerk, das haben sie verpasst. Ansonsten: Buden mit exotischen Drinks, Kebab und Thai auf Papptellern, Schmuck und Tücher von fliegenden Händlern, Maiskolben mit Butter und Salz, Drahtfiguren, irisches Bier, ein Museumsschiff mit *Jever*-Ausschank, Wurfbuden, Lotterien, Kokosnüsse aufgeschlagen wie in der Karibik, *Radio Hamburg* dröhnt aus Lautsprecherboxen, einmal Jazz und der Blick aufs sonnengleißende Wasser, *that'll be the day*, tief hinein sinken und mitströmen, denkt er: Du bist wirklich da. Du stehst im Tor zur Welt, und es ist offen, und die Welt ist groß und weit. Er ist zufrieden.

Planten un Blomen. Der Park umgibt sie oasenhaft, der Fernsehturm erhebt sich wie ein blendendes Fanal, das Hochhaus am CCH weist in ferne Länder, und auf Teichen blühen die Seerosen. Auf einer Bank über dem See sitzen sie und schauen. Er raucht eine Pfeife, sie strickt Pulloverbündchen. Kinder spielen, Enten tauchen, fünf Hindu-Frauen sitzen dunkelhäutig und drall auf dem Rasen und reden, eine Kanne Kaffee neben sich. Eine große Frau mit blondem Lockenkopf und Brille, in beige Dreiviertelhose, schwarzem Blazer und Lackslippern geht vorbei, setzt sich mit drei anderen auf eine Bank in ihrer Nähe, verteilt Waffeln, fotografiert die Gruppe. Manches Mal ist er hier gesessen während seiner Besuche in Hamburg bei seinem Freund. Nun kann er so oft hier sitzen, wie er will. Wolken ziehen im hohen Blau, nordwärts natürlich, und das Licht dort oben fällt wie durch ein weit offenes Tor. Ich bin hier, denkt er, um in diesem Ausblick zu leben. Die Sehnsucht nach Hamburg ist der Sehnsucht gewichen, für die Hamburg steht. *In Kyôtô bin ich, doch beim Schrei des Kuckucks sehne ich mich nach Kyôtô,* lautet ein Haiku. Von hier aus geht es nirgends mehr hin, wird ihm klar. Er könnte in die Karibik fliegen oder nach Los Angeles oder Hongkong, überall fände er nicht mehr Welt als hier. Überall wäre er nur wieder vor Ort. Den Horizont erreichen wir nicht, denkt er und pafft duftende Wölkchen in die Parkluft. Hier aber

sehe ich ihn ständig. Vielleicht ist das der Sinn, den
sein Hiersein ergibt.

Müde in der U-bahn. Schiffe-Quartett an der Haltestelle Stephansplatz. Je weiter sie an den Stadtrand kommen, desto mehr leert sich der Wagen. Fahles Abendlicht über der Stadt. Hoch fahren sie dahin, an Bäumen, Häusern, Straßen und Gärten vorbei. Der Infoscreen zeigt die Mordillo-Sketche, die er so mag. In Volksdorf ist die Luft kühl, das Licht wird grau. Heimfahrt mit dem Auto. Heimkunft. Sie empfinden sie beide, und doch bleibt ein Heimweh, das sich hartnäckig nicht stillen lässt.

Nine-eleven nennt man die Katastrophe nun, als vor einem Jahr entführte Flugzeuge ins *World Trade Center* flogen und tausende Menschen starben. Das Fernsehprogramm ist voll von Sondersendungen, er sieht die bekannten Bilder noch einmal, den qualmenden Turm, die Staubwolke, als er zusammenbricht, es gibt Berichte über die arabischen Terroristen und die Al Kaida, politische Einschätzungen, Bush spricht immer noch vom Kreuzzug gegen das Böse. Das hat die Welt grundlegend verändert, hieß es damals. Hat es nicht, findet er. Dass die globale Gegnerschaft sich vom Kommunismus abgewandt und den radikalen Muslimen zugekehrt hat, ist nicht erst seit letztem Jahr so. Aber das Gedenken ist frisch, und wie sich das Kräftegleichgewicht in der Welt verlagert hat, sagen die Auguren nur schwer voraus. Nach einer Stunde hat er genug und schaltet um.

Rückfahrt von einem Besuch bei seinen Eltern in der Heimat. Siebenhundert Kilometer sind lang. Bei Hildesheim fahren sie auf einen abendlichen Parkplatz, Kopfsteinpflaster unter Kiefern, Neonlicht vom Toilettenhäuschen. Rauchend und schweigend stehen sie an der Leitplanke und schauen übers Abendfeld. Am Horizont untergangsgelb die Sonne zwischen Wolkenstreifen, auf der Autobahn dröhnt der Verkehr. Fern, jenseits des Feldes, leuchtet ein starker Scheinwerfer. Ein Hochhaus ragt in den nachtblauen Himmel.

»Dort wohnen jetzt auch Leute«, sagt er. »Dort ist auch jemand zuhause.«

»Wir sind in der Fremde«, erwidert sie, »aber Fremde und Heimat gibt es überall.«

Im Supermarkt finden sie Miesmuscheln, Labskaus in Dosen und Haferkekse, auf dem Markt Steinpilze und Teltower Rübchen. Die kennt er aus dem Rechtschreibduden, dabei sind sie klein und kegelig und gelblichweiß. Märchenrunkelig. Beim

Bäcker heißt das süße Gebäck Plunder, und es gibt Gebäck, dass sie nicht kennen: Franzbrötchen, Butterkuchen und Tampen, ein Tauende aus der Seemannssprache.

Sie geht allein zum Hafen. Bei Tee und einer Pfeife sieht er fern, einen jener amerikanischen Filme, die er so liebt, die in einem New Yorker Apartment spielen, von Klimaanlagen, Rachmaninov und Marilyn Monroe handeln und deren tiefste Botschaft die Treue mittels Rickys Paddel ist. Heute hat er eine große innere Ruhe und Geduld. Als sie zurückkommt, sind beide froh: Sie haben heute getan, was jedem am besten bekommt.

Hamburg ist teuer, ja. Aber das verdankt sich auch der Währungsreform. Kaum einer hat sich an die Halbierung der D-Mark-Preise gehalten, alle haben heimlich aufgeschlagen. Der Freund sagte ihm schon früher, bei einer seiner Besuche, dass Hamburg teuer sei. Aber er hat es sich schlimmer vorgestellt, und auch die Wohnung ist erschwinglich.

Damals in der Kaiserpassage. Platon und Grünkernauflauf, mit Käse überbacken. Der Freund schob ihn in den Ofen, sie stärkten sich, bevor sie sich an die Arbeit machten. Sie leisteten ernsthafte Studienarbeit: Sie lasen den Text, gliederten ihn und schrieben die Grundthesen heraus. Danebenher einen guten heißen Tee, Zweite Ernte von Himalayahängen. Auf dem Klo schaute er auf die Uhr und fragte sich, wie viel Zeit er noch mit seinem Freund hatte. Das ist schon lange vorbei. Wie wird sich die Freundschaft entwickeln, nun, da er dort ist, wohin sich der Freund vor Jahren verabschiedet hat?

Im Sommer ist Hamburg, wie er es kennt. Das vertraute Lebensgefühl, Freude und Neugier. Das hat sich erfüllt. Nur, dass er die Ausflüge jetzt immer zu zweit unternimmt. Allein rafft er sich kaum zu einem seiner literarischen Streifzüge auf, mit Fotokamera und Moleskine. Die Hemmschwelle ist zu hoch, eine dreiviertel Stunde Fahrt, und allein fühlt er sich der Stadt oft nicht gewachsen. Er ist gespannt, wie Hamburg im Herbst sein wird. Ob er die Fremde stärker spüren wird. Zudem wechseln sich gute und schlechte Tage dauernd ab. Gefühle der Verlassenheit und Ausweglosigkeit mit selbstsicherer Unternehmungslust, Angst und Zweifel mit Tagen, an denen er mit seiner Existenz im Reinen ist. Es kommt ihm vor wie Gezeiten, die über ihn hinweg gehen, ein immerwährender Gezeitenwechsel. Eine Beständigkeit hätte er gern. Ruhe finden.

Frieden. So aber ist er zerrissen zwischen Lebenslust und Lebensangst. Er nimmt noch die Tabletten, die ihm seinerzeit der freundliche Nürnberger Arzt verschrieben hat. Vielleicht sollte er sich nach einem Therapeuten umsehen. Mal mit jemandem über alles reden. Außenperspektive. Vielleicht sieht er ja vieles falsch. Vielleicht bräuchte er eine andere Haltung zu den Dingen. Aber dieses Fass will er jetzt nicht aufmachen, jetzt, wo es auf den Herbst zugeht.

Nachts will er nicht schlafen. Nachtwache, bei brennendem Glaslicht. Wache gegen die enttäuschende Welt, gegen Inkassofirmen und Postgebäude im kalten, harten Licht des Morgens, während er sich die Scheiße im Gedärm verdrücken muss. Wache um sein Leben: Wozu lebe ich?, fragt er sich. Er hat längst genug. Er will endlich heim. Einmal steht er vom Sofa auf und sagt sich: Ich bin jetzt auf dem Heimweg, und Sonnenschein und der freundliche Arzt aus Nürnberg kommen ihm dabei in Erinnerung. Aber in der Nacht umklammert er seine Knie und betrachtet das bunte Muster des Glaslichts. Noch nie hat er es so eingehend betrachtet. Es wiederholt sich, Sterne und Strahlenkränze und zerlaufene Kleckse, aber es bildet keine Bedeutungen. Es ist einfach Muster, Farbe, Licht. Die Flamme schaukelt manchmal.

Er spricht mit Gott. Da ist eine tiefe Enttäuschung in seinem Leben, muss er erkennen. Auch in dem Leben mit Gott. Er weiß nicht welche. Aber er ist traurig geworden und lahm. Er hat resigniert. Er erwartet nichts mehr vom Glauben, von irgendeiner seelsorgerlichen Maßnahme, von irgendeinem mitbrüderlichen Gespräch, von irgendeiner erbaulichen Gemeinschaft. Er wünscht sich nichts mehr, erwartet nichts, träumt nicht mehr. Der Traum ist verwirklicht, aber die Wirklichkeit bleibt hinter ihm zurück. Vielleicht sollte ich mir Zeit lassen, sagt er sich. Zeit, um richtig anzukommen. Aber das alles führt zu nichts.

Seine Frau wacht auf und schaut nach ihm. Sie stellt sich vor ihn hin, sodass er seinen Kopf an ihren Bauch drücken kann. Sie legt ihre Hände auf seine Schultern, während er weint.

Herbst. Die Blätter fallen. Kastanienallee durch den Park. Zwischen dem fingrigen Laub glänzen tiefdunkel die Früchte mit den weißen Gesichtern; die stacheligen Schalen sind braun geworden von der Nässe. Kies knirscht unter ihren Sohlen. Wind im Gesicht, eingemummt in die Kapuze der knitternden Jacke, ihr Tannengrün, ihr Wollfutter geben Sicherheit. Hinterher pressen sie die gefundenen Blätter in Atlanten, die Kastanien und Eicheln kommen aufs Fensterbrett. Früh bricht nun die

Dämmerung herein. Sie findet ihn bei Tee und Lebkuchen.

Sie sind lange nicht mehr am Hafen gewesen.. Der Sommer ist gegangen, sie spüren es. Wind wühlt die Elbe auf, Schatten und Licht huschen über die Kajen, die Schiffe, die Becken und Gebäude. Im Westen droht eine Unwetterfront, elbauswärts blinken Fenster in der grellen Sonne. Der Andenkenladen an den Landungsbrücken mit Matrosenshirts, Schlüsselanhängern und präparierten Kugelfischen an der Decke. Er kauft sich einen Reiseaschenbecher aus Messing für seine Streifzüge, die er nicht mehr macht. Er will nicht mehr allein unterwegs sein in dieser Stadt. Einst, denkt er, sommers, stiegen sie hier den Steg zum norwegischen Viermaster hinauf. Das Gefühl, zu lange geblieben zu sein hier in Hamburg. Herbst und Winter kennt er nicht, er kennt die Stadt nicht mit diesem herben, einsamen Gesicht, den verlassenen Strandwegen, den kahlen Bäumen. Vielleicht ist es gut, dass ich noch hier bin, denkt er. Gut, diesen Wechsel, diesen Verlust zu erleben. Die Weite des Horizonts birgt nicht nur Verheißung.

Den Abend verbringen sie bei dem Freund in Schnelsen. Sie sitzen im Schreibzimmer, verteilt auf

Sessel und Sofa. Rotwein und Erinnerungen, Sentimentalitäten, Schulzeit und die Langhaarigen auf dem Pausenhof des Gymnasiums. Geborgenheit in dieser Dreierrunde. Sie haben hier auch schon übernachtet, als sie in Hamburg auf Wohnungssuche waren. Jeder sagt was, jeder hat Gedanken, jeder hat Erlebnisse zu berichten. Der Abend führt in ein behagliches Labyrinth aus Freundschaft, wo es immer neue Zimmer und Kammern zu entdecken gibt. Wie damals, denkt er, in der Kaiserpassage. Erst nach Mitternacht fahren sie zurück, auf dem Äußeren Ring, eine dreiviertel Stunde. Am nächsten grauen Büromorgen wird sie mit der Müdigkeit kämpfen, denkt er und sieht die Lichter vorbei ziehen, die Lichter der nächtlichen Großstadt. So vergehen unsere Tage, denkt er. So vergeht das Leben, das unerfüllte Leben ...

Für den Abend ist Wind in Orkanstärke angesagt. Sturmwarnung für die nordfriesischen Inseln. Die Birken peitschen draußen vor den Scheiben; der Rasen ist gesprenkelt wie ein Mosaik aus Blättern; die Zierkirsche direkt vor der Küche steht in flammendem Weiß. Er nimmt ein heißes Bad, liegt im vanilleduftenden Schaum, indes draußen der Sturm tobt. Liest vom wunderbaren Eiskrem-Anzug und dem Duft von Sarsaparilla. Dann erleben sie im Fernsehen das Ende der tschetschenischen

Geiselnahme im Moskauer Theaterhaus mit.

Es wird früh dunkel. Über dem Schreiben taucht der Abend in den Fenstern auf, über den Dächern der Nachbarhäuser lagern bleigraue Wolken, darüber hellt sich meerhaft der Himmel. Am Meer wohnen, denkt er wieder. In der Scheibe spiegeln sich die Flammen der Kerzen und Lampen. Der Freund arbeitet ehrenamtlich im Literaturhaus und eröffnet heute Abend eine Lesung. Werden sie hingehen, die U-bahn nehmen in die abendliche Stadt, in den Straßen an der Außenalster nach dem erleuchteten Literaturhaus suchen, in Lärm und Licht eintreten und den Freund begrüßen? Vermutlich nicht. Sie wollen nicht aus dem Haus in die fremde Stadt. Er hört nebenher Musik. »Good night, Berlin!«, ruft der Sänger auf der CD ins Publikum. Heute, denkt er, endet die U-bahn-Linie nicht mehr in Pankow.

Von der U-bahn aus sieht man in die verwahrlosten Gärten, und wo man sommers durch grüne Laubtunnels fährt, passiert man nun traurige Gezweigreihen. Nach dem Alten Teichweg taucht die Bahn unter die Erde. Vom Hauptbahnhof streckt sich die Mönckebergstraße unterm grauen Himmel in die Weite der Stadt hinaus. Geschäftsstraße. Ladenstraße. Kaufleute gehen parlierend in Wollmänteln und Anzügen, es ist bald Mittag und die Imbissbuden und Menürestaurants werden sich füllen.

In der Innenstadt finden sie einen Asia-Laden. Sie drängen sich mit den ausladenden Rucksäcken zwischen die gestopften Regale. Reiswein in Flaschen, in den Kühltruhen warten Garnelen und Krabben in ihrem bereiften Schlaf. Zwischen exotischen Soßen können sie wählen; eine Gewürzmischung beinhaltet: Fenchel, Senfkorn, Kreuzkümmel. Hoisin und Teriyaki, schwarze Bohnensoße und Garam Masala, Sojasoße und Sesamöl kauft man hier literweise auf Vorrat. Ein Kühlschrank mit Gemüse, rote Chilischoten in Plastikbeuteln, Pak-Choi-Kohl, Koriandersträuße, das süße Thai-Basilikum. Sie haben Ersatz für den Asia-Laden in Nürnberg gefunden. Die Preise sind dem Viertel angepasst. Ein Geschäftsmann verlangt sein tägliches Sushi-Paket. Japanische Süßigkeit: Rote-Bohnen-Paste mit Teepulver vermengt, ein zellophanglänzendes puddingweiches Riegelchen. Sie lassen fünfzig Euro dort, in diesem Laden, zwischen Studentinnen und farbigen Müttern mit Kind und Gesundheitsaposteln, die sich von Biokost ernähren. Eine Kundschaft, der sie nicht angehören.

Der Herbst weckt bei ihm das Bedürfnis, sich warm und wasserfest zu kleiden. Die grüne Jacke mit dem Wollfutter ist ausreichend, aber es verlangt ihn nach Gummistiefeln. Im Neuen Wall bleibt er vor einem Schaufenster stehen und findet ein Paar, schlicht, vornehm, genähte Sohlen, Naturkautschuk. Stiefel zum Spazieren auf nassen Sandwegen im Brook, durch Ginster und Heide, auf Wattpfaden und schlammigem Bohlen, und dabei weht der Wind dem Herrn die Haare aus dem Gesicht, und die Wachsjacke knittert, während er den Cordkragen hochklappt, und die Hosen liegen in lässigen Falten, während sie in den Gummischäften verschwinden – solche Stiefel findet er. Siebzig Euro. Er scheut den Preis nicht, will ihn nicht scheuen, will dazugehören, wenn er auch ein solches Leben niemals leben könnte, will diese Stiefel, will die Geschichte, will sie am Leib tragen, wenn er dermaleinst in diesen Nobelgassen unterwegs sein wird, jahrelang in Hamburg. Traditionsgeschäft, seit 1845. Sie gehen hinein.

Drinnen Dielenboden und dunkle Holzregale; eine Treppe führt nach oben und knarrt. Reihen edlen Tuches hängen in Sakkoform auf Bügeln, Herren in lässigen Jeans und mit Kaschmirpullovern überm Freizeithemd lassen sich Leder zeigen, derweil die Gattin ein Jäckchen anprobiert aus blauer Wolle, zu knapp scheint es und kostet fünfhundert Euro. Im Herbst, findet er, ist alles zugänglicher, zusammengerückt zu einem einzigen Kaufladen. Es ist doch alles ein Spiel.

Samstagabend. Das Bad wird geheizt. Duft nach Wacholderöl, draußen ist's grau und kalt, das Wasser klingelt am Porzellan wie ein Glockenspiel. Im Wasser liegend, liest er von der Insel im Meer, einem zwölfjährigen Jungen und seinem Urgroßvater. Als er sich abtrocknet, duftet es aus der Küche nach Bratkartoffeln. Am Stubentisch essen sie, das dunkle Fenster neben ihnen mit den erleuchteten Fenstern der Nachbarhäuser. Ein literarischer Augenblick. Danach im Fernsehen Blicke in bundesdeutsche Stadien, in denen bei Regen und Kälte um Punkte gerungen wird. Schinzilorz, Yuskowiac, Berbatov. Junge Talente erzielen ihre ersten Tore, hinter den Stadien in Gelsenkirchen, Hannover oder Rostock sind Hochhäuser und kahle Bäume zu sehen. Mit dem Spielfilm beginnt der Samstagabend.

Er versteht das nicht. Nun hat er verwirklicht, wovon er geträumt hat: Schriftstellersein in Hamburg. Und er ist trotzdem nicht zufrieden. Obwohl es mit dem Schriftstellersein nicht weit her ist. Er schreibt vor sich hin, sammelt Material in sein Moleskine, seine Manuskripte stapeln sich. Aber es ist nicht nur die Fremde, denkt er. Daran könnte man sich gewöhnen. Es ist etwas Grundsätzliches. Der Traum fühlt sich in der Wirklichkeit anders an. Er kann den äußeren Bedingungen nach erfüllt werden, aber ob er seine Substanz, seine Wahrheit freigibt, ist eine andere Frage. Vielleicht liegt es am Wesen von Träumen, denkt er. Vielleicht können sie gar nicht verwirklicht werden, weil ihre Wirklichkeit eine andere ist. Vielleicht erleidet man immer einen Verlust. Vielleicht findet er sich in seinem Traum nicht wieder, ist sich nicht nachgekommen in eine traumerfüllte Existenz. Vielleicht liegt es ja an mir, denkt er. Vielleicht bin ich nie zufrieden. Immer diese Unruhe. Immer dieses Vorwärtsdrängen, zum grüneren Gras auf der anderen Seite. Er weiß es nicht. Er versteht das nicht. Bisher, denkt er, habe ich nicht viel gewonnen.

Eine junge Dame, die in einem Imbiss der Ladenpassage ihre Mittagspause verbringt. Sie setzt sich mit Salat und Zeitschrift an einen Tisch, legt das Wollcape ab, zieht die Jacke aus, schlägt die Beine übereinander. Wie nebenhin beugt sie sich über ihre Zeitschrift und die Salatschüssel aus durchsichtigem Plastik, wie nebenhin streicht sie sich eine Strähne aus dem Gesicht. Ihr Pulli liegt an ihrem Leib, grobgestrickt und doch aus edlem Garn, mit dunklem Faden sichtbar genäht und die Ärmel scheinbar unachtsam hochgeschlagen, aus dem Rollkragen schaut der weiche Hals wie eine Frivolität. Die spitzen Hände und Finger, das weiche Kinn, die kleinen Augen deuten auf spröde Empfindlichkeit. Rituale der Fremde, denkt er. Fremde Rituale, von denen man aufgenommen werden will, um im Geheimnis zu leben. Es ist aber, erkennt er niedergeschmettert, die Selbstverständlichkeit, mit der sich die patrizischen Söhne und Töchter der Stadt durch ihr angestammtes Terrain bewegen. Er bleibt Zuschauer, Beobachter, Zaungast. Diese Selbstverständlichkeit wird ihm nie zuteil werden, erkennt er, diese dezente Contenance, diese aparte Zurückhaltung, diese unaufdringliche Wertschätzung unter ihresgleichen. Was hast du erwartet?, fragt er sich. Es ist nicht dein Geheimnis. Du hast eine andere Geschichte.

In einem Laden, der mit dem verschnörkelten Schild und den gusseisernen Säulen einem alten Kolonialwarengeschäft nachempfunden ist, kaufen sie ein Tütchen Weihnachtstee, der Tee heißt hier *Levante-Mischung.* Die Verkäuferin ist zu hübsch und adrett, als dass er ihr lange in die Augen schauen könnte. Er kommt sich klein, dick und hässlich vor, er schwitzt und trägt unpassende Kleidung und spricht eine Mundart, die von magerer Scholle und Mühsal kündet. Unwillkürlich verfällt er ins Hochdeutsche. Er nimmt sein Tütchen, dankt freundlich und verlässt mit seiner Frau den Laden

Die U-bahnstation liegt verlassen und kalt. Nasse Blätter kleben auf dem Autodach. Rechtzeitig müssen sie zuhause sein, zu Tee und Kerzen, bevor es dunkel wird und die Welt sie einholen kann. Sie wären schutzlos.

Gemeinsam machen sie einen Ausflug zum Duvenstedter Brook, wo sie bis zum Verwaltungsseminar Kupferhof fahren, in dem seine Frau im Frühjahr eine Fortbildung haben wird. Von dort aus spazieren sie den Kupferredder an der Kupfermühle vorbei, dann in den Wohldorfer Wald hinein auf stillen Wegen im Herbstwald. Eine hanseatische Revierförsterei sahen sie, hinter Säulenbuchs und Gittertor, mit still brennenden Laternen. Jetzt ein Gasthof, edle Karossen parken, gehobene Preise. Er steht in der Wachsjacke mit den neuen Gummistiefeln und dem Rangerhut und empfindet sich als unpassend. Nicht unsere Preisklasse, sagt er zu ihr. Aber sonst stimmt das Bild. Sie begegnen einem Mann auf seinem Pferd, der zu einem Schwätzchen anhält. Er ging, ohne besondere Freude oder Lust zu verspüren, ging gegen die

Unlust an, sich zu bewegen. Müde vielleicht. An einer Schlinge der Ammersbek steht eine Bank, dort setzen sie sich, er raucht einen Zigarillo, sie schweigen und horchen. Der Wald tut gut. Hanseatisches Ambiente, denkt er. Sogar im Wald. Das hat er sich gewünscht. Auch wenn ihm die gehobene Gesellschaft, die gutsituierten Damen und Herren unzugänglich bleiben. Der Kupferhof war früher eine Villa, *Villa Westphal*, Landsitz der Familie Westphal aus der Gründerzeit. Im Weltkrieg Sitz der deutschen Spionageabwehr, dann Lazarett, Altenheim und jüngst Verwaltungsseminar der Stadt Hamburg. Selbst der einsame Kiefernwald hat hier eine patrizische Geschichte, denkt er.

Sie stellen den vierteiligen Adventskalender ins Fenster. Sie kochen den Tee, der nach Orangen, Gewürzen und Mandeln duftet. Mozartkugeln schält er aus dem Glitzerpapier, wie immer in der Adventszeit. Die Zeit zögert und verhält manchmal. Kerzen brennen still. Ein Saxophon spielt im Hintergrund, während es vor den Fenstern schwarz wird und Lichter spiegeln. Ein literarischer Augenblick. Das hat er sich ja immer gewünscht, eine literarische Existenz in der Fremde.

Weihnachtsbasar in der Norwegischen Seemanns-kirche. Im Vorzelt schrammeln norwegische Jungs traditionelle Weisen, während der Glühwein duf-tet. Drinnen enge Flure und Gedränge, ein Cafébe-trieb, im Keller riecht es nach den wollenen Stü-cken mit bunten Mustern. Schaffelle, Mützen, Pul-lover. Nebenan sitzen sie im Dämmer und schauen Videos über das skandinavische Land. Die Preise wurden mitexportiert. Nippes und Kitsch, die Trolle dürfen nicht fehlen und sind sogar litera-risch vertreten, dazu Leinenspitzen und Tombola, Waffeln und Volksmusik. Nur ein Stand zieht sie an: Nahrungsmittel. Die Liste hängt aus, und auf ihr entdeckt er zu horrendem Preis eine längst ver-gessene Reiseerinnerung: den karamellbraunen Ziegenkäse. *Geitost* – allein das Wort! Tatsächlich bekommt er ein Stück zu kosten, der kremige süße Geschmack, der braune Schmelz, die milde Strenge nach Stall und Seter. Sie kaufen ein halbes Pfund und zahlen vierzehn Euro, das sind umgerechnet fünfundzwanzig Mark. Zuhause schneidet er sich Scheibe um Scheibe ab, der seifige Nachge-schmack, den er in Erinnerung hat, bleibt aus, statt-dessen stellen sich die Erinnerungen ein ohne Nachgeschmack. Fjell und Fjord, Gletscher und Granit, Birkenholzrauch und regennasse Bergstra-ßen. Seine Frau mag ihn nicht.

Er hat im Internet einen Stapel alter Comichefte ersteigert und liest sie nachmittags auf dem Sofa, Heft für Heft. Er wünscht sich Drei-Glocken-Nudeln, die mit den Sparpfennigen und Gloria-Bilderpunkten. Beckenbauer wirbt für *Karamalz*, und der Verleger setzt sich für Tiere in Not ein. Die Hefte spiegeln das gesellschaftliche Leben der Siebziger wider. Jeden Tag liest er, die Heftchen gut geschützt von Sammlerhänden in Klarsichtfolien. Liest die Geschichten, sieht die Bilder, kehrt zurück in eine Welt, die etwas versprach, was sie nicht gehalten hat.

Nachts liegt er neben ihr im Bett, der Herzschlag beruhigt von Medikamenten und doch ruhelos. Sie schläft, er muss Bilanz ziehen. Was ist eingetreten von seinen Vorstellungen? Er kann schreiben, was und soviel er will – und bis hierhin hört es sich ermutigend an –, doch niemand will etwas davon. Eine bezahlte Vollzeitarbeit wird er nicht mehr finden, trotz zweifacher akademischer Abschlüsse, und eine Zusatzqualifikation wird durch sein Alter unnütz. Wenn seine Frau nicht wäre, nagte er am Hungertuch. Er beschließt, sich nach Nebenjobs umzuschauen. Die Stellenanzeigen im Abendblatt, wie damals nach dem Studium. Eine Stelle, wo seine abgeschlossenen Studien gefragt sind. Oder zur Not wieder Platten verkaufen. Bücher. In einer christlichen Buchhandlung etwa. Oder bei *Zweitausendeins*, die hier in Hamburg eine Filiale betreiben. Dort sollte er sich einmal bewerben. Damit er wieder ein Zubrot verdient, wie in Nürnberg. Er ist niedergeschlagen. Hier sitzt er nun mit all seinem erworbenen Wissen und seinen Gaben und verkauft seine Zeit zum Schleuderpreis. Muss nachts aufstehen, weil er nicht schlafen kann, und niederschmetternde Bilanzen ziehen. Was willst du von mir, Gott?, fragt er. Was soll ich tun?

Dunkler erster Advent. *Dunkel ist es und klein, klein,* sagt Robert Walser. Der Kranz ist aus Nordmanntanne und feistgrün, geschmückt mit Schleifen und Glöckchen, er ist ein Sinnbild des Sieges, sagt das Adventsbüchlein, die Kerze ein Symbol des sich verzehrenden Lebens, und Leben in der Ankunft heißt: Warten. Warten, Harren, Hoffen. Im Hintergrund spielt weihnachtliche Flöte. Sie singen aus dem Kirchenliederbuch, der Tee duftet, der Abend schließt sich um sie wie ein Mantel, die Dunkelheit löscht die Welt aus. Sie sind traurig, einander fremd, als träte die Fremde auch zwischen sie. Sie sprechen miteinander, als ginge es um Leben und Tod.

»Es ist alles nur noch Pflicht und Schuld«, sagt sie und bricht in Tränen aus. »Selbst Advent. Selbst unser Gespräch. Immer Erfüllung von Erwartungen statt von Verheißungen.«

Er schweigt, um ihr nicht beipflichten zu müssen. Lange reden sie, der Montagmorgen ist weit weg, und doch wird er kommen und die Pflichterfüllung verlangen.

In der Trafalgarstraße auf dem Oberland sind nun die Dachkammern geheizt. Wenn's draußen friert und das Zimmer warm ist, wenn die Pfeife schmeckt und man gut, aber nicht zu viel gegessen hat, dann gelingt das Dichten. Sei es auf Kiefernbretter oder Tapetenrollen. James Krüss. Ein Kindheitstraum. Davon ist er weit entfernt.

In der Trafalgarstraße wird der kranke Fuß in warmem Seifenwasser eingeweicht. Dann schneidet der Doktor das Geschwür sternförmig auf, drückt den Eiter heraus und streicht eine schwarze Salbe darauf. Eine Mullbinde darum herum – fertig ist die Heilung. Aber, fragt er sich im frühdunklen Wohnzimmer, wer schneidet mir mein Geschwür auf, wer drückt den Eiter eines vergifteten Lebens heraus, und was ist die schwarze Salbe? Als Kind waren die Heilungen noch einfach, denkt er. Heil werden: Das ist es, wonach er sich sehnt.

*Holet für euren so giftigen Schaden Gnade aus dieser un-
endlichen Füll!* Gift in der Seele, ja, denkt er beim
Gottesdienst in der freien Gemeinde. Von der Geduld und Liebe für andere, für die Glaubensge-
schwister neben ihm, hat er kaum etwas. Er ist verknotet bis zum Würgereiz. Sträubt die Stacheln.
Muss etwas ändern, sagt er sich.

Weihnachtsmarkt in der Innenstadt. Aus der Un-
terführung steigen die Menschen herauf, ver-
mummt mit Atemwolken vor den Mündern. Man
muss die eigene Wärme hüten, denkt er und wartet
auf seine Frau, fühlt die Zehen in den Gummistiefeln, zieht die Schnürung der Kapuze enger. Als sie
sich wiedersehen, fallen sie sich in die Arme, als wären sie jahrelang getrennt gewesen. Die Mönckebergstraße seltsam fahl im Spätlicht, diesig vor
Kälte. Beidseits glitzern in Nebengassen die Buden-
lichter. Heißhungrig eine Bratwurst. Bunte Kerzen
an einem Stand, Krippenfiguren an einem andern.
Ein Holzfrosch, den man mit einem Holzklöppel
hölzern quaken lassen kann. Hinter der Kirche öffnet sich ein Labyrinth enger Gassen zwischen den
Buden, voller Menschen und Gerüche und Winter-
lichter. Es ist blau geworden, ein Innenstadtblau,
in dem die Lichter des Weihnachtsmarktes festlich
leuchten. Mitten im Gedränge steht ein kleines
Haus mit Gängen wie in einem Spiegellabyrinth.

Sie drücken sich klaustrophobisch zwischen den Menschen hindurch, müssen immer weitergehen, umkehren können sie nicht, bestaunen die Figürchen, Sterne, Kugeln, die dort hängen wie in einem Museum. Käte-Wohlfahrt-Museum. Sie freuen sich über ihren Christbaumschmuck, den sie gekauft haben, die Anhänger aus Olivenholz, die blauen und roten und goldenen Kugeln, die Glöckchen. Auf dem Gänsemarkt vertilgen sie eine Tüte Schmalzkuchen, der zitronige Puderzucker klebt an den Handschuhspitzen. In der U-bahn ist es warm und dösig. Sie bringt sie heim, hinaus vor die Stadt, wo die Lichter der Häuser in der Nacht den Weg weisen. Sie freuen sich so, dass sie nicht sprechen können. Weihnachten in der Fremde.

Abends sind sie zum Film beim Freund in Schnelsen verabredet. *Extended version*, es soll Chips und Glühwein geben. Doch er kann nicht gehen. Nein, er kann nicht. Er kann sich nicht aus der kerzendunklen, warmen Stube begeben, hinaus in Kälte und Verlassenheit, eine dreiviertel Stunde in der fremden Stadt unterwegs, spätabends heimkommen, nein, er kann nicht. Er muss absagen. Schuld, wohin er blickt. Moralisches Versagen, menschliches Versagen, Freundschaftsversagen. Aber er kann nicht. Besser, man hat an ihn keine Erwartungen mehr. Abends im Bett brennt auf dem Bücher-

brett eine kleine grüne Kerze zwischen Tannenreis.
Er liest von Afrika und Löwenjagd, vom Bürgerkrieg in Spanien. Hemingway. Alter Schriftstel-
lermythos mit *typewriter* und Whiskyglas. Das tröstet.

In der Robbenstube, holzgetäfelt, werden Bier und
Brote serviert. Der Hund liegt vor dem Kachelofen.
Draußen ist es grau, ein scharfer Ostwind weht. In
der Nacht hat er schlecht geträumt und kommt
schlecht in den Tag. Der Leib wüst und leer, nirgends schwebt ein Geist, und geheimnisvolle Ur-
gründe der Vergangenheit spuken in seiner Seele.
Trinität der Tristesse.

Eleanor Rigby liest den Reis auf nach den Hochzei-
ten, vom kalten Steinboden der Kirche. Pater Ma-
ckenzie schreibt die Segensworte schwarz auf das
bleckende Weiß. All die einsamen Menschen. Woher kommen sie? Wohin gehören sie? Draußen beginnt es still, in feinen Flocken zu schneien.

Im Fernsehen erklärt die Novizin Mona ihrem
Freund, dass sie mit tausend Dingen angefüllt und
doch leer geblieben sei. *Herr, ich bin nicht würdig,*
dass du einkehrst unter mein Dach. Doch sprich nur ein

Wort, und meine Seele wird gesund! Ihre Hände verknotend, mit der Verzweiflung ringend, gesteht sie der Oberin im Dämmer einer Klosterkammer: Das ist der schönste Satz, den ich in meinem Leben gehört habe.

Die Glocken läuten, dann erklingen Weihnachtslieder. Im Liegen horcht er. Frieden, denkt er. In die Stille hinein kehrt sie heim, betritt das Zimmer, atmet auf. Leise legt sie sich auf seine Brust und weint vor Sehnsucht. Sie hat ein Gespräch gehabt, sagt sie, das hat sie aufgewühlt, Fragen aufgeworfen, Vergangenheit und Zukunft in Frage gestellt. Durch den Abend gehen sie in Kälte und Schneehauch zum indischen Restaurant. Es gibt Fladenbrot, Teigtaschen, Lammcurry mit Erdnussöle und Hähnchen-Tandoori. Sie trinkt ein Glas Wein, er indisches Bier. *Kingfisher* steht auf dem fremdbunten Etikett. Die junge Bedienung bekommt, als sie zu Schichtende geht, Trinkgeld. Hier sind wir, flüstert er ihr über den Tisch zu, in der großen Hafenstadt, in der Fremde. Hier haben wir unser Auskommen und unseren Alltag. Das ist jetzt unsere Geschichte.

Allein im nächtlichen Wohnzimmer. Kerzen um ihn her. Er will wieder nicht schlafen. Denken von

Adventsgedanken: die Hingabe an Gott geht über das Bewusstsein des eigenen Todes. Innerung: das festmachende Erleben dessen, was man glaubt. Wie im Traum: *ein dunkelstimmungsmäßiges Innewerden.* Dass es ins Herz eingeht, dass man aus ihm heraus lebt. Erfahrung. Erfülltsein. Auch von mir wird nichts bleiben, denkt er. Weder mein Leib, noch meine Gedanken, noch meine Werke. Alles wird verschwinden oder zurückbleiben, wo ich nicht mehr bin. Ich werde gehen, denkt er. Wohin?

Kurz vor Weihnachten. In den Straßen drängt es sich, die Fläche der Binnenalster liegt öd und fern in der Dunkelheit, die nächsten Lichter könnten in Kopenhagen stehen oder in Tôkyo. Über die Gassen wölbt sich ein Dach aus Einsamkeit, tief unten wimmelt die Menge und leuchten die Lichter. *Neuer Wall* steht in Glühbirnen über der Straße. An den Samstagen vor Weihnachten haben die Geschäfte bis achtzehn Uhr geöffnet. Die Bücher in der Buchhandlung liegen verlockend mit bunten Titelbildern auf Stapeln oder stehen in Reihen. Draußen marschiert die Polizei auf mit Panzerwagen und Wasserwerfern. An den Landungsbrücken habe sich die *Bambule* breitgemacht und ihr Bedürfnis auf den Gehsteig verrichtet; die Polizei will verhindern, dass sie zur Innenstadt zieht. Sie benutzen den Hinterausgang und gelangen an ein zugefrorenes Fleet. Eisschollen liegen breit und zerbrochen im Fahrwasser wie in der Arktis. Am Jungfernstieg kommt ihnen eine Polizistenkette entgegen und drängt sie zurück. Wie kommen wir denn jetzt zur U-bahn? Tut mir leid für Sie, antwortet der Polizist hinter seinem Plexiglasvisier. Sie überqueren den Zaun auf dem Grünstreifen und erreichen das Alsterufer, wo schon das Feuerwerk vorbereitet wird. Auch dort stehen Polizisten, aber mit dem Rücken zu ihnen. Unten in der U-Bahn kommen ihnen zwei Beamte entgegen, in grünen Kampfanzügen, ohne Helm, sodass sie ihre Gesichter sehen. Kurzgeschorenes Haar, Männer mittleren Alters. Forsch, erfahren, entschlossen. Feierabendväter, zur Vernunft mahnende Nachbarn, Ehemänner mit Hochzeitstagrosen. Im Kordon hinter Visieren geht das verloren. In der U-bahn liest er in dem gekauften Buch, *Der Nachtzug nach Lissabon.*

Jetzt haben sie alle Geschenke beisammen. Aus der Heimat ist ein Paket gekommen, das haben sie von der Post geholt. Lustige Clownsbriefmarke, so lustig wie Sie, scherzte die Beamtin. Morgen packen sie die Geschenke ein, schreiben die Karten. Übermorgen kaufen sie den Braten und schmücken den Baum. Dieses Weihnachten feiern sie allein zuhause.

In Trittau hat er seinen Kurs *Leben als Geschichte* in der Volkshochschule angeboten. Er kam nicht zustande, zu wenig Anmeldungen. Jetzt ist er froh, dass er abends nicht in die Dunkelheit und Kälte hinaus muss.

Er telefoniert am Tisch vor dem Fenster mit seinem Vater in der Heimat. Die Bratensoße, wie machst du die? Und die Knödel? Als sie den Baum herein holen, wird ihm klar, dass sie nun selbst für die Festtagsordnung sorgen müssen. Der erste Heilig Abend allein. Doch dann geht alles von selbst. In der Küche machen sie den Braten, übergießen ihn immer wieder mit Soße, solange er im Rohr ist. Soßenlebkuchen dazu, in Rotwein eingeweicht. Semmelknödelteig, der an den Fingern klebt. Gewiegte Petersilie, Muskat darüber. Die Zeit vergeht rasch. Ein Tee steht auf dem Stövchen, während sie den Baum schmücken, mit den Kugeln und Olivenholzanhängern vom Weihnachtsmarkt. In der freien Gemeinde hat der Gottesdienst schon angefangen, sie kommen zum zweiten Lied. Vierstimmiger Chor. Die Samtkleidchen der Mädchen, die Sweatshirts der Jugendlichen, die Jacketts der alten Herren. Hinten an der Wand tropft eine Kerze im leisen Zug vor sich hin. In der Predigt ist vom Zauberwürfel die Rede, der die Verdrehtheit der Seele ohne Gott veranschaulichen soll. Am liebsten würde er auch kindlich Gott seinen Würfel hinstrecken und sagen: Da! Mach ganz! Bring mein Leben in Ordnung! Was wird das sein, wie wird sich das anfühlen: ein geordnetes Leben? Eine Welt, ein Sein, ein Denken und Fühlen und Tun, das *in Ordnung* ist! Zum Schluss schmettern sie *O du fröhliche* besonders da, wo es heißt: *Freue, freue dich, o Christenheit!* Da gehört er dazu. Zur Christenheit. Zu Jesus. Zu den Seligen. Am Ausgang dürfen sie aus dem Körbchen eines kleinen Mädchens ein Geschenk nehmen. *Der eigenen Rätsel überdrüssig*, steht auf einem Zettel dabei.

Am Morgen schläfrig. Im Wohnzimmer riecht es nach Tannennadeln und Kerzenrauch. Die Geschenke liegen noch unterm Baum. Resteessen: Braten, Blaukraut, Knödel. Ein Tee und nachmittags im Fernsehen ein Film mit Doris Day und Cary Grant

Im Fernsehen ein Vierteiler zwischen den Jahren: *Die Schatzinsel. Fünfzehn Mann*, grölt es im Fernsehen, *auf des toten Mannes Kiste.* Seine Frau kann das Lied nicht hören. Verfilmung aus den Sechzigern.

Das Holz der *Hispaniola* knarrt im Wind. Karibik, denkt er wehmütig. Die Brüder der Küste, Bucaneers, Flibustier-Imperium. Kein Wunder, dass es mich schon als Kind in die weite Welt gezogen hat. Was ist draus geworden?, fragt er sich. Ein bisschen Hänschenklein, ein bisschen Waterkant, ein Flug nach Melbourne. Aber immerhin kann ich Schiffe sehen, so oft ich will.

Über dem Feuer wärmte Hemingway sich eine Büchse Schweinefleisch mit Bohnen und eine Büchse Spaghetti, er rührte um, sie begannen in der Bratpfanne zu schmurgeln. In der Dunkelheit holte er Wasser am Fluss, mit einem zusammenfaltbaren Leinwandeimer. Dann kochte er sich Kaffee und aß eine Büchse mit Aprikosen, schlürfte den süßen Sirup.

Er arbeitet ehrenamtlich bei einer christlichen Internetagentur und hilft, Fragen von Gläubigen zu beantworten. Eine Frage betrifft die Rechtfertigung aus Gnade. Er nimmt sich gleich die Frage aus dem Nachrichtentopf. Ich und kein anderer, denkt er, sollte darauf antworten.

Schnee ist gefallen, doch kein Weihnachtsschnee mehr, sondern Frühlingsschnee. Bald werden der Hafen, die Parks, die Stadt sie wieder locken zu stundenlanger Bahnfahrt, zu Streifzügen und Entdeckungen. Beim Arzt werden durch seinen nackten Oberkörper X-Strahlen geschickt, um sein Herz zu sehen. Aber das kann man nicht sehen, denkt er schadenfroh. Nur Einer kann das.

Tanz im Helgoländer Kurhaus. Rat Ohlens Tabakerie füllt warmes, goldenes Licht. Durch die abendblauen Fenster sieht man die beleuchteten Fischkutter im Hafen und die Lichter der Landungsbrücke. Kandierte Äpfel, Papageiennüsse und Bambussprossen in Schälchen. Leben auf Helgoland in den Dreißigern.

Die Bettflasche aus Kupfer, erzählt seine Mutter am Telefon, stellten sie zuhause immer auf den Ofen in der Küche, damit das Wasser heiß wurde. Seine Frau freut sich über das Geschenk. Sie hat im Bett oft kalte Füße.

Am Silvesterabend, als es dunkel wird, zünden sie die Spiritusflamme an. Im Rechaud schmurgelt der Käse, mit Pfälzer Weißwein und Muskat abgeschmeckt. Kerzenleuchter, draußen Geböller. Frisches Weißbrot, das auf der Gabel sich mit dem würzigen Käse vollsaugt, dann kühlgeblasen und in den Mund gesteckt wird. Salat. Im Hintergrund Händels *Feuerwerkmusik*. Kleine, zurückgezogene Festlichkeit, wie es der Zeit entspricht, sagen sie. Dann stehen sie am kalten Fenster, vor der beschlagenen Scheibe. Über den Dächern und in den Gassen zischen die Raketen. Goldene Sterne, blaue und rote und grüne Kugeln zerplatzen, Flitter streut und flirrt im Nachthimmel. Seine Augen schwimmen vor Tränen. Im Schleier treiben feurig die Lichterblumen. Eine übergroße Trauer befällt ihn. Ein Heimweh. An wie vielen Fenstern gestanden? Wie oft die letzten und ersten Sekunden verrinnen sehen, verzischen und verblühen tragisch wie nie? Wie oft allein gewesen, wie oft unterwegs und auf der Suche? Ein paar Zeilen Leben: vierzig Jahre. Alles viel zu groß, *ein Zeichen, deutungslos*, sprachlos und kalt steht er und wünscht sich mit Hölderlin, dass das Land in den See hängt voller gelber Birnen.

Neujahrsmorgen. In der Küche ist es kalt. Teegeruch aus der Silbertüte, das Geschirr vom Festfondue. Im Wohnzimmer rauscht die Heizung. Sprachlosigkeit, allmählich weichend. Bist du da, Gott? Es geht weiter, unausweichlich.

Er mag nicht mehr essen. Essen macht keinen Spaß
mehr, und Nahrungsaufnahme lohnt sich nicht.
Aus der Welt schwinden, das wollte er schon einmal. Nur hätte er es jetzt einen Zentner schwerer
als damals. Im Bett ist es warm und einsam. Er will
von der Welt nichts wissen. Sie ist ihm zuwider,
und auch die Träume sind ihm zuwider. Die
Traumbilder, die enttäuscht haben, lebenslang.
Wozu essen? Sodbrennen, Durchfall, Stoffwechsel.
Mehr ist das Leben nicht. Kaffeetrinken und aufs
Klo gehen, sagte mal ein Kabarettist. Es lohnt sich
nicht.

Wenn es im Winter nachts kalt ist, sitzt Hemingway in einem großen Stuhl vor dem Feuer und verbrennt Treibholz, das er am Strand gefunden hat.
Die Lampe leuchtet, und er liest und blickt auf,
während er liest, und hört den Nordwind draußen
und das Krachen der Brandung. Manchmal macht
er auch die Lampe aus, legt sich auf den Teppich
und sieht dem Feuer zu. Salz und Sand, die mit
dem Treibholz verbrennen, rändern die Flammen
bunt. Wenn er so da liegt und das Feuer in Augen-
höhe hat und die bunt geränderten Flammen sieht,
die vom Holz aufsteigen, dann wird er zugleich
traurig und froh. Es ist ihm immer so gegangen,
wenn er Holz brennen gesehen hat. Aber brennen-
des Treibholz tut ihm etwas an, was er nicht sagen

kann. Mythos eines Schriftstellerlebens.

Er engagiert sich für nichts mehr. Das Meiste gehört in die Kategorie: Kann man tun oder auch bleiben lassen. Was soll ihn noch antreiben? Wozu? Er erwartet nichts mehr außer etwas vom Schreiben. Keine Aufbrüche, keine Horizonte, keine Epiphanien. In Entwicklungen, Reifungen, Schichtungen denkt er. Tor zur Welt? Schatzinsel? Etwas muss kommen, denkt er, ich weiß. Darauf warte ich. Aber es ist nicht die Zeit.

Noch herrscht Winter im Norden, nachts weit unter Null, die Harburger Berge ein Rodelparadies. Am Sonntag soll das Wetter umschlagen.. Auf dem Wochenmarkt kauft er ein Glas würzig-bitteren Kastanienhonig und eine Rose für seine Frau. In der Bibliothek leiht er sich fünf Bücher über das Segeln aus, weil sein Held Dirk Viersen gerade mit seinem Dreivierteltonner auf den Jungferninseln angelangt ist.

Meisengezirpe vor dem Fenster. Das Thermometer erstmals wieder über null Grad. Der Schnee wird pappig, die Wege dunkel. Träume vom Sommer:

an der U-bahnstation Hagenbeck's aussteigen, Hitze auf dem Bahnsteig, der Gang voller Vorfreude auf das große Gehege zu. Die Schiffe fahren wieder in alle Welt. Und wir sind immer noch hier, denkt er. Wir haben es bald überstanden.

Während er von den Jungferninseln schreibt, kurvt vor dem Fenster eine Möwe. Sie segelt bussardhaft unterm Birkengezweig, trägt aber das zeichenhafte Weiß von Meer und Küste. Als sie über den grießigen Wiesen verschwindet, hinterlässt sie eine merkwürdig unpassende Erhabenheit.

Wenn seine Frau nach Hause kommt, stellt sie die Tasche ab, zieht die Jacke aus und setzt sich zu ihm aufs Sofa. Rasch beginnt sie zu erzählen. Das ist wie ein Ritual. Lächelnd hört er ihr zu. Nach einer halben Stunde sei es ihr gelungen, die Klientin zu beruhigen, erzählt sie. Sie habe Zeit verloren. Sie machte eine Telefonnotiz für die Akte, tippte das Protokoll der letzten Teamsitzung ab und stellte es ins Intranet. Dann nahm sie sich den Entwicklungsbericht vor. Sie las ihre Notizen vom Hausbesuch, wurde müde, hatte keine Lust mehr. Die Tür halte sie immer geschlossen, weil die Kollegen so laut telefonieren. Niemand klopfe an. Sie sei aufgestanden und ans Fenster gegangen. Der Hibiskus auf dem Fensterbrett hatte wieder Blätter bekommen. Sie goss ihn und schaute hinaus. Häuser, Straßen, die Stadt. Gegenüber die Polizeiwache. Morgen müsse sie den Dienstwagen zum Fuhrpark bringen. Um halb fünf wollte sie heute pünktlich Schluss machen, aber sie hat es wieder nicht geschafft. Fünfunddreißig Fälle pro Mitarbeiter. Manchmal geht sie nach Feierabend noch am Elbufer spazieren. Das habe sie sich angewöhnt. Auch so ein Ritual.

Irgendwie hat er sich das Leben in der Großstadt anders vorgestellt. Abends noch einmal rein in die Stadt, zwischen Lichtern flanieren, unten an den Landungsbrücken der Glanz auf dem schwarzen Wasser, in einer Kneipe ein Bier trinken oder an einem Schnellimbiss einen Burger essen. Sowas halt. Aber wenn es jetzt dunkel wird, kriegt ihn niemand mehr aus dem Haus. Das macht sicher auch das Wohnen an der Peripherie. Ein spontaner Entschluss scheitert oft an der Stunde, die sie bräuchten, um im Zentrum zu sein. Hier im Stadtteil gibt es auch Möglichkeiten auszugehen, aber die Walddörfer haben sich einen ländlichen Charakter bewahrt. Er empfindet das Leben hier draußen nicht als Großstadtleben. Er erinnert sich, wie ihn der Freund einmal mitnahm nachts um elf zu einem Trip an den Hafen. Das war vor zwölf Jahren, noch bevor er gläubig wurde. Der Freund wohnte damals an der Landwehr, in weniger als einer Viertelstunde waren sie mit der S-bahn an den Landungsbrücken. Dort stiegen sie aus. Der Ponton lag verlassen, die Läden waren geschlossen und dunkel. Ihre Schritte polterten auf der steil abfallenden Fußgängerbrücke. Sie blieben am Geländer stehen und schauten übers Hafenbecken. Die *Rickmer Rickmers* lag still, lichterbekränzt im schwarzen Wasser. Grelle Scheinwerfer drüben im Trockendock. Nachtschicht, Stahlriese. Der ganze Widerstreit der Gefühle war wieder da. Begeisterung, Lebenshunger, Verlorenheit, Draußenstehen. Wie das alles leben? Wie jemals vorankommen, dort ankommen, wohin er wollte, wohin denn? Er hatte plötzlich Tränen in den Augen, von einer wilden, heillosen Trauer, von einem Anruf, der von dort drüben kam und dem er verzweifelt schon seit Jahren zu genügen versuchte. Der Freund trat heran und legte ihm den Arm um die Schulter. Kommen dir auch die Tränen?, fragte er.

Das fehlt ihm.

Januarblau. Der Wind wühlt in den Fichtenkronen. Die Wege sind schwarz vor Nässe, an den Birkenschnüren hängen Perlenketten. Der Rasen ist wieder eine grüne Fläche, und am Küchenfenster stehend erkennt er plötzlich: Hier bist du nun also.

In einer Küche in Hamburg, so abenteuerlich wie seinerzeit die Küche des Freundes. *Eben ezer* – bis hierher hat Gott dich gebracht!

Nach zwanzig Jahren ein neues Leben? Seine Kumpels aus Jugendzeiten sind andere Wege gegangen. Er hat im Netz recherchiert. Der Eine ist Vorsitzender der Stadtkapelle, der Andere wohnt mit seiner Frau in Wannweil und arbeitet als Erzieher. In der Liste der Gruppenführer auf der Netzseite des Pfadfindervereins sind sie bewahrt, die Zeiten von damals. Dirk Viersen, sein Romanheld, schippert in der Karibik und meint, schaffen zu können, was er vielleicht nicht geschafft haben wird: sein Leben neu zu machen. Paradiese gibt es nicht, und überall kann der Horizont so merkwürdig blau sein, so Schwimmbeckenblau, so Januarblau, getränkt von Licht und der Helle aus der Höhe, dass er trunken wird von Trauer und Traum und lacht, lacht mit Tränen in den Augen.

Draußen stürmt melancholisch der Südwest. Hinterm verhangenen Horizont liegt die Hafenstadt, wie ihm auf einmal wieder klar wird. Der süße Duft des Lübecker Tabaks erfüllt den Raum. Ihre Durchlaucht, die Prinzessin von Schaumburg-Lippe, fährt im Hof des Schlosses Rollerblades und schneidert exklusive Mode, die sich in den Dörfern ringsum niemand leisten kann. Bei Kurs vor dem Wind muss die Großschot gefiert und das Vorsegel ausgebaumt werden, damit Dirk Viersen endlich zwischen den Jungferninseln segeln kann.

Es geht die Zeit eines Obersten in Venedig zuende, die er mit seiner Contessa beim Hummeressen und mit Entenjagd verbrachte. Es ist immer still, wenn die Goldfische sterben, hat er von Hemingway gelernt. Und er weiß nun, wie man in die Marina von Road Town, Tortola einlaufen muss, er kennt die Tiefe an den Farbschattierungen des Wassers. Und er war dabei, als ein Junge mit einem Blue Marlin kämpfte. Welten. Wirklichkeiten. Er mit seinem Alltag irgendwo dazwischen.

Um diese Zeit vor einundvierzig Jahren war das Problem, dass er nicht schrie und den rechten Arm hängen ließ. Er hatte beim Durchgang durch den Geburtskanal den rechten Arm gebrochen. Die Welt empfing ihn mit grellem Licht und Schmerz. Er will keine einundvierzig gezählten Jahre. Er will eine Geschichte der Ereignisse und Aufbrüche, der Entdeckungen und Ängste, der Träume und Wunder. Oder er will gar keine Geschichte. Er fürchtet sich vor dem Gewicht der Geschichte, das immer größer wird, je älter er wird. Er steht noch immer fassungslos vor jeder Geschichte und begreift nicht, dass es so etwas gibt, dass Menschen mit so etwas herum laufen. Wie ein monströses Unding oder eine Krankheit. Dass sie sich unaufhaltsam auf ihnen sammelt wie Staub oder Rost oder Rentiermoos. Dass es eine Schuld ist, die man erst im Tod los wird, eine Schuld und ein Versagen. Geschichtslos hätte man bleiben sollen, sich heraus halten aus der Kafka'schen Totschlägerreihe, sich nicht der Zeit ergeben und der Sackgasse eines Lebenssinns! Wir müssen erzählen und erzählen, denkt er, und lösen das Rätsel doch nicht, treffen nicht den Punkt, der darin besteht, dass wir immer schon leben und es im Grunde gar nicht können.

Furcht vor dem Alleinsein. Aufwachen, wenn es draußen noch dunkel ist. Traurig. Warten, bis ihr Wecker klingelt. Dann allein sein. Nicht allein sein wollen. Übermüdet, nicht schlafen können. Nicht zur Arbeit müssen und den ganzen Tag im Bett bleiben und Comics lesen, sagt der Junge zu seinem Plüschtiger in dem Comic, das er liest. Eine Beruhigungstablette, die ihn schlafen lässt bis fünf, als ihr Schlüssel in der Tür ihn weckt. Wieder dunkel draußen. Duft aus dem Backofen. Der Geschmack des Vanille-Apfelkuchens, abends zum Tee aus Assam. Nachts. Nicht schlafen können. Nicht allein sein wollen. Nicht leben können.

Er hält es nicht mehr aus. Streit, Vorwürfe, ohnmächtiger Zorn. Angst und Verzweiflung. Er fühlt sich allein gelassen mit dem Ganzen. Sie liest nicht, wie versprochen, seine Manuskripte. Sie interessiert sich nicht dafür, was in ihm vorgeht. Tut er es denn bei ihr? Sie sei von der Arbeit zugeschüttet, sagt sie ruhig. Sie sehe keinen Horizont mehr. Es gebe nur das triste Tag-für-Tag. Dann weint sie.

Dieses Eingeständnis hat er gebraucht. Er kann ablassen von seiner Kränkung und erkennt ihre Not. Er will nicht, dass sie leidet. Das ist das Gute an unserer Ehe, denkt er. Sie sind erst fünf Jahre verheiratet, aber das haben sie sich erarbeitet: Er kriegt immer wieder die Kurve, um vernünftig zu reden. Das war früher anders, er erinnert sich. Sie hält seinen Gefühlsausbruch aus und bleibt. Keiner geht weg, keiner fühlt sich verraten oder im Stich gelassen.

Er muss erkennen, dass er sich ein Bild von ihr gemacht hatte. Das Bild einer bürgerlichen, kleinkarierten Seele, einer Bürokraft vom Amt, einer Frau, die mit der Welt gemeinsame Sache macht. Wo ist Gott in deinem Alltag?, fragt er sie.

Aber das Bild ist falsch. Sie ist immer noch seine Gefährtin, gemeinsam auf demselben Weg, dem nach Hause. Anfangs, sagt sie, habe sie die Arbeit nur als Brückenkopf gesehen, damit sie nach Hamburg ziehen konnten. Es sei noch nicht das gewesen, was sie sich vorgestellt habe. Irgendwann sei es dann darum gegangen, sich im Übergang einzurichten, gefallen zu wollen, Anerkennung zu finden, dazugehören zu wollen. Die Arbeit sei Selbstzweck geworden. Es habe sie zugeschüttet, ja. Das anfangs klare Bewusstsein, in Hamburg anzukommen und Berufserfahrung zu sammeln, sei verschwunden gewesen. Es sei nicht die Art von Arbeit, die sie ausfülle und die sie ein Leben lang machen wolle.

Er schweigt. Sie hat sich ihm geoffenbart. Ein Problem tritt zutage, aber das ist gemeinsam lösbar. Wenn nur die Sicht wieder frei ist! Wenn sie nur ehrlich und wahrhaftig zueinander sind!

Beim Einkauf im Supermarkt bleibt er im Auto sitzen. Er muss nachdenken. Er beobachtet die Leute. Das hat er schon länger nicht mehr getan, weil es ihm verleidet war, weil es immer nur das Öde, Enge, Ausweglose enthüllte. Aber jetzt beobachtet er ein Ehepaar, das aus einem Opel steigt, automatische Verriegelung, Wollmantel, Doppelkinn, er sieht sich den Mann genau an, Schal, gemessener Schritt, hohe Bezüge, Samstageinkauf fürs Wochenende. Frau und Tochter. Plötzlich steigen ihm Tränen in die Augen. Eine Erleuchtung, die er gar nicht gleich erkennt. Er weiß auf einmal mit absoluter Klarheit und Erleichterung: Da gehörst du gar nicht dazu.

Du gehörst nicht dazu!

Du bist keiner von ihnen und musst es auch nicht sein. Ihre Klaustrophobien und Sackgassen, ihre Verzweiflungen und Lebenslügen brauchen dich nichts anzugehen.

Du gehst einen anderen Weg. Du brauchst nicht dazuzugehören.

Das ist Erkenntnis und Entschluss gleichermaßen. Es verändert mit einem Mal den ganzen Tag.

Wir können ja nach Hamburg gehen, wird ihnen klar. Tatsächlich. Aus der Möglichkeit werden Pläne: Planetarium, Hirschpark, Kino. Sie reservieren telefonisch Karten, fahren im Geiste schon den weiten Weg in die Innenstadt. Die U-bahn würden sie nach Vorstellungsende verpassen, also mit dem Auto. Wo parken?

Als es dämmert, setzt Schneeregen ein. Bald schaudert ihn bei dem Gedanken an die sonntägliche, winterliche fremde Großstadt. Als es Zeit wäre, bleiben sie einfach sitzen. Ein Tee steht auf dem Stövchen, sie nimmt ein Bad, und er hört Musik und macht sich daran zu schreiben. Der bloße Gedanke hat genügt, denkt er. Sie haben den Horizont aufgerissen, die reine Möglichkeit hat alles verändert. Die Enge ist keine Enge mehr, sondern Heimeligkeit. Sie versagen nicht. Sie brauchen ihren Bau, in dem sie sich verkriechen können. Das ist alles.

An der Kasse des Supermarkts greift er plötzlich, ohne zu zögern, zu einer weichen Tabakpackung *Gauloises* und einem Schächtelchen Zigarettenpapier. Er weiß noch nicht, wohin das führen soll. Er hat Lust dazu. Er hat Lust, der Schlagzeuger einer Band zu sein mit Walrossbart und Lederjeans, wie damals, als er an der Hochzeit des Freundes mitspielte. Nachmittagelang oben auf dem Speicher der WG geübt hat, in den Pausen geraucht, in der offenen Luke gesessen und den Büroarbeitern gegenüber zugeschaut. *Schwarzer Taurus* hieß damals der Tabak. Der wird heute nicht mehr verkauft.

Frühmorgens beim Arzt. Blutabnehmen: der spitze, eklige Schmerz der Kanüle im Handgelenk. Das ungeduldige Tupfen der Gummifinger, weil die Arzthelferin keine Vene findet. Der stramme Abbindgurt. Dann kauft er sich beim Bäcker ein Franzbrötchen, um etwas in den Magen zu bekommen. Im Kaufhaus entdeckt er beim Tabakhändler eine neue Zigarillomarke, dekoriert mit Palmwedeln und Limetten. Mit fein zerrissenen Minzeblättern, fruchtigem Limonenextrakt und echtem Rum, heißt es. Gelbgrüne Schachtel. *Ron, limón y menta* steht darauf. Inspiriert von dem berühmten Cocktail *Mojito*, Hemingway sein prominentester Liebhaber. Im Buchladen des Kaufhauses stöbert er in den Remittendenschütten. Er nimmt sich Zeit, während es vom Kaffeeröster duftet. Mit einem Ballon um die Welt fahren; den Mount Everest besteigen, Leben in der Todeszone; ein schönes Büchlein über das Wetter, über Singularitäten und Wetterbräuche; eine karibische Schriftstellerin, ein Roman aus Guadeloupe. Pro Band zwei Euro. An der Kasse hat der Bücherstapel etwas sehr Befriedigendes. Zuhause sitzt er dann in der Sonne auf dem Wohnzimmersofa. Im Fernsehen wird die Altstadt von Habana gezeigt, die Sanierung der klassischen Kolonialbauten. Neben ihm auf dem Teetisch steht ein Glas Mojito mit Limettenvierteln und zerstoßenem Eis. Der Zigarillo schmeckt kühl, fruchtig, und selbst den Rum schmeckt er, wenn er den leichten Rauch durch die Nase ausbläst.

Der Augenblick an den Landungsbrücken. Sie liegen verwaist, wochentags und im Winter, ohne Touristen und Würstchenbuden. Der Hafen grau, das Wasser schwarz, die Dockmauern dunkel. Raffinerien und Hafenkräne im Dunst und elbabwärts eine entrückte Nebelhelle, aus der geisterhaft die Schiffe auftauchen. Möwen schreien, das Wasser klatscht an die Kaje. Hamburgmorgen, denkt er. Am Meer wohnen, auch wenn es hundert Kilometer elbabwärts liegt. Nicht jämmerlich verrecken. Jetzt, denkt er, jetzt bin ich angekommen. Wahrhaftig, denn dieser Augenblick ist genau so: die unsägliche Fremde, die anonyme Geborgenheit, die Verlorenheit am Tor in die Welt hinaus und die schwermütige Zufriedenheit, dass jetzt nichts mehr zu erreichen ist. Ein Augenblick der Wahrheit und Größe.

Hemingway und seine Schicksale in der Karibik oder in den Bergen Spaniens, seine im Regen sterbenden Männer, Partisanen, Rumschmuggler und alternden Maler, seine Cocktails in berühmten kubanischen Bars und das türkisgrüne Barbuch von Schumann aus München, das davon berichtet. Und dann ist da noch die Hoffnung, unausrottbar, es könnte alles noch einmal beginnen, ein Leben voller Durst und Sattwerden, voller Leichtmut und Freude, endlich ein Ankommen und ein neuerliches Aufbrechen. Ein Schriftstellerleben, wie ich es mir vorgestellt habe. Eine literarische Existenz.

Sie kommen vom Einkaufen zurück. In der Straße herrscht blaue Dämmerung. An der Heckklappe halten sie inne, schließen die Augen. Eine Amsel singt in den Bäumen. In der Ferne fährt ein Zug. Die Luft riecht nach Frühling, nach hellen Abenden, nach Laub und Leichtigkeit. Sie lauschen, atmen die süße Luft. Dann wird es still, die Amsel hat ihr Lied beendet. Die Dunkelheit ist gekommen. Sie gehen und tragen ihre Einkäufe ins Haus.

Sie weiß nicht, ob sie die Arbeit machen will. Sie hat Wünsche. Sie träumt von einer Arbeit für sie beide, die sie gemeinsam tun, einem Ziel, das sie gemeinsam verfolgen. Immer wieder vergisst sie über dem Alltag, dass dieser Job im Bezirksamt nur ein Provisorium sein sollte, um heraus zu finden, was sie will und was sie nicht will im Leben. Sie arbeitet erst seit drei Jahren in ihrem Beruf. Sie ist jung, steht am Anfang. Das würde ihm klar werden, wenn sie mit ihm spräche, aber er weiß nichts davon. Sie trägt es allein mit sich aus, ein Einzelkämpfer, sagt sie. Das entfernt sie voneinander. Er spürt es immer wieder. Er spürt es daran, wie sie heimkommt und ihn begrüßt. Es vergrößert den Zweifel, ob das Leben, das sie führen, richtig ist.

Über Ostern fahren sie in die Heimat, Besuch bei seinen Eltern. Sieben Tage in dem winzigen Zimmer, das einmal sein Jugendzimmer war. Der Abschied ist zwiespältig, wie jedesmal. Es ist gut, dass sie siebenhundert Kilometer nach Norden fahren. In Hamburg hat er Abstand. Möglich, dass er vor seinem Zuhause geflohen ist, geflohen in die Fremde. Geflohen vor der Vergangenheit, vor der Geschichte, die er dort hat. Die Geschichte seiner

Familie, seiner unglücklichen ersten Liebe, seines Fluges nach Melbourne, wo er mit zwanzig ein neues Leben beginnen wollte. Die Geschichte seines unheilbaren Fernwehs. Er will sie hinter sich lassen und eine neue beginnen, sie selbst schreiben, sich ins Weite setzen heraus aus der Enge der Vergangenheit. Eine Emigrationsgeschichte. Wahlheimat. Wie es der Freund getan hat. Fünf Jahre, sagt der Freund, habe es gebraucht, bis sie in Hamburg heimisch geworden seien. Fünf Jahre wollen sie sich geben. Wenn es dann nicht geklappt hat, wollen sie zurück in die Heimat. Es ist gut, eine Frist zu haben.

Das Restaurant am See hat schon geschlossen, als sie ankommen. Nur eine Glühbirnengirlande brennt, drinnen sieht man dunkel Tische und Lampen. Sie sind abends noch losgefahren, weil sie heraus mussten aus der Wohnung. Am See glüht der Himmel in den kalten Dämmerungsfarben. Ein schmaler Neumond steht über dem Horizont, man sieht schattenhaft die ganze Mondkugel. Sterne umgeben den Mond, das Ganze spiegelt sich im fast reglosen Wasser.

Er sitzt auf einem Baumstumpf im Wasser, sie am grasigen Ufer. Ein Entenpaar umpaddelt die beiden, leise schnatternd. Am anderen Ufer hört man unruhig die Graugänse, und Jugendliche lachen und reden auf dem Steg des Strandbads. Der See streckt sich menschenleer nach Norden. Die Lichter einiger Villen markieren das Ufer.

Er sitzt und raucht. Die selbst gedrehten Zigaretten, an denen er Gefallen gefunden hat. Sieht dem Tabakrauch zu, wie er in der Nacht verweht. Um ihn her plätschert es. Sie beide kommen zur Ruhe, versunken in ihren eigenen Gedanken. Fledermäuse zacken lautlos übers schwarze Wasser. Der See ist grundlos, denkt er. Ein paar Schritte hinein, und er würde versinken. Seen in der Nacht sind immer grundlos. Aber dieser Ort am Ufer ist nicht gefährlich. Auf der Terrasse sind Stühle aufgestapelt.

Als sie lange genug gesessen sind, gehen sie zurück zum Auto. Auf dem Heimweg kehren sie in einem griechischen Restaurant ein. Sie wissen jeweils vom Anderen, wie es ihm geht.

Meine Tage wechseln ab wie Ebbe und Flut, denkt er wieder. Ein ständiger Gezeitenwechsel. Mal kann er gut arbeiten und fühlt sich frei, dann wieder ist er so verknotet, dass gar nichts geht. Manchmal freut er sich am Leben und an Hamburg, und manchmal fühlt er sich völlig verloren und ausgesetzt. Manchmal ist er zuversichtlich und vertraut auf Gott, und dann wieder hat er Angst und traut sich gar nichts zu. Manchmal ist er mit sich selbst im Reinen, und am nächsten Tag verachtet er sich und denkt, dass er nichts wert sei. Warum ist das so?, fragt er sich. Warum bin ich so? Was ist mit mir? Er fragt natürlich auch Gott. Warum hast du mich so gemacht? Bin ich fehlerhaft und irre gegangen, oder ist alles im Plan und du liebst mich, wie ich bin? Er bekommt keine endgültige Antwort. Er kann sich viele Deutungen und Theorien über die Zusammenhänge machen. Er kann psychologische Erklärungen finden und biografische. Er kann an seinen Interpretationen zweifeln und den Verdacht haben, auf sich selbst herein zu fallen. Er weiß, dass er sein Leben immer nur als Geschichte hat, als eine Deutung, die er selbst betreibt. Er will einmal die Wahrheit. Die Antwort. Das unbedingte Ja Gottes zu ihm. Er will einmal die Eindeutigkeit. Darauf hofft er, mit jedem Tag. Er führt eine zwiespältige Existenz.

Mittags isst er im Chinarestaurant an der Ecke. Er bestellt ein Mittagsmenü, zweimal gebratenes Schweinefleisch süßsauer und ein Tsingtao-Bier dazu. Er sitzt in dem dunklen Gelass am Fenster, umgeben von verschnörkelten Ornamenten und Gemälden auf Plastiksets. Das kennt er alles. Er fragt sich, wie oft er wohl in solchen Restaurants gesessen ist, anderswo, zu anderen Zeiten, und wohin wohl alles geht. Draußen auf der Straße steht ein Wegweiser und zeigt blau zur Autobahn nach

Hamburg und nach Lübeck. Eine Frau am Nebentisch erzählt laut, dass ein Zeitreisender, der ins Mittelalter geriete, wegen seines Taschenrechners als Ketzer verbrannt würde. Zwei sportlich Gekleidete tauschen leise Börsentipps aus, und gegenüber isst ein Bankangestellter schweigend im Anzug. Rituale der Fremde, denkt er. Das hat er aus dem Roman *Die Rote* von Alfred Andersch. Dort flieht eine junge Frau vor der Entscheidung zwischen zwei Männern nach Venedig und will untertauchen. Was hat sie erwartet?, fragt sie sich. Geheimnisse? Fremde Rituale oder Rituale der Fremde, in die sie aufgenommen wird, um fortan im Geheimnis zu leben? Das fällt ihm immer ein, wenn er Leute beobachtet. Das Geheimnis. Er lebt nicht im Geheimnis. Er steht draußen. Am Schluss zahlt er mit Karte und geht.

Am Sonntag besuchen sie den Tierpark.

Bei der Werkstatt geht ein stürmischer Wind. Nieseln, dunkle Wolken. Das Licht fliegt übers Land hier draußen. Fahnen rütteln an Masten, nur die Blumenrabatten fehlen. *Wenn die bunten Fahnen wehen*, denkt er. Wie damals, als er mit dem Motorrad nach Schweden fuhr. Das ist jetzt kaum dreihundert Kilometer entfernt, denkt er. Er steigt aus dem warmen Auto und betritt den Verkaufsraum. Es riecht wie immer nach Reifengummi und Schmierfett. Er muss lange warten, während ein kleiner dunkler Mann einen Sportwagen probefahren will. Er kauft vier Zündkerzen und einen Spiegelfuß für den Rückspiegel. Auf der Rückfahrt hört er Musik.

Wartezimmer in der Psychologischen Praxis. Luftkissen im Kopf. Gegenüber eine Bäckerei, Backsteinhaus, wie unterwegs in der Heide. Die Ärztin tauft er *Rauschgoldengel*. Sie stellt seltsame Fragen, etwa ob er immer Pillen schlucken wolle oder ob ihm noch niemand eine Diagnose gestellt habe. Nein, hat niemand. Sie trägt Ledersandalen an den nackten Füßen. Im Zimmer riecht es nach Rauch, ein Kaffeebecher steht gefüllt auf dem Tisch, darauf das bayrische Bekenntnis *I mog di*: Erholungspause zwischen den Patienten. Ihre Haare sind goldblond und gelockt, ihr Gesicht schmal und sommersprossig, ihre Augen blicken ihn kühl und freundlich an. Ihr Unterkiefer steht leicht über, was ihr eine drollige Schmollmimik erlaubt. Sie sei keine Frau, sagt sie und deutet dabei mit dem schmalen Finger auf ihre Brust, wo ein Kettchen hängt, übereilter Entschlüsse. Als er manchmal lacht, fragt sie, weshalb er lache. Er warnt sie vor seinem intellektuellen Auftreten. Er könne alles analysieren und reflektieren, aber das täusche. Er sei kein Intellektueller. Er sei ein Mann heftiger Gefühle. Er weist sie auf mehrere entscheidende Ereignisse in seiner Geschichte hin. Anamnese. Sein Gläubigwerden und seine Ehe seien sicher stabilisierende Faktoren. Ganz von selbst schlägt sie vierzehntägliche Termine vor. Als sie sich verabschieden, streckt sie ihm wie ein Geschenk ihre schmale Hand hin mit dem leuchtenden Ehering daran. Er nimmt sie und bedankt sich. Der Besuch war, denkt er draußen, eine Überraschung. Als er seiner Frau beim Nachhausekommen davon erzählt, hat sie Tränen in den Augen. Sie sei so froh, dass er endlich jemanden habe, mit dem er alles besprechen könne.

Crash-Biografie: Armbruchgeburt, tragischer Vater, Notizen eines Außenseiters, Frankfurter Flughafen, geblieben im Regenwald auf einer Südseeinsel, auf der nie angelangt ist. Schatten. Gläsernes Licht. Die Knochen glühend und dürr, eine entrückte Gestalt, ein Fremdgänger mit dem Kopf in den Nacken gedreht …

Streit mit dem Freund am Telefon. Worum geht es? Um nicht eingehaltene Verabredungen. Um mangelnde Teilnahme am Leben des Freundes. Darum, dass er Kinder nicht möge. Es geht darum, dass er hier fremd ist. Dass er nicht in das Leben

des Freundes eingepasst werden will. Dass er mit
dessen literarischer Laufbahn nichts zu tun haben
will. Dass ihm von Anfang an klar war, hier oben
sein Eigenes suchen zu müssen. So streiten sie am
Telefon, machen sich gegenseitig Vorwürfe, versuchen, Recht und Unrecht zuzuteilen, wie das eben
so ist. Am Schluss hat er keine Lust mehr. Eine
Schärfe kommt in seine Stimme, eine Gegnerschaft, die nicht mehr nur dem Freund gilt. Er ist
nicht böse. Er versteht den Freund ja. Nur versteht
der ihn nicht. Er hat das Gefühl, sie trennen Welten. Er ist traurig. Es ist hier oben alles anders gekommen als erhofft.

Wenn die bunten Fahnen wehen. Sie wehen immer am
Jungfernstieg, zwischen Kübeln mit Palmen. Am
Pavillon ist das Café voll besetzt. Fußgänger strömen über die Zebrastreifen, im Hintergrund steigt
die Fontäne im Alsterbecken, im Gischt eine Re-
genbogenhaut. Freilufttheater. Aus dem stickigen
U-bahntunnel steigen sie hinauf und atmen freier.
Ausflugdampfer queren rotweiß die Wasserfläche
und geben Horn, die Versicherungspaläste stehen
schweigend Spalier. Hotel Vierjahreszeiten, Hapag-
Lloyd, der Rathausturm. Hier flanierten sie einst-
mals, die hanseatischen Jungfrauen, ließen sich sehen und schätzen. Heute sitzen sie beide, die Sonne
im Genick, und trinken ihren Cappuccino. Sie

verrät ihm, dass sie freitags nach Feierabend immer hier einen Cappuccino trinke. Um die Woche abzuschließen. Der Kellner kennt sie bereits. Er wundert sich.

Rituale der Fremde: Beim Anfahren der U-bahn steht ein Obdachloser auf und beginnt in eingelernter Höflichkeit eine Ansprache, von der jeder weiß, worauf sie zielt. Guten Morgen, meine Damen und Herren. Entschuldigen Sie bitte, dass ich Ihnen an so einem schönen Morgen bereits auf die Nerven falle! Es ist momentan so, dass ich auf der Straße lebe undsoweiter. Niemand hört ihm zu, keiner schaut auf. Die Rede eines Menschen an seine Mitmenschen geht unter im Rattern des Zuges, der Fahrt aufnimmt. Dann geht der Mann durch die Reihen, einige kramen klimpernd in ihren Geldbörsen wie in der Kirche oder bei einer artistischen Vorführung. An der nächsten Station steigt er wieder aus und geht zum nächsten Wagen.

Er hat den Roman über Dirk Viersen und sein Aufbruch in die Karibik fertig. Es ist sein fünfter. Vier hat er im Regal liegen, fotokopierte Manuskripte, die er wegschicken sollte. Er hat das Spektrum der Verlagsadressen erweitert. Braune Briefumschläge, die Portokosten läppern sich. Er tut es nicht. Er hat nicht viel Hoffnung. Ein Lektor wollte ihn ermutigen und sicherte ihm zu, dass er irgendwann einen Verlag finden werde. Die meisten antworten gar nicht erst. Beziehungen braucht man, denkt er. Kontakte. Vitamin B. Dieses Verlagsgewese ist ihm schon zu viel. Er will schreiben, sonst nichts.

Der Freund hat sie zu seiner Lesung eingeladen. Sein zweiter Roman, vor fünf Jahren bei Fischer veröffentlicht. Er kennt ihn, hat ihn damals gelesen. Exemplar mit persönlicher Widmung. Er gefällt ihm nicht. Was der Freund beschreibt, ist nicht seine Welt, sind nicht seine Figuren. In der Dunkelheit kommen sie an. Klassizistischer Bau, schmiedeeiserner Zaun, Säulenportal. Drinnen Menschengewimmel, der Freund nirgends zu sehen. Leute stehen mit Sektgläsern in der Hand, vorn ein Lesepult, Theatermimen sind inkognito unterwegs, heißt es in der Einladung, und sprechen Gäste mit Zitaten an. Wer die Zitate erkennt, gewinnt einen Preis. Was für ein Zirkus, denkt er. Sie fühlen sich nicht wohl. Der Freund hat eine Minute Zeit und begrüßt sie, ist aufgeregt und leutselig. Er schaut sich um. Lauter fremde Menschen. Verleger vielleicht. Literaturschaffende. Kontakte knüpfen wäre gut, denkt er. Kronleuchter brennen. Gläserklirren. Schließlich finden sie Platz, und der Freund liest. Er beobachtet ihn. Fragt sich, wie er sich fühlt. Würde er auch einmal gerne, eine Lesung geben. Neid? Vielleicht. Will er nicht leugnen. Dann löst sich das Ganze auf, sie warten, ob der Freund sich loseisen kann. Ein Zwerg spricht sie mit gedrechselten Worten an, er kennt das Zitat nicht, da ist der schon weitergegangen. Es reicht ihm. Das ist ihm alles zu affig. Sie verdrücken sich unauffällig, treten aus Helle und Stimmengewirr in die kühle Nacht hinaus. Es regnet. Sie gehen durch den Regen zurück zum Auto. Sie fragt ihn, wie er es fand. Sie fragt ihn, ob er neidisch ist. Er zuckt die Schultern. Ich muss meinen eigenen Weg finden, sagt er. Die Heimfahrt durch die nächtliche Stadt ist lang.

Er liegt ratlos auf dem Sofa. Plötzlich, als sie ihn daran erinnert, was das für ein Plan war, mit dem sie hierher kamen, wird ihn klar: Er hat ihn längst aufgegeben. Sie soll nicht mehr arbeiten, um ihm das Schreiben zu ermöglichen. Er will nicht länger schreiben und einen Beruf daraus zu machen versuchen. Seit er hier ist, hat er sich durch diesen Entwurf einer Schriftstellerexistenz in Sicherheit gebracht. Du tust nicht nichts, hat er sich getröstet. Du bist kein Taugenichts. Du schreibst ja. Aber die literarische Existenz, die Lebensart, die seinerzeit auf einer Bank an der Elbe geboren wurde, trifft nicht ein. Sie fühlen sich beide wie zu Besuch hier.

Gäste. Vielleicht wollen sie gar nicht heimisch werden. Vielleicht wollen sie gar nicht hierher gehören. Und die große Hafenstadt voller Geschichten liegt ungenutzt draußen, jenseits seiner vier Wände, und reizt ihn nicht mehr. Der Zauber ist verflogen. Er will nicht mehr allein durch die Stadt streifen und Material sammeln. Menschen beobachten. Wirklichkeiten entdecken. In Geschichten hinein kommen. Geschichten reizen ihn nicht mehr. Geschichten können nicht das Leben sein. Er erschrickt. Er hat das Gefühl, dass sie am Ende sind und neu anfangen müssen. Einen neuen Plan. Dann muss ich wieder suchen, denkt er, mich präsentieren, mich verletzbar machen. Sie ist erleichtert. Für sie gibt es sogar die Möglichkeit einer gemeinsamen christlichen Arbeit. Das würde sie sich wünschen. Eine Gruppe, mit der zusammen sie am Selben arbeiteten. Am liebsten, sagt sie, wäre ich deine Agentin. Wenn wir davon leben könnten, würde ich das sofort machen. Er lacht und gibt ihr einen Kuss.

Warum? fragt sie. Sein Rauschgoldengel mit den blonden Locken, dem Kaffeebecher, auf dem *I mog di* steht, den Ledersandalen mit den rot lackierten Zehen, dem Füllfederhalter, mit dem sie sich Tintennotizen macht in die Karteikarte, die bald keinen Platz mehr haben wird.

»Warum, glauben Sie, sind Sie, wie Sie sind?«

»Keine Ahnung. Deswegen bin ich ja hier. Ich war immer schon so. Seit der Pubertät. Seit ich vierzehn war.«

»Und wie waren Sie immer so?«

»Ein Außenseiter. Sensibel, kompliziert, zerrissen. Die Wutanfälle hatte ich schon als Kind.«

»Und heute?«

»Heute?« Es gibt doch Fundamente, versucht er zu erklären. Einen Boden, auf den man treten kann, auf dem man zum Stehen kommt. Der letzte Grund ist oftmals eine Schicht Ornatenton, denkt er, aber das gehört nicht hierher. Ein lebenslanger Verlust an Grund, denkt er. Pink Floyd. Das Knarren der Riemen. Das Eintauchen der Ruderblätter. Schwindelnd über durchsichtiger Tiefe schwebend. Zum Horizont! Zum Horizont!

»Warum hat Ihr Vater den gebrochenen Arm bemerkt? Warum nicht Ihre Mutter?«

»Woher soll ich das wissen?«

Warum? Warum? Er ist so haltlos, panisch, vorauseilend die Jahre, damit nichts von hinten ihn einholen kann. Er sitzt danach um die Ecke im Auto, unter Bäumen, und raucht. Selbst gedreht. Die Pflasterstraße. Die Bäckerei gegenüber. Die Hecke. In der Apotheke Verhütungspillen, die niemand braucht.

Warum?

Wieder ein Tag, verhangen, kühl, mit Rasenmäherlärm vor dem Haus und dem Briefträger an der Tür, mit Einkauf und Geburtstagsvorbereitungen und dieser Hilflosigkeit, die ihn nichts tun lässt, nichts, was er müsste, nichts, was er wollte.

Spanien in Lütjensee. Nachdem sie herum gefahren sind, die Landschaft im Seitenfenster, weil sowieso alles egal ist, finden sie ein Restaurant am Nordende des Lütjensees. Ein Wegweiser, eine Einfahrt, *Tio Pepe* sagt ein lustiges Schild. Eine Badewiese mit Rettungsring, an den Sitzgruppen sammeln sich die Jugendlichen vom Schulheim nebenan. Auf der Terrasse sitzen Gäste. Sie betrachten die Karte im Aushang und setzen sich ohne nachzudenken dazu.

Vom See schwärmen Mücken, er hält sie drei Zigaretten lang fern. Zum Essen haben sie Krebsscheren, gebratene Champignons und Schwertfischsteak mit Gemüse und Kartoffeln. In der Tür zur Taverne erscheint ein Spanier mit einer Gitarre und beginnt zu spielen. Bügelfaltenhose und ein Lächeln auf dem feisten Gesicht, die Zähne stehen leicht über. Er wiegt und wippt in den Hüften und singt spanische Weisen. Sie kommen sich vor wie in einem Hollywoodstreifen, das musste ja mal so kommen, scherzt er. Der Kellner erinnert ihn an einen spanischen Fußballspieler, und er redet auch so, *kein Problem!* sagt er immer. Er deutet auf das Glas, das eine Dame am Nebentisch vor sich stehen hat. Das sei Caipirinha, sagt Dios oder Pepe oder Carlos. Kein Problem!

Das Krebsfleisch ist weiß und schwammig, der Teller mit Salat, Oliven und Knoblauchsoße belegt. Der Schwertfisch schmeckt sehr fischig und sehr würzig. Der Caipirinha erinnert ihn an Mojito und Hemingway. Hemingway unterhält sich mit dem Kellner über den Bürgerkrieg. Weshalb er dorthin gegangen sei, fragt Dios oder Pepe oder Carlos. Um zu sterben, sagt Hemingway. Im Regen. Aber es regnet nicht.

Über den See fällt eine hellsichtige Dämmerung. Einmal reißt sich Dios die Kleider vom Leib, rennt los und will sich in den See stürzen, lässt es dann aber bleiben. Einmal wird ihm von der Zigarette und vom Alkohol schwindelig. Einen kurzen Moment saugt die Wirklichkeit an ihm und zieht ihm alle Knoten aus der Seele, alle Sorgen, alle Lasten. So aufstehen und einfach schwimmen gehen, denkt er. Ins Land hinaus gehen, verloren gehen. Zwischen den Geschichten. Aber die Geschichten sind selbst verloren gegangen. Als er drinnen zahlt, fragt Carlos, ob ihm die Caipirinha geschmeckt hat. Pitú, sagt Dios und deutet auf einen Flasche mit einem roten Krebs auf dem Etikett. Zucker-rohrschnaps statt Rum. Lemon juice, Eis, und eine *lima*, sagt Pepe. Kein Problem, antwortet er.

Morgens erwacht sie neben ihm. Sie hat Hunger und Lust einzukaufen. Wochenmarkt. Vor dem Spiegel bleibt sie stehen, dreht sich, zupft am Blusenkragen.

»Kann ich so gehen oder schaut das doof aus?«

Er döst wieder ein. Als sie zurückkommt, hat sie gekauft: Bananen, Nektarinen, Möhren, Lauchzwiebeln, Paprika, Brot, Brötchen, ein Stück Butterkuchen, Milch.

Im Kaufhaus besorgt er sich Zigarettentabak, dunklen, drahtigen Kentucky. Dann gehen sie zur Eisdiele. Die Tische unter der großen Kastanie stehen im Schatten. Vanille, kremweiß mit schwarzen Bourbon-Pünktchen. Eine Mutter unterhält sich mit ihrer Tochter, zwischen ihnen die Eisbecher, aus denen bissenweise oder gar nicht gegessen wird. Sie reden vielleicht über ihren Freund. Oder sie reden über die bevorstehende Scheidung. Oder sie reden über die Tochter. Oder sie reden über sich. Das Mädchen hat dunkle Haare und dunkle Augenbrauen wie Striche, dunkle Augen, Sommersprossen. Auch sie beide reden, im wärmlichen Spätfrühlingsabend. Über die berufliche Zukunft. Von Plan A und Plan B ist die Rede: Was sich erfüllt hat und was nicht. Hinterher sitzen sie noch bei einem Mojito auf dem Balkon und reden weiter. Er dreht sich Zigaretten aus dem drahtigen

Kentucky und versucht., der tiefstehenden Sonne auszuweichen. Die Kronendächer der Bäume wuchern mit herbem, schwülem Duft. Im Abendhimmel schiebt sich über einer schiefergrauen Wolkenbank eine Düsenmaschine vorbei, klar zu sehen im Licht.

Pilze putzen vor dem Küchenfenster. Duft nach Anis und Walderde. Die Stelle, wo der Vater immer sammelte. In der Pfanne geschmort mit Butter, Salz und Pfeffer. Das stachelige Fichtengestrüpp. Mulden mit Unkraut. Heidegeruch: Thymian, Kalkstein, Ameisenerde. *Huck Finns Abenteuer*, er konnte schon lesen. Über der Hochfläche stiegen Heißluftballone. Erinnerungen. Heimat. Wie lange hält einer es in der Fremde aus, fragt er sich?

Sie hat Geburtstag. Sie gehen im *Mövenpick* im Hanseviertel essen. Sie sitzen an einem Tisch auf der Empore in der Ecke. An der Wand gerahmte Fotos von berühmten Gästen: Heinz Reincke, Hardy Krüger, Heidi Kabel, Al Martino. Es gibt Zanderfilet auf Blattspinat mit Kartoffeln und Sauce Hollandaise sowie Rahmgeschnetzeltes mit Rösti. Einen Wellness-Trunk lässt sie sich bringen, sämiger Brei aus Früchten. Der Klavierspieler am Eingang verbreitet Barflair. Rick's Bar in Casablanca, denkt er. Es tut gut: das Sitzen und Warten, das wohlgefällige Essen, die noble Umgebung. Nachher applaudiert sie dem Klavierspieler vom Treppenabsatz aus, weil sie von dort seine Fingerfertigkeit einsehen kann.

Die Innenstadt liegt spät, obwohl mittagshell. Die Geschäfte schließen, die Promenade verwaist. Vor dem Ohnsorgtheater in den Großen Bleichen parkt ein Übertragungswagen. Das Warten in den unterirdischen Bahnhöfen. Stimmenlärm, Uringeruch, die wackelnde Holzbank. Sie wissen zwar, dass sie noch weiterfahren könnten, an den Hafen, hinaus nach Blankenese, mit der Fähre nach Teufelsbrück. Aber es würde zu spät, zuhause warteten die Geburtstagsanrufe. Im Zug liest er, am Fenster sitzend, draußen ziehen die Vororte unter grauem Himmel vorbei. Baumwipfel, Ladenstraßen, Kleingärten. Ein Hochbahn-Imbiss. Ein Fabrikgebäude mit buntem Graffiti bemalt. Eine Strecke durch den Wald, an einem Spielplatz, an einem Friedhof vorbei. Peripherie. Großstadt. Existenz in der Fremde. Ein bisschen stolz ist er schon.

Der Freund steht neben dem backsteinernen Bahnhofsgebäude. Ein wenig sind sie steif miteinander, beim Essen erzählt er von seinen Erfahrungen während der ersten Jahre hier in Hamburg. Sie rauchen, es gibt Tee. Einmal dreht sich der Freund aus dem drahtigen Kentucky eine Zigarette. Wie früher, denkt er. Sonst raucht er Filterzigaretten. Der Tabak riecht besser, als wenn er ihn selbst raucht. Er will einen Verbündeten, sagt der Freund. Der Welt einen Spiegel vorhalten. Er will gemeinsam die Welt erfahren, die Welt ist banal, wirft er ein, aber sie wissen beide, dass die einzige relevante Art der Welterfahrung ihre Transzendenz ist. Einen Verbündeten will der Freund. Er meint ihn. Aber was will er? Einen Weggefährten? Einen Gleichgesinnten? Er erzählt ein wenig davon, wie es ihm geht, und muss erkennen, wie schlecht es tatsächlich um ihn steht. Um zwanzig vor elf brechen sie auf, damit der Freund die letzte U-bahn Richtung Stadt erreicht.

Für die christliche Internetagentur beantwortet er die Frage: Dürfen Christen Alkohol trinken und rauchen? Er stellt zuerst klar, dass das die falsche Frage ist. Christen leben aus der Vergebung. Es ist ihnen alles erlaubt, sagt Paulus, aber es nützt nicht alles. Nichts soll sie gefangen nehmen. Die sogenannten Mitteldinge. Er versucht, das Leben aus der Gnade zu beschreiben, die Freiheit und Loslösung vom Gesetz, verliert sich in theologischen Spitzfindigkeiten und vertagt das Ganze. Glaube ich selber, was ich da schreibe?, fragt er sich. Unbedingt. Lebe ich es auch? Ehrlich gesagt, nein. Er merkt, dass es es noch nicht begriffen hat: das Opfer Jesu. Die Erlösung. Die Unbeschwertheit. Das bedingungslose Ja Gottes. Er ist zu sehr verstrickt in Schuldgefühle, in Selbstverachtung, in Ansprüche und Forderungen. Er versucht, Erwartungen zu genügen, die niemand an ihn stellt. Die er selbst an sich stellt. Er versucht, ein Leben zu leben, das ihm fremd ist. Stattdessen die Ausweglosigkeit. Nach einem Tee und ein bisschen fernsehen auf dem Sofa beendet er die Antwort.

Gottesdienst in der freien Gemeinde. Er hat den Pastor um Mitarbeit angefragt. Hauskreisleitung, Glaubenskurse, Predigten. Da hinzugehen bedeutet Tun, und Tun ist für ihn gerade besser als Nichttun. Bietet vielleicht eine kleine Chance auf Befreiung, aber er will nichts erwarten. Keine geistlichen Ergriffenheiten, von denen im Alltag sowieso nur fade Affekte bleiben. Stattdessen weckt der Gottesdienst Heimweh nach seiner Gemeinde in der Heimatstadt. Die Sehnsucht nach Geborgensein unter den Brüdern, in vertrauter Umgebung, mit dem Netzwerk der Gemeinde im Hintergrund. Einen Kaffeebesuch bei diesem, ein Gespräch mit jenem, was macht ihr heute? Schön euch zu sehen! Der Pastor sagt ihnen am Ausgang, dass sie sich doch öfter sonntags sehen lassen sollten, dann gebe es schon einen Weg zur Mitarbeit.

Er sitzt auf dem Sofa im Dämmer des späten Sommerabends. Seine Frau hält ihm die Hände und erschrickt, als es plötzlich aus ihm heraus bricht. Endlich!, denkt er. Warum ist das so schwer? Warum muss er das so heraus pressen? Er beißt die Zähne zusammen und drückt und will seine Haut aufsprengen, er will heraus fahren aus ihr, auf den Balkon rennen und sich vom Geländer abstoßen, er will fliegen, er spürt ein Drängen in sich, wie wenn er sich erbrechen muss, ein Zucken und Kribbeln, er will fliehen, weit weg, er spürt es wie ein Wesen in sich, das sich aus ihm heraus den Weg in die Freiheit bahnt, ans Licht, an die Luft, ein Fremder in ihm von werweißwelchem Stern, ein Wesen, das sich ihm aus Schultern und Kopf bricht, die bleierne Last der Zeit und Geschichte abwirft, ein helles, frisches Wesen, grün wie ein Grashüpfer oder ein junger Grashalm, er kann den Drang nicht beruhigen, heute Abend muss etwas geschehen, es gibt keine Rückkehr mehr zum Alltäglichen, denn gerade das Alltägliche würde das Wesen unter sich begraben, verschütten, ersticken, das darf er ihm, das darf er sich nicht antun! Er wütet gegen das Begräbnis an, aber immer wieder wischen banale Gedanken vorbei wie ein Schwamm über eine Tafel und löschen die klaren, einfachen Gefühle aus. Er sitzt starr und merkt irgendwann, dass er längst wieder beim Alltäglichen ist.

Später rauchen sie gemeinsam auf dem Balkon.

Eine letzte Helle am westlichen Horizont. Die Reihe der Nachbarbalkone dunkel. Die Dinge schweigen bedeutungsvoll und vertraulich, die Nacht birgt, und doch führt kein Weg hinaus. Morgen früh beginnt der neue Tag und gräbt alles wieder ein. Und es muss doch endlich etwas geschehen!

Einen Frieden erlebt er, einen vorläufigen: der Gedanke, dass er in dieser Welt sowieso in der Fremde ist. Im Bett liegend, im Dunkeln, im Höhlendunkel, das sie durch Verhängen des Fensters geschaffen haben.

Seine Frau ist erschöpft. Sie kann nicht mehr mit ihm wachen. Er kann nicht mehr neben ihr liegen, wenn sie schläft. Er steht auf, geht an den Rechner und schreibt. Aber das Schreiben öffnet auch keinen Weg hinaus. Alles führt nirgendshin. Heute, denkt er, gab es etwas in mir, das den Tod wollte, das bereit war, ihn herbei zu führen. Was ihn zurückhielt, war der Gedanke, dass er es nicht wirklich wollte. Dass er nur meinte, es bleibe kein an-derer Ausweg. Aber das wäre eine schreckliche Tat, das weiß er. Eine Tat grenzenloser Traurigkeit, etwas, das er ihr nicht antun darf. Das macht es noch trauriger.

Entsetzt ist er über die ungeheuerliche Last, diesen Schutthaufen, der ihn begräbt, diesen Tumuli aus toter Geschichte, der sein Leben ist. Er will das nicht länger tragen. Er will neu sein, frisch, grün,

jung. Er will knacken wie ein saftiges Maisrohr. Er
will frei sein, frei von sich selbst. Ein Bibelvers fällt
ihm ein: *Siehe, ich schaffe Neues, jetzt wächst es auf!
Erkennst du es denn nicht?*

Es ist Hilfe da. Vor allem sie hat ihm geholfen.
Sie war da. Er konnte sich an sie drücken, an ihrem
Nachthemd zerren, ihre Schultern packen. Ihre
kleinen, heimlichen Gerüche sagten ihm, dass er
nicht allein war. Sie hat getan, was sie konnte. Er
ist ihr dankbar dafür.

In der Küche macht er sich ein Brot. Er ist erschöpft und hat Hunger. Warum ist er überhaupt
so weit gekommen?, fragt er sich. Was soll das? Damals in Schweden, als der Volvo aus der Einmün-
dung kam, da hätte er schon tot sein sollen. Warum überhaupt alles? Über vierzig Jahre, die er mit
sich herum schleppt, viel zu viel alles, viel zu viel.
Nicht einen dieser Tage, einer hinter dem andern,
in einer langen Reihe: nicht einen mehr davon!

Wenn die bunten Fahnen wehen, und sei es nur auf
dem Parkplatz des schwedischen Möbelhauses. Immer wieder reißt über dem Gewerbegebiet Moor-
fleet der Himmel auf. Wolken fliegen. So kennt er
das, von damals in Schweden. Heute wollen sie
bloß Vorhänge kaufen. Einen Pølser mit Röstzwie-
beln und Gurken und Remoulade. Knäckebrot, ein
Wagenrad aus Siljan, und die gute schwedische

Schokolade in Riesentafeln. Statt Vorhängen bekommen sie ein Regal für den Flur. Heute, denkt er, würde er auf den einsamen Waldstraßen zu zweit und im Auto unterwegs sein. Drohende Regen im Westen würden ihm nichts anhaben, die Ausgesetztheit am Straßenrand würde es nicht geben. Der Gedanke verlockt. Jetzt, wo sie so weit im Norden sind, ist es nicht weit ...

Einfach raus. Einsteigen, Autobahn, die Tachonadel zittert, die Felder treiben nach Westen. Im Wind die metallisch glänzenden Viehweiden, das harte Laub der Pappeln draußen im Land. Sie fahren nach Norden, Vogelfluglinie, und seine Erinnerung ist weit fort. Ziel: Fehmarn. Nach einer Stunde wird voraus die Landzunge sichtbar und die Brücke über den Fehmarnsund, ein heller, verheißungsvoll leuchtender Streifen Wassers und der Eisenbügel. Ihm kommen die Tränen, als er das Meer sieht. Alles soll sich lösen, alles fällt ab. Sie verlassen das Land, erreichen den Horizont, stoßen ins Freie und Weite hinaus, und er weint, weil alles zu viel war in den letzten Tagen und weil er ein solches Gefühl von Freiheit nicht mehr erhofft hat.

Voraus tauchen die Wartebahnen auf mit den Autoschlangen, Trucks ordnen sich für Cargo ein, sie finden am Rand einen Platz und schauen sich den Ort zu Fuß an. Das Büro der *Scandlines*, stickig von der Sonnenwärme, sechs Euro für einen Tagestrip nach Dänemark als Landgänger. Spontan entschließen sie sich dazu, seine Frau freut sich ein Loch in den Bauch. Sie gehen über den Holzsteg in den verwaisten Bahnhof, lassen sich das Ticket aus dem Automaten und warten in der Gangway, hinter Scheiben vorm stürmischen Wind geschützt. Dann läuft das Schiff ein. Sie sind die Ersten an Bord, der Shop hat bereits geöffnet, die Waren kennt er wieder, *Fazermint*, die leuchtenden Whiskyflaschen, die Parfüms in Glasregalen, dänischer Tabak. Auf dem Sonnendeck weht eine steife Brise, die an der Kapuze reißt.

Er kann es nicht fassen. Lässt es einfach geschehen. Das Land bleibt zurück, ein diesiger Streifen, das Meer wogt im Gegenlicht wie flüssiges Silber, Möwen begleiten das Schiff. *Geht die Fahrt wohl übers Meer* – jawohl, geht sie. Endlich wieder!

Im dänischen Fährhafen gehen sie hinüber zu dem hiesigen kleinen Hafen. *Rødbyhavn.* Am Strand ist es hell und weit. Die Luft knattert, die Wellen haben Schaumkronen, die Küstenlinie endet klar und gläsern auf der Kimmung. Draußen auf der See ziehen schattenhaft Tanker. Das weiße Fahrzeug der Fähre nähert sich. Alle dreißig Minuten. Sie zählen sie nicht. Sie wissen, dass sie jederzeit zurückkommen können.

Als sie gehen, bleibt der Augenblick zurück. Hier wird es ewig Sonntag bleiben, diese wenigen

Stunden schließen sich in der Glaskugel der Ewigkeit ein, eine lange Reihe Ewigkeiten die sich durch die Jahre zieht. Auch sie sind noch dort, auch jetzt, da er am Rechner sitzt und es aufschreibt, die unglaubliche Rettung, die unerhörte Befreiung.

Du kannst nichts dafür.
Was? Wieso? Wofür soll ich etwas können?
Du kannst nichts dafür.
Natürlich kann ich nichts dafür.
Du kannst nichts dafür.
Doch! Es gibt vieles, wofür ich etwas kann!
Du kannst nichts dafür.
Aber ich konnte auch nichts dagegen. Nichts. Ich konnte nie etwas dagegen!
Du kannst nichts dafür.
Ja, verdammt! Verdammt! VERDAMMT!
Du kannst nichts dafür.
Und was nützt das? Wem ist damit gedient? Was ändert das im Nachhinein?
Du kannst nichts dafür.
Du kannst mich mal ...

Am Montag, dem vierzehnten Juli, packen sie das Auto voll, mit Zelt und Spritkocher und allem, und fahren für zehn Tage nach Schweden.

Als sie zurückkommen, haben sie zwei Erkenntnisse gewonnen. Zum Einen: Das ziellose Fahren mit dem Auto hat wenig Sinn. Man hat nur Bilder während des Fahrens, kommt aber kaum mit Land und Leuten in Berührung. Man sollte bleiben können, nicht alles sehen, aber Einzelnes näher kennen lernen. Menschen kennen lernen. Und zum Zweiten: Sie wollen in dem fremden Land eine Basisstation, einen festen Punkt, an den sie sich zurückziehen können. Ein Zuhause und nicht die ständig wechselnden Zeltübernachtungen oder Gästezimmer. Sie beschließen, das nächste Mal ein Ferienhaus zu mieten. Das muss man frühzeitig tun, das wissen sie. Sie haben die Adresse von einem privaten Vermieter am Lygnensee mitgebracht.

Ihr hat das unbekannte Land gefallen. In so einer Landschaft, mit Wald und Seen, ist sie noch nie gewesen. Das Nordische, die schwedische Lebensart und die Lockerheit der Menschen sagen ihr zu. Nur dass sie die Sprache des Landes nicht spricht, hat ihr zugesetzt. Sie war immer auf ihn und seine Erfahrung und Sprachkenntnisse angewiesen.

Ein schöner Augenblick: Als sie von der Fähre in Puttgarden fuhren, war es nur noch eine Stunde bis nach Hause, und nicht neun Stunden Autobahnfahrt wie früher. Es war ein tatsächlich ein Heimkommen ins Vertraute.

Der Sommer ist vorbei. Oktober. Er liest einen Sciencefiction-Roman von früher. *Draußen wird es kalt aber ich lege immer noch Blumen auf Algernons grab.* Die kleine Maus Algernon. Der simple Charlie, der hochintelligent wird und dann zusehen muss, wie seine Gabe wieder verschwindet. Ein einfacher Mensch. Flüchtige Gaben. Alles geht vorbei.

Mit Hemingway in einem schlechtgeführten Café der Place Contrescarpe sitzen, die Scheiben beschlagen von Wärme und Rauch, während es draußen regnet. Heft und Bleistift, in Gedanken oben in Michigan, am großen See. Ein Dutzend *portugaises*, metallischer Meergeschmack hinunter gespült mit dem kalten, herben Weißwein, den sie hier haben. Die Stadt stellt sich auf den Winter ein, und auf den Terrassen sind Kohlebecken aufgestellt, damit die Gäste es warm haben. Die kleine Wohnung unterm Dach, gemütlich und warm. Sie verbrennen Eierkohlen, winterliches Licht in den Straßen, die kahlen Bäume sehen wie Skulpturen aus, wenn man sich daran gewöhnt hat, und die Winde blasen Schauer über die Teiche. Hinauf klettern zum obersten Stockwerk des Hotels, wo man sein Arbeitszimmer hat. Von dort blickt man über die Schornsteine und Dächer des Viertels. Der Kamin im Zimmer zieht gut, es ist warm und angenehm zum Arbeiten. Man bringt sich in Papier eingepackte Mandarinen mit und geröstete Maronen, und wenn man hungrig ist zwischen zwei geschriebenen Seiten, isst man die Mandarinen und die Maronen und wirft die Schalen ins Feuer, dass sie knacken. Man arbeitet wie Hemingway immer, bis man etwas geschafft hat, und hört dann auf, damit man sicher ist, am nächsten Tag weitermachen zu können. Dann setzt man sich an den Ofen und drückt die Mandarinenschalen über den Flammen aus und sieht dem blauen Sprühen zu, das sie machen.

Ein Summen im Kopf, wenn er die Augen in den Höhlen bewegt. Tagsüber liegt er manchmal vor Erschöpfung im Bett, sinkt in einen starren, hypnotischen Schlaf und erleidet Träume, die sich im Kreis drehen. Stundenlang.

Er liest Thielickes *Tod und Leben.* Thielicke sagt, dass wir im Tod durch den Abbruch hindurch müssen. Alles wird abgebrochen, alles, woran wir uns halten. Von Anfang an aber ist unser Leben Gottes Geschichte *mit uns.* Nie können wir sie selbst schreiben, nie gibt es eine Zeit, da wir uns wie ein unbeschriebenes Blatt in Händen halten. Das trifft ihn. Aber das war ja einer der Gründe, weshalb er gläubig wurde, weshalb er sein Leben an Gott abgab:

Dass er seine Geschichte nicht mehr selbst schreiben wollte. Dass sie ausweglos geworden war.

Das einzig Bleibende über den Abbruch hinaus, sagt Thielicke, ist Gottes Geschichte mit uns. Er setzt sie fort, wenn alles andere vergehen muss. Der Tod ist das Ereignis der Grenze, an der wir exponiert erfahren, dass unser Leben nicht besteht.

Thielicke sagt, dass uns im Tod Gott begegnet. Unser Tod bedeutet etwas; mit ihm will Gott uns etwas sagen. Er will sagen: Ich bin eure unüberschreitbare Grenze. Ich habe euch diese Grenze gesetzt, weil ihr die Grenzenlosen seid.

Im Tod, sagt Thielicke, läuft nicht das Meer unserer Zeitlichkeit an Gott auf wie auf den Strand der Ewigkeit, sondern brandet es gegen ihn an als den unerbittlichen Wellenbrecher. Gott bricht uns. Gott widersteht uns. Er muss es, damit unsere Selbstherrlichkeit vergeht und wir endlich sein wollen, was wir wirklich sind.

Der Seewolf in der Verfilmung von 1971 zitiert bei dem Gespräch mit Humphrey van Weyden in der Offiziersmesse Miltons *Verlorenes Paradies*. Das Land, wo Gott seine Zelte des Neides nicht aufschlägt. Ein Leben in Freiheit an einem öden subarktischen Fluss, stapfend durch Kiesbänke und Schlamm, Fußspuren im Firn und die blanken Stämme der Krüppelkiefern. Der eigene Gott sein im Land der Kleinen Zweige ...

Spät in der Nacht rückt die Angst an ihn heran wie das Vakuum des Weltraums. Nichts zwischen ihm und der Leere als seine Haut. Nichts zwischen ihm und dem tiefen Meer als ein paar zolldicke Planken. Das Boot bietet kein Heim. Über Bord springen kann er nicht. Es gibt keinen Ausweg. Was er fühlt, ist kein Heimweh. Es ist ein Heimfall, ein Raub aller Güter in der Fremde. Ein rückhaltloses Elend. Ein Erwachen im Umkreis eines Unzuhause, das ihm am Leben frisst.

Er will hier weg.

Er will heim.

Er will frei sein.

Ist er denn unter Zwang hier?

Ja, das ist er, erkennt er plötzlich. Er meint, aushalten zu müssen. Wofür? Für wen?

Er will wieder frei sein, freiwillig sein im Bezirk vertrauter Dinge, vertrauter Menschen. Das ist kein Abenteuer mehr hier oben, das ist nur noch Untergang, denkt er.

Er spricht mit seiner Frau. Ernst, eindringlich. Spät in der Nacht erkennen sie, das sie hier nicht bleiben können. Entweder sie gehen hinaus aufs Land, in ein reetdachgedecktes Häuschen zwischen Diechen, Pappelwegen, Viehweiden, im Wetterfall des Meeres. Knurriger Menschenschlag, wettergegerbt. Oder sie ziehen mitten hinein in die Stadt, in vierspurige Straßen und Ladenpassagen und eine Viertelstunde mit der U-bahn zum Hauptbahnhof. Aber dieser Vorort ist nichts, ist weder Stadt noch Land, ist weder Altonaer Proll noch Pinneberger Friesentum, ist ein gegärter Teig mit eklen Speckstücken, ein aufgeschwollenes Bürgertum in einer aufgeschwollenen Kleinstadt. Sie müssen eindeutiger werden, denken sie. Sie müssen etwas ändern.

In Bensheim schneiden sie die Trauben mit der Schere. Ein Minitraktor fährt die Lese ins Tal hinab. Rote, gläsern gefrostete Frucht. Bei acht Kältegraden versammeln alle sich in der Nacht, um bei der Ernte dabei zu sein: der berühmte Eiswein. Der Pfirsichduft des Rieslings, ein Bitzeln an den Zungenrändern.

Grünkohl mit Pinkel. Die Kohlfahrten, sobald die ersten Fröste einsetzen. Wanderungen am Kanal, durch Wiesen, unter Kastanien. Im Wirtshaus trifft man zusammen: Hafergrütze ist in der Wurst.

Abends am Tisch neben dem Fenster. Apfelfleisch mit Röstkartoffeln. Der Tag sonnig mit zerschmettertem Kopf. Im Fernsehen lernt die Assistentin des Landarztes reiten.

Nach Mitternacht. Er schläft vier Stunden wie ein Toter. Wenn er aufwacht, ist er erschreckend wach. Er ist krank im Kopf, seiner Seele ist übel. Bevor er lange liegt und grübelt, steht er auf und setzt sich an den Schreibtisch.

Aus seiner Heimatstadt erreicht ihn die Nachricht vom Tod der Großmutter. Der Vater erzählt nüchtern, fast gefühllos. Von ihrem Todeskampf, das Ausstrecken der hilflosen Hände, ihr *Nein, nein!* aus der fernen Zwischenwelt vor Gottes Angesicht, das alles ist furchterregend. Die Nachricht am Telefon macht ihn nicht traurig oder bestürzt. Er ist nur wütend. Jetzt ist sie tot, jetzt ist's vorbei, denkt er. Zorn auf Gott, auch wenn er den Grund nicht weiß. Er ist zornig wegen des Tods. Damit fängt es an.

Er will Gott begegnen. Er will seine Größe sehen. Er will einen Gott, der zum Fürchten wäre, wäre er nicht Mensch geworden. Er will sehen, was geschieht. Er will bis zum Äußersten gehen. Er will die Wahrheit. Er lässt seine täglichen Tabletten weg. Die, die ihm der freundliche Arzt in Nürnberg verschrieben hat. Er will sich den Gefühlen stellen. Der Angst vor dem Tod und vor Gott ...

An der Grenze. Eine Erfahrung, die er noch nie gemacht hat. Er betet. Er schreibt. Er betet im Schreiben:

Ich vergehe. Deine Hand hat mich gepackt und geschüttelt. Ich erschrecke und fürchte mich vor der Größe meines Vergehens. Ich stehe in Gottes Sturm, der mir alles vom Leib reißt. Ich bin so entsetzlich nackt. Ich bin so entsetzlich nichtig. Nichts an mir wird überstehen. Alles Bestehende an mir wird nicht von mir sein. Du zeigst mir meine Schuld, meine Verfehlung, mein Seinwollen gegen Dich oder ohne Dich, von Anfang an. Eine Übergabe an Dich gibt es nicht. Was hätte ich zu geben? Ich habe nichts, bin nichts, meine Hände sind grauenhaft leer. Meine Auslieferung überfällt mich, Dein Schütteln erleide ich. So etwas kann man nicht herbei führen. Tröstliches Gefühl, mit zitternden Nerven, zwischen Heulen und Zähneklappern, zwischen Dank und En-setzen noch den theologischen Terminus dafür zu kennen: *Tremendum*. Was Luther erlebt haben muss. Ich habe nichts zu geben. Meine eigene Geschichte ist längst zu Ende. Immer noch zerfällt sie unter Deinem Angesicht wie Mottenstaub. Es gibt nur noch Deine Geschichte mit mir, wie könnte ich irgendein Kapitel darin selbst schreiben wollen? Was Du mir zugedacht hast, das nimmst Du liebend an: ein zerbrochenes Herz, einen zerschlagenen Geist. Das verstehe ich jetzt. Herr, gehe fort von mir, denn ich bin ein Sünder! Das verstehe ich jetzt. Wehe mir, ich vergehe, denn ich habe die Heiligkeit des Herrn gesehen! Das verstehe ich jetzt. Die Gefühle, die mir noch bleiben, sind maßlose Trauer und maßloser Zorn und maßlose Furcht. Die Furcht des Herrn ist der Anfang der Weisheit. Das verstehe ich jetzt.

Tage und Nächte an der Grenze. Die Erfahrung geht weiter. Dem Tod ins Angesicht blicken. Gott ins Angesicht blicken, der der Gebieter des Todes ist. Er betet. Er schreibt. Er betet im Schreiben:

Jetzt hast Du mich am Kragen gepackt und schüttelst mich durch. Du schüttelst mir die Kleider vom Leib und das Fleisch von den Knochen, bis nichts mehr bleibt. Du knetest mich durch wie mürben Lehm, keine Gestalt ist mir geblieben. Durchgeknetet, ja so fühle ich mich.

Du nimmst mich in die Wüste. Du zeigst es mir: »Dir wird ich zeigen, wer ich bin!« Wie ein Sohn zu seinem Vater sagt: Ich bin doch schon groß, ich will nicht! Und der Vater packt den Sohn im Nacken, fest und zärtlich, es tut weh und es beruhigt, und schleppt ihn zur Tausendmeterklippe, stellt ihn hin in das grauenhafte Nichts. »Das, mein Sohn, ist Größe! Schlag dein Zelt hier auf, in einer Woche hole ich dich ab!«

Er ist allein mit Gott. Das ist das Schlimmste, was einem Menschen widerfahren kann. Eine Einsamkeit, die betäubt und lähmt. Gestern und Morgen sind hinterm Horizont untergegangen, es kommt nichts und geht nichts, es war nichts und wird nichts sein. Hiob kannte das, begreift er, und Jeremia hat es erlitten. Gott rennt gegen ihn an wie ein Krieger, seine Hand liegt schwer auf ihm und bricht ihm jeden Knochen. Nein, das ist nicht Strafe und nicht Zucht und nicht spirituelle Stufe – das ist Gnade. Eine verdammt raue Gnade, ja. Gut so. Das will er. Eine Liebe, die ihn überfällt, die Unübersteigbarkeit von Gottes Größe, die über ihn kommt schützend und entsetzlich. Eine Liebe, die er nicht mehr für möglich gehalten hätte. Eine Gnade, die ihm die Tränen in die Augen treibt.

Da bleibt nichts von ihm, erkennt er. Er ist so nackt, wie er immer sein wollte. Er knirscht mit den Zähnen und ballt die Fäuste: Zeig es mir, und ich werde es dir zeigen – *ich habe es drauf!* Er wird stark sein und bestehen. Weil Gott jetzt da ist.

Manchmal schluchzt man am Telefon, denkt er,

und bettelt, der andere möge kommen, einem beistehen, für immer bei einem sein. Der Andere weiß, dass das nicht stimmt. Für den Augenblick. Aber nachher, nach zerknüllten Taschentüchern und kaltem Tee in den Bechern, schickt man ihn wieder weg. Jeden Tag den um mich haben? Dann bin ich ja nie mehr allein.

Oft hat er geklagt über Gottes Ferne. Vermutlich wollte er gar nicht, dass er nah ist. Wie hätte er wollen können, dass er immer bei ihm ist: jeden Tag, jede Sekunde, in jedem Gedanken, jedem Gefühl, jedem Handgriff. Wie hätte er wollen können, dass Gott die Zelte nein nicht des Neides, sondern der Schuld bei ihm aufschlägt? Geh, ich will nicht, dass du immer bei mir bist, ich will nicht mich verlieren für immer. Er steht jetzt in der Wüste und ist keine Geschichte mehr, geschichtslos und erbärmlich, ärmer als je, ist bloß noch, was Gottes Gegenwart ist. Entsetzen und Leere.

Das ist der Tod. Er ist *jetzt*. Jetzt schon ist er gestorben. Alles, was er bei sich hat, versinkt mit ihm. Alles wird abgebrochen. Seine Kraft wird zerfallen wie morsches Holz. Sein Denken wird erkalten wie Kerzenwachs. Alles völlig nichtig und wertlos. Keiner wird weinen, worum er weinte, keiner freudig lachen, worüber er lachte. Das kleine Theater wird schließen, das Publikum verläuft sich. Jetzt, gerade jetzt ist er gestorben. Endlich! Jetzt sieht er, dass er jeden Tag so stirbt, so völlig nutzlos und vergeblich und erbarmungswürdig. Dass sein Leben tot ist.

Dein Leben für mich, schreibt er, das muss jetzt kommen. Über mich kommen oder in mich dringen. Es geht nicht anders mehr.

Du hast mich abgebrochen, betet und schreibt er. Das Wohlste, was Du tun konntest. Ich freue mich daran, ehrlich! Hätte ich nie gedacht. Du widerstehst mir und brichst mich, und in unserer haarsträubenden Wüstennähe, der wilden Wüstennächte unseres Zwiegesprächs, wünsche ich mir sehnlichst, dass Du mir weiter widerstehst. Gleich, in jedem Augenblick. Lass es nicht wieder so weit kommen! Gut, wohne ich eine Woche im Zelt am Rand des Großen Abbruchs. Gut, wohne ich zwei Wochen. Gut, überschaue ich mein Leben von diesem Standort aus – niederschmetternd. Aber eines ist wichtig: Nimm nicht die Kraft Deines Brechens von mir. Sie belebt mich wie nie etwas zuvor.

Eigentlich geht es ja bloß darum: Das Leben, das er zu besitzen meint, ist Unleben, ein stinkender Leichnam. In Gottes Geschichte aber – die er nie aufgehört hat zu erzählen, die er auch über sein letztes Zerfallen hinweg erzählen wird– ist er einer, der lebt, auch wenn er stirbt, einst und täglich.

Eigentlich geht es ums Leben.

Er hat eine Erfahrung gemacht. *Wer nicht stirbt, bevor er stirbt, der verdirbt, wenn er stirbt*, fällt ihm ein, der Spruch des Mystikers Jakob Böhme. Vielleicht war es das, denkt er: Ich bin gestorben. Mein altes Leben ist endgültig zu Ende. Vielleicht aber hat er sich auch in etwas hineingesteigert. Er ist sich nicht sicher. Aber vielleicht ändert sich jetzt wirklich etwas, denkt er.

Ein Mann hat eine Erfahrung gemacht, fällt ihm ein. Max Frisch, *Gantenbein*. Ein Sturz durch den Spiegel, ja. *Jetzt sucht er die Geschichte seiner Erfahrung.* Ohne Geschichte kann keiner leben. Aber nicht meine Geschichte, denkt er, sondern Gottes Geschichte mit mir. Nicht wieder erfinden. Nicht wieder ein Selbstentwurf. Die Erfahrung passt sowieso nicht zu der literarischen Existenz, zu Hamburg und Schriftstellersein, die er sich ausgedacht hat. Gott schreibt seine eigene Geschichte. Er muss heraus finden, was das für eine ist.

Jähe Anfälle von Lebenshunger. Heftig und bedingungslos, aber sie besagen nichts. Sie sind bloß Anzeichen. Ich will leben, denkt er. Na klar! Er sitzt zuhause und ist erschöpft. Im Nachhall der Erfahrung wird ihm alles egal, rückt das Geschehene von ihm ab. Egal, was es war: Es war zu viel. Er will nicht weiter. Er sitzt wie Elia unterm Ginsterbusch, ist verdrossen, resigniert und verzweifelt. Ich tauge nichts, bin nicht anders als alle, such dir einen Besseren. Er wird wütend und denkt: Wenn du schon meine Hände geleert hast, dann musst du sie jetzt auch füllen!

Anfälle von Lebenslust: Lust, übers Land zu fahren. Da vorn ist die Tankstelle, wo es in ihre Straße geht. Nicht abbiegen! Weiterfahren! Und schon sind sie draußen im herbstlichen Land und folgen den Straßen von Dorf zu Dorf. Kohläcker, kahle Hecken, Herbstrot nur vom Ahorn. In einem kleinen Weiler schon im Schleswig-Holsteinischen halten sie am Dorfkrug.

Drinnen ist es rustikal. Der Besitzer mit dem Harley-Shirt duzt sie gleich, die schnoddrige Bedienung entführt ihnen die Kerze im Ständer und bringt sie angezündet wieder. Ruhige Flamme, weißes Licht in den Fenstern. In der Stube ist es dunkel und verraucht. Ein Kachelofen für die kalten Tage. Stammtisch, Sparverein, ein gerahmtes Foto zeigt eine Jungenfußballmannschaft. Gegenüber verzehrt ein alter Herr eine große Platte Hausmannskost. Die bestellt er auch. Grünkohl mit Pinkel, Schweinebacke und Kotelett, dazu einen Batzen Senf im Schälchen, Folienkartoffel. Seiner Frau steht der Sinn nach Wild, aromatische Pilze in der

Soße, Kronsbeeren, Birne, Kroketten, Rotkohl. Sie tafeln. Einen Bärenhunger hat er, als wäre auch er durchs Land der Kleinen Zweige gerobbt und hätte Moos gefressen. Einmal sitzt er allein am Tisch, weil sie auf der Toilette ist, da verabschiedet sich der alte Herr, dem er zugenickt hat. Er besuche sonntags immer seine Frau im Pflegeheim und komme dann hierher zum Essen. Hier sei es gut. Ja, sagt er und hört sich selbst zu: Hier ist es gut.

Auf dem Land zu wohnen, das wäre anders. Ein kleines Häuschen, sagen sie und deuten beim Fahren auf das da oder das da, nach Hamburg wäre es dann noch weiter. Abseitiges Gewann, dabei nicht einmal Wald. Sie wissen nicht, was tun.

Er hat eine Erfahrung gemacht. Nun sucht er nach Anderen, die sie auch gemacht haben. Nach Bibelversen, die sie erklären. Nach einer Deutung. Er liest in Bonhoeffers Gebetsbuch. Psalm 51. Er liest die Verse zehn bis vierzehn. Er kommt zu dem Schluss, dass Gott nach der Wüste nichts von ihm will. Keine Anweisung. keine Forderung, kein Auftrag. Nicht: Handle anders, denke anders, fühle anders! Sei verwandelt, als ginge es darum, eine esoterische Bewusstseinshaltung einzuüben. Nein, Gott will nur, dass er anders *will*. Das ist alles. Das kann man leisten, denkt er.

Ebenso: Nicht bloß einen *neuen* Geist, sondern einen *beständigen.* Das ständige Auf und Ab, das Drunter und Drüber in ihm darf aufhören. Er braucht nicht mehr erschüttert und zerbrochen zu werden, um die Wahrheit zu sehen. Er kann es täglich.

Was hat eigentlich Jesus mit seinen in Gethsemane geleerten Händen gemacht?, denkt er. Hat er sie füllen lassen? Nein, er hat sie durchnageln lassen!

Zurück aus der Wüste in die Zivilisation. Nach der vernichtenden Erfahrung soll es weitergehen. Wie?

Die Erfahrung darf nicht im Sande verlaufen. Nicht zurück zum Alltagstrott. Lässt sich das verhindern? Sie ist nicht nur eine getane Einsicht. Sie soll weiterwirken. Sie soll lebendig bleiben. Nicht wie früher oft, wenn er versuchte, eine Erkenntnis festzuhalten. Hier gibt es nichts festzuhalten. Hier geschieht etwas. Hier ist kein Wille und keine Ausdauer gefragt. Es geht darum, sich Gott hinzuhalten wie ein Geschenk oder ein verdrehter Zauberwürfel.

Was er nicht vergisst: Jesaja berichtet von dieser Erfahrung, von der Reinigung durch Gott, bevor er seine Berufung zum Propheten erhält. Kommt vielleicht auch für ihn ein Auftrag?

Er denkt an ihre Schwedenfahrt zurück. An das Baden im Bolmen, an dem aufgelassenen Bahnhof mitten im Wald. Heidelbeerpflücken und ihr nackter Leib purpur schimmernd im moorbraunen Wasser. Dieser zeitenthobene Nachmittag, an dem sie beide glücklich waren. Er bekommt Appetit auf das schwedische Essen, die typischen Lebensmittel, die sie in Schweden kauften. Er macht in Hamburg einen Schwedenmarkt ausfindig, der sie hat. Dort gibt es *smör*, die süßen Weizenfladen, Rentierwurst, schwedischen Käse und Marmeladen, wagenradgroße Knäckebrote, die roten Pølser für Hotdogs, *köttbollar* und den schwedischen Kartoffelsalat, den er so mag. Er sucht auf dem Stadtplan und entdeckt, dass der Markt in Niendorf sitzt, das ist ziemlich weit und mit der U-bahn schwierig zu erreichen. Es wäre ein Abenteuer. Und dann den ganzen Weg zurück mit den gekühlten Lebensmitteln! In der Großstadt kriegst du alles, denkt er, außer Mäusemilch und Leopardpanzer. Aber diese Entfernungen! Vielleicht kann er seine Frau überreden, dass sie mit ihm zum Einkauf dorthin fährt. Einstweilen stellt er es zurück.

Die Nachbarin direkt unter ihm hört Musik. Unüberhörbar. Sie spült in der Küche ab und hat im Wohnzimmer die Anlage laufen. Das stört ihn, nicht nur beim Schreiben. Er klopft mit dem

Hammerstiel gegen die Heizung, aber das nützt nichts. Nein, hinunter gehen und mit ihr reden wird er nicht, er ist vorsichtig geworden seit dem letzten Mal. Verärgert verlässt er das Haus und sucht Zuflucht im Einkaufszentrum des Stadtteils. Im Getränkehandel kauft er zwei Kisten *Frische Brise* und schleppt sie zum Auto. Unterwegssein im kalten, opaken Licht der Fremde. Hier werde ich nicht heimisch, denkt er. Allein, in der Autowärme, auf der Fahrt ans Meer: Ja, so ginge das vielleicht. Aber hier bleiben am Rand der Großstadt und kein Heim haben, das ist unerträglich.

Als er zurückkommt, ist Stille eingekehrt. Der traut er nicht. Er verkriecht sich im Schlafzimmer, zieht die Vorhänge zu, liegt im Bett und liest. Fast ist er zu spät, als er auf den Wecker blickt. Fast schon dämmert der frühe Abend in der Großstadt. Er soll seine Frau um Viertel vor sechs im Bezirksamt abholen. Davor graut ihm. Er hätte sie anrufen sollen, dass es nicht geht. Aber sie verlässt sich auf ihn.

Das Unterwegssein im Auto gibt ihm einen Halt, den die Wohnung nicht gab. Hoisbüttel, Rahlstedt, Staseler Chaussee. Auf dem Ring Drei Richtung Flughafen. Rechterhand wehen die Fahnen des Möbelhauses, es dunkelt sich ein, er treibt im Lichterstrom, was habe ich hier verloren?, er legt Barclays *Berlin* ein, *like a ship in the night you passed along the highways of my life* singt er mit, den Zehn-

dreißig-Flug, das passt. Verloren in der Großstadt.
Fremde Straßen, er findet den Möbelmarkt, den er
gesucht hat, ein Prospekt im Briefkasten, ein ein-
beiniges Teetischchen mit Intarsien und ein CD-Re-
gal, das sie immer gebrauchen können, Viertel
nach fünf, treibt weiter im Strom, holt sie ab, wie
sie da steht, einsam und verloren nicht weniger als
er, gut, sie zu spüren in der Fremde, ihre Umar-
mung, ihr Geruch, zurück in den Strom und heimwärts treiben lassen, nein, nicht heimwärts: woh-
nungswärts.

Zuhause steht der Tisch dekorativ mit Spitzen-
deckchen und wird gleich eingeweiht. Sie trinken
Tee, während im Fernsehen Van Weyden Neugier,
Unrast und die Suche nach dem Wunderbaren in
die Südsee treiben.

Um halb zehn sind sie im Bett. Beim Lesen fallen ihm die Augen zu, wie unlängst immer. In den
Schlaf stakst er steif wie eine Treppe ins Vergessen
hinab. Er liegt und träumt in einer beklemmenden,
trauernden Welt. Wie unlängst immer. Er schreckt
hoch mit dem Ende der ersten Schlafperiode, als
wären die Sekunden abgezählt. Lauscht bang in die
bange Unheimlichkeit der Nacht. Schlaf, denkt er,
ist der Bruder des Todes. Den stirbt er allnächtlich.

Wochenmarkt, da findet er kaum einen Parkplatz.
Geld holen am Automaten, dann kommt er aus

dem Bekleidungsgeschäft, und der Wachsgeruch der neuen Jacke begleitet ihn. McOrvis: Oberstoff aus Great Britain. *Gret Britin* würde Charly sagen: *please if you get some chanse put some flowrs on Algernons grave.* Das Buch kam gestern mit der Luftpost aus der Niagara Street, New York. Dann steht ein Ostfriesentee auf dem Stövchen, Kandisbrocken, Sahne, Hansenrum. Ein todsicheres Arrangement für Geborgenheit. Schüttle mich, Herr, denkt er, damit ich mich nicht dran festhalte!

Hat die Erfahrung ihn verändert? Er ist heraus gerissen aus dem Trott. Er *will* wieder. Er will Gott, er will leben, er will Erfüllung! Wenn schon alles dem Tod geweiht ist und nichts bestehen wird – Gottes neues Leben wird bleiben! Aber er rennt gegen die Unbedingtheit an wie gegen eine Mauer. Er zerbricht an Gott. Im Alltag, in der lähmenden Lethargie des Lebens. Er verzweifelt.

Um vier wacht er auf und muss seine Nachtwache antreten, wie unlängst immer. Einschlafen geht nicht und soll nicht sein, aber zu arbeiten gibt es mitten in der Nacht auch nichts. Das merkt er spätestens, wenn am Rechner etwas schiefgeht und wieder die Wut ausbricht, der Selbsthass. Er hat es ja gewusst, natürlich, hat nie etwas anderes behauptet, hat nicht behauptet, jetzt hätte er die richtige Glaubenshaltung, hat nie geglaubt, es sei alles mit Stumpf und Stiel ausgerottet. Nein, er hat ja gewusst, dass das täglich so weiter gehen muss. Vielleicht eine *self fulfilling prophecy*, eine ängstliche Selbstbeobachtung, die darauf wartet, dass er es nicht schaffen wird, den Tag zu meistern. Ständig die Frage: Wird es ein gelingender Tag? Was ist das: ein gelingender Tag? Was kann das sein angesichts des Sterbens? Was heißt das noch, wenn es all das aus den letzten Jahren nicht mehr heißt? Und wenn nicht? Was ist so schlimm an einem nicht gelingenden Tag?

Die Angst vor einem nicht gelingenden Leben.

Der Ausblick auf eine lebenslange, selbstzerstörerische Schuld.

In solchen Momenten glaubt er nicht mehr, dass Gott in sein Leben eingreift. Dass sein Eingreifen tief genug geht. Dass sein Wirken an ihm, täglich, schrittweis, Macht genug hat, den Teufelskreis zu durchbrechen.

In der Seelsorgeliteratur findet sich viel zu Krisen und Krankheiten, stellt er fest, aber rein gar nichts zu Selbsthass. Das Einzige steht in der Bibel: Du sollst Gott lieben mit deiner ganzen Existenz und deinen Nächsten *wie dich selbst*! Liebt er sich denn? Er hasst sich. Er ist wütend auf sich und wollte sich manchmal am liebsten in Stücke reißen. Wenn die Angst nicht wäre vor diesem lebenslangen Hass und dieser Zerstörungswut, vor einem fehl geleiteten Leben, dann könnte er sein Leben genießen. Das, denkt er, ist der wahre Grund, weshalb ich es nicht mehr aushalte.

Als Vorspeise Krabbensuppe, dann wieder einmal Apfelfleisch mit Röstkartoffeln. Dazu ein Bier, bei dem er die Bügel beim Öffnen knallen lassen kann. *Moin moin.* Flens. Das würde mir fehlen, denkt er. Wenn was? Der Landarzt im Fernsehen erleidet einen Hörsturz, und darauf folgend verliebt sich der Förster in die Berlinerin, die auf seinem Waldweg laute Musik hört. Nichts macht irgendetwas besser.

Um sechs Uhr morgens erwacht er, weil er sonst ertrinkt. Im Traum springt er in einen See und sinkt bis zum Grund, dort aber ist der Weg nach oben zu weit, mit den ersten Stößen durchs dichte Medium merkt er, dass die Luft nicht reicht. Als er versuchsweise einatmet, einfach um zu sehen, was passiert, erwacht er. Das Barometer ist gefallen. Hier fällt und steigt es oft, gerade das, was das Land nicht tut, denkt er. Merkwürdiger Zusammenhang. Abends regnet es. Im Fernsehen vespert der Schlossbesitzer Brezeln dick mit Leberwurst bestrichen. Brotzeit heißt es dort. Auch das führt zu nichts.

Er muss feststellen, dass er gerade lebt und fühlt mit einer Intensität, an die er nicht mehr geglaubt hat. Auch wenn es eine zerstörerische, wütende, kämpferische Intensität ist. Mit den Mahlstromfluten der Gezeiten im wilden Meer kann ich besser umgehen, denkt er grimmig, als mit den unmerklichen Verprielungen im seichten Watt. Er hat sie kaum im Griff, die Fluten, sie sind kaum gebändigt und gebahnt. Aber das wird kommen, denkt er. Mit ihnen strömt Kraft und Mut in das Gerinne zurück.

Er hat Sehnsucht nach literarischer Tätigkeit.. Deshalb schreibt er wieder. Selbstgespräch. *Geben Sie jemandem die Möglichkeit, sein Leben zu erzählen.* Nachts wacht er mehrmals auf und gruselt sich, Gänsehaut am ganzen Körper, liegt reglos, lauscht, ob jemand im Zimmer, in der Wohnung ist. Liebes, mach bitte mal das Licht an! Ich kann mich nicht rühren. Im Flur wird schließlich das Licht brennen gelassen. Er denkt über die christliche Bekenntnisschule nach, bei der er sich als Lehrer, als Quereinsteiger beworben hat. Dann weicht die Beklemmung. So ist es jetzt oft nachts, er weiß nicht, woher das kommt, er hofft, es geht wieder vorbei.

Wollte ich doch wohl auch gute, geruhige Tage haben und unverworren sein, schreibt Luther. Was Luther in der Nacht vor dem Wormser Reichstag wünschte, könnte er auch zu seinem Wunsch machen. Bloß ein paar ruhige, unverstrickte Tage. Nicht mit großen Herren und Taten umgehen. Während er die Balkontür mit der Decke verhängt, läuten im Fernsehen die Abendglocken des Klosters Reuthe.

Erschöpft von der Arbeit am Rechner, geht er in die Küche. Er schnippelt Bohnen, schneidet mit scharfem Messer das rote Rindfleisch, dass der Blutsaft austritt. Dazu Kartoffeln schälen, Zwiebeln schneiden, Schmalzbatzen darüber streuen. Alles geschmort im großen Topf. Am Telefon teilt er ihr mit, dass, wenn sie nach Hause kommt, alles schon bereitet ist. Die ganze Wohnung riecht gut nach Essen.

Sonniger Herbst. Er fährt mit dem Auto nach Wandsbek, um in einem Elektronikmarkt eine neue Tastatur zu kaufen. Billig. Und rasch. Er schaut sich Micro-Musikanlagen an, aber er hat keine Ruhe dazu. Rückfahrt durch herbstgelbe

Alleen. Unbekannte Straßennamen. Familienhäuschen und Gartenzaun. Eigentlich ist Hamburg nirgends eine richtige Großstadt, denkt er, von der City und dem Hafen abgesehen. Aber hier draußen: *Am Stadtrand* heißt eine Straße, und: *Alter Zollweg*. Er schaut sich die Gärten an, die Hauseingänge, Briefkästen, die Parkplätze an der Straße, die Bäume – würden sie sich hier wohler fühlen? Näher an der Stadt? Eingefügt, aufgenommen? Im Supermarkt kauft er eine Werkzeugbox aus Kunststoff und eine Bratpfanne. Nächste Woche ist ein Kiefernholzregal im Angebot, man kann es auch online bestellen. Seine Frau ist heute von der Arbeit zuhausegeblieben. Zu müde, zu niedergeschlagen. Ein Ausruhtag daheim. Als er zurückkommt, liegt sie in der Badewanne. Er schließt die neue Tastatur an den Rechner an, aber sie funktioniert nicht. Er merkt, dass er des Kämpfens müde ist. Er hat keine Lust, ständig nachzuhaken und gegenzusteuern und drei Anläufe zu machen, bis endlich etwas funktioniert. Aber er braucht nur die Tastatur erst nach dem Neustart anzuschließen, und schon funktioniert sie. Es wird sehr früh dunkel. Schon um fünf mutet der Abend spät an wie kurz vor dem Spielfilm.

Heimweh. Müde und krank im Bett, dösend, Freitagnachmittag, während es draußen dunkel und einsam wird. Als er erwacht, schläft seine Frau noch. Im Fenster winken die kahlen Kronen der Pappeln wie fahrige Geister. Bevor ihn die Verlassenheit völlig hinab zieht, muss er aufstehen. Etwas tun. Unter Leute. Einkaufen. Auf dem Marktplatz ist es schon dunkel, die Geschäfte erleuchtet. Im *Sparmarkt* entdecken sie an der Fleischtheke Zwiebelfleisch. Er deutet darauf und fragt, woraus das bestehe. Kassleraufschnitt, sagt die Verkäuferin mit der weißen Schürze und der blaugestreiften Bluse. In einem Sud aus weißem Balsamico mariniert. Sie nehmen zweihundert Gramm. Dazu eine Grützwurst, Sauerkraut in Dosen, ein bayrisches Bier, Haferkekse, Lübecker Marzipan. Zufrieden gehen sie nach Hause, wo der Abend schon begonnen hat.

Es ist grau und kalt. Im Viertel beim Einkaufen zieht er den dicken irischen Wollpullover unter die Wachsjacke. So friert er nicht.

Um sechs die Sportschau mit den Berichten von der Bundesliga. Stuttgart gewinnt. Auf der Schwabenkarte von 1550 ist es erst ein Dorf. Er wägt das Geschichtsbuch in den Händen. Er braucht Vertrautheiten um sich herum, an den Wänden, auf den Tischen, in den Regalen. Er möchte danach greifen können wie nach einem schweren, gusseisernen Artefakt. Im kahlen Flur wollen sie es wohnlicher machen, wissen aber nicht wie. Die maritime Dekoration ist nun fehl am Platze, sie stört ihn. Auch etwas, das nicht geklappt hat. Von der Bekenntnisschule hat er noch keine Antwort erhalten.

Kinderfest im Viertel auf dem Marktplatz. Verkaufsoffener Sonntag. Ein Karussell, Imbissbuden, ein paar Klettereinrichtungen. Eine Wurst vom Holzkohlegrill im Stehen. Der Grillgeruch, die Wärme von der Holzkohle. Vom Pappteller kann man einen Streifen abreißen und als Griff für die Wurst verwenden. Dazu gibt es eine halbe Toastbrotscheibe. Sie kauft in der Bäckerei gegenüber zwei Brötchen. So sind sie es aus dem Süden gewöhnt.

Tee steht auf dem Stövchen. In der Küche duftet es nach dem Rotweinkuchen im Backofen. Im Grunde wissen sie: Das hilft alles nichts.

Die Bekenntnisschule hat einen Brief und seine Unterlagen zurückgeschickt. Staatlich qualifizierten Bewerbern wird der Vorzug gegeben. Er hält die

Nachricht in Händen und weiß nicht, was er sagen soll. Wenn er abgelehnt würde, haben sie beschlossen, werden sie nicht hierbleiben. Sie wird sich eine neue Stelle im Süden suchen. Sie sehen keinen Sinn mehr darin hierzubleiben.

Nachts gibt er seinen Herzenswunsch frei. Die literarische Existenz in Hamburg, Schriftstellersein, wie er es sich vorgestellt hat, der Lebensentwurf, den er seit seiner Jugendzeit gehegt, gepflegt, gefördert hat. Er gibt ihn Gott zurück. Hier, mach du damit, was du willst! Führe mich, wohin du willst! Was er da preisgibt, kann er gar nicht ermessen. Wenn er kein Schriftsteller mehr ist, was ist er dann? Seine Identität ist verloren. Das Vertrauteste an sich, das er kennt. *Write it, damn you, write it! What else are you good for?* James Joyce. Zuerst bloß eine pathetische Maxime zum Pinnen an die Korktür im Jugendzimmer, dann Lebensmotto geworden. Was kann er sonst? Zu einem bürgerlichen Leben taugt er nicht, acht Stunden Lohnarbeit für jemand anderen kann er sich nicht vorstellen. Was bleibt von ihm, von seinem Leben? Im Spiegel schaut er sich ins Gesicht. Wer bist du wirklich?, fragt er es. Aber er ist entschlossen. Die erfundene Geschichte, die er für sein Leben hält, das hehre Selbstbild muss weg. Vielleicht schimmert ja dahinter so etwas wie Freiheit hindurch, die Freiheit, nichts mehr zu sein und sein zu müssen. Was Gott damit machen wird, weiß er nicht. Er vertraut ihm, traut ihm aber auch alles zu. Als Missionar nach Papua-Neuguinea? Lektor in einem Verlag? Er hat keinen Plan B. Gott wird einen haben.

Am Alten Markt vor der Kirche steht im Dunkeln das Auto mit eingeschaltetem Warnblinker. Er steht daneben und flucht gotteslästerlich. Seine Frau ruft den Abschleppdienst. Sie warten eine Stunde in der Kälte, er ist schweißnass unter der Wachsjacke. Er regt sich furchtbar auf. Er schimpft auf Gott, streitet mit ihm.

»Einen Tag vorher liefert man Gott seinen Herzenswunsch aus«, erregt er sich gegenüber seiner Frau, »ist bereit, alles aufzugeben – und das ist die Antwort? Gott kann mir gestohlen bleiben! Gefallene Welt hin oder her, so geht man einfach nicht mit seinen Schutzbefohlenen um!«

Das Tremendum, das er erlebt hat, ist vergessen. Der Pannenhelfer kommt, setzt sich ans Steuer, startet kurz und lacht.

»Haben Sie Geld?«, fragt er. »Das wird teuer!«

Der Zahnriemen ist gerissen, Ventile verbogen und vielleicht der Zylinderkopf eingerissen. Er schleppt sie zur Werkstatt. Zuhause fällt ihm nichts mehr ein, was er sagen könnte, zu ihr oder zu Gott. Er ist bedient.

Im Kiosk die Straße runter kauft er Zigarettentabak und zwei Flaschen Mineralwasser. Als er nach Hause geht, fängt es an zu nieseln. Die Hecken sind kahl, der Himmel grau. Die Treppen in den dritten Stock steigt er mühsam hinauf wie ein Pensionär mit seinen Tageseinkäufen.

Der Mann von der Werkstatt ruft zum dritten Mal an. Jetzt ist der Zylinderkopf abgenommen und kostet die Reparatur fast neunhundert Euro. Vier Ventile sind kaputt, natürlich konnte es nicht beim bloß gerissenen Riemen bleiben.

»Ist mir völlig einleuchtend«, höhnt er. »Schließlich müssen dem, der Gott liebt, alle Dinge zum Besten dienen! Ich sollte jubeln und vor Freude springen!«

Sie schweigt dazu. Sie ist nicht einverstanden mit seiner Haltung, kann ihn aber verstehen. Sie wird einen überregionalen Versetzungsantrag stellen.

»Bald sind wir hier weg,« sagt er.

Plötzlich wird ihm klar, dass er einen fremden Traum zu seinem eigenen gemacht hat. Damals, Anfang der Neunziger. Den Traum seines Freundes, der aus der Heimat flüchtet und sich neu verwurzeln will, dort oben in der Hansestadt, in die es bereits dessen Bruder gezogen hat. Jetzt ist die Mutter tot, die Schwester nachgezogen, Freddy Quinn und Möwen auf der U-bahnlaterne und der Bruder mit seinem Haus in Dänemark – was, fragt er sich, habe *ich* mit all dem zu tun?

Seine Frau hat das Weihnachtsgeld von der Stadt bekommen. Es ist diesmal besonders üppig ausgefallen. Damit sind sie aus dem Schneider. Nachdem die Reparaturrechnung bezahlt sein wird, wird noch Geld übrig sein. Sie fahren mit der U-bahn in die Innenstadt und schauen sich im Kaufhaus die Microanlagen an. Müde sind sie, als sie schließlich die Anlage in großem Karton mitnehmen, kurz vor Ladenschluss. Tickernd werden von der Scheckkarte hundertfünfzig Euro abgezogen. So einfach kann das sein, denkt er.

Sonntagmorgen. Seine Frau geht zum Gottesdienst. Er bleibt zuhause. Er hat keine Lust auf Gemeinde. Er kann, denkt er, seinem Gott auch im Wohnzimmer begegnen. Er sitzt rauchend am Stubentisch, trinkt den restlichen Tee vom Frühstück. Hört Musik, Bachs Violinkonzerte. Da besucht ihn Gott. Jesus kommt vorbei und setzt sich zu ihm. Sie reden stumm. Er leistet Abbitte. Bitte verzeih mir, dass ich dich so beschimpft habe! Ich habe mich so sehr im Stich gelassen gefühlt. Tränen rinnen ihm über die Wangen. Er nennt ihn »mein König«. Sie versöhnen sich, und in seinem Herzen wird es weit und frei. Er macht ihm verständlich, wie alles geschehen konnte, seit damals. Wann? Er hat seinen Traum preisgegeben. Darunter schält sich ein tieferer Kern frei, deckt sich eine Schicht Grundgestein auf, ein Traum, der älter ist als der des Schriftstellers in der Fremde. Er sieht ihn, den neugierigen, sehnsüchtigen Jun-gen, wie er zwischen Apfelbäumen und Obstwiesen, auf Kastanienalleen, über Felder und Hügel auf dem Weg nach Hause ist. Der Weg ist weit, ja. Es gibt Begegnungen am Wegesrand, und er wandert nicht allein, braucht sich, wie Prediger prophezeit, abends unter den Decken nicht allein zu wärmen. Es gibt behagliche Feuer, wohnliche Lagerplätze für ein oder zwei oder tausend Nächte, es gibt Mühsalstrecken, Durstpfade, Klettersteige, und es gibt ein unbeschwertes Ausschreiten auf weichem, federndem Gras. Das alles gibt es, seit er denken kann. Heimweh. Heimkehr. Er weiß, noch während sie dauert, dass die Stunde vorbei gehen wird. Er will sie nicht festhalten. Als Jesus gegangen ist und die Wohnung leer zurückbleibt, der Trost weicht wie Sonnenwärme von der Haut, kriecht er ins Bett und schläft, bis seine Frau zurückkommt.

Sie schauen fern. Die Krimireihe, die im Groß-
stadtrevier in Hamburg spielt. Sie erkennen die ab-
gefilmten Straßen wieder, trinken Tee aus dem Ser-
vice mit dem ostfriesischen Zwiebelmuster. Die Bilder der großen Stadt klingen in ihnen nach.

Jetzt hab ich's erkannt, denkt er: Es stimmt! Es
war ein ausgedachtes Ding, hierher zu kommen.
Ein Entwurf aus einer Zeit, als er noch allein war.
Ein Entwurf unter dem Andrang des Fernwehs in
den hanseatischen Straßen, am Tor zur Welt, im
Hunger nach mondäner Lust, nach Leben. Er trifft
nicht mehr zu. Er hat sich überholt. Das Leben ist
weitergegangen, der Weg hat woandershin geführt.
Älter ist er geworden. Sieben Jahre, denkt er, da
darf einer schon sich verändert haben.

Es hat ihn überraschend wenig gekostet, den ge-
liebten Entwurf preiszugeben, findet er. Er ist nicht
mehr gültig, er hat's heute gesehen. Er ist nicht
mehr allein, und er ist kein Beobachter mehr. Er
jagt nicht mehr Geschichten hinterher, um der
Welt etwas aufzutischen. Er ist auf dem Heimweg.

Schön wäre, kommen sie überein: gemeinsame Arbeit. Nicht diese Trennung am Abend, wenn sie
müde wird vor Kummer über den kommenden
Tag. Nicht diese Trennung am Morgen, wenn sie
hinaus zieht zu ihrem einsamen Kampf gegen die
Welt. Sie wollen ein gemein-sames Leben.

Die Tage hat er das Gefühl, als sei Jesus bei ihm eingezogen. Er ist die ganze Zeit da. Er wohnt jetzt hier. Nah und heimlich.

Er singt das Lied mit, stumm, mit Tränen in den Augen.

The Lord is my shepherd; I shall not want.
He maketh me lie down in green pastures:
he leadeth me beside the still waters.

Heimweg, denkt er.

Die Tage gelingen schwer allein. Beim Aufwachen weiß er nicht, wie er den Tag bewältigen soll. Wie vor einem Gipfelstieg: Welche Flanke, werden die Kräfte reichen, hält das Wetter? Er will jeden Tag angehen, als wäre er unterwegs, als wären sie gemeinsam unterwegs. *Du und ich,* sangen sie auf ihrer Hochzeit, *wir wissen nicht, was kommt, doch Gott führt uns zu seinem Ziel.* Kleiner geordneter Reisehaushalt, es abends gemütlich haben, Erledigungen, die das Weitergehen ermöglichen.

Nachts muss er raus, raus aus der warmen, engen Sackgasse des Bettes. Peripatetiker im Wohnzimmer. Es hilft nichts: Es wird immer enger in ihm, und die Angst und die Verzweiflung brechen sich in einem Wutanfall Bahn.. Danach herrscht Klarheit. Am Bücherregal sucht er Zuflucht in seiner kleinen blauen Eigenwelt. Der *Lichtenstein* von Hauff gerät ihm in die Finger, beim Hineinlesen sieht er die Burg vor sich, das Gelände am Steilabsturz, die Tropfsteinhöhle drüben jenseits des Kalkofens. Dann Hemingway in Paris. Ein Schriftstellerleben, von dem er jetzt froh ist, es nicht mehr leben zu müssen. Im *Dôme* begegnet Hemingway einem Malermodell, jung und hübsch, dunkel, klein, wunderschön gewachsen. Von einer trügerisch-zerbrechlichen Verworfenheit, schreibt er. Das kenne ich, denkt er. In der fremden Stadt leben sie von der Bezirksamtarbeit seiner Frau. Im Grunde hat sein Schriftstellerleben noch gar nicht angefangen: Er hat bisher kein einziges Buch veröffentlicht.

Beim Aufwachen hofft er auf einen gelingenden Tag. Aber er ist wieder verknotet, die Gefühle ein würgendes Knäuel, eng wird es in der Brust, an den Schultern, und der Kopf flammt auf in jähem Zorn und muss die klaustrophobische Angstkammer wegsprengen. Er erkennt, noch während die Wut sich entlädt: Auch heute wird es kein unbeschwerter Gang. Zwei Schritte vor und einen zurück, schreibt die Missionarin aus Uzbekistan. Dann bleibt der Trost, dass es wenigstens ein Schritt auf dem Weg nach Hause ist.

Er wäscht den Schlafsack in der Waschmaschine. Dabei stürzen in der Küche die Mülleimer um. Er wird zornig. Versucht mit fahrigen Griffen, fluchend und schimpfend, das Chaos zu beseitigen. Danach versucht er, das Rentierfell aus Schweden endlich im Kabinett aufzuhängen, aber das gelingt nicht, weil die Aufhängeschnur ins vertrocknete Leder reißt. Er trommelt mit den Fäusten gegen die Wand und könnte das Ding mit dem Messer zerschneiden. Danach saugt er unter den Betten Staub, damit es ihn heute Nacht nicht wieder im Hals kratzt. In der Werkstatt ist der Wagen fertig. Er zieht sich an, bringt den Müll hinunter und fährt nach dem Abholen im reparierten Auto zum Marktplatz, um beim Automaten Geld zu holen. Als er zurückkommt, ist die Wohnung immer noch leer. In Gummistiefeln und Wachsjacke steht er in der Küche und schreibt eine Notiz für seine Frau. Er kann nicht in der leeren Wohnung bleiben. Er findet keine Geborgenheit. In diesem Moment dreht sich der Schlüssel im Schloss.

Im Supermarkt gehen sie mit ihrem Einkaufswagen zur Kasse. Da steht an dessen Ende schon ein anderer Wagen mit einem kleinen Kind darin. Sie wundern sich, beraten kurz und legen dann ihre Sachen aufs Band. Kurz darauf kehrt die Mutter des Kindes zurück und beschwert sich. Sie tut es im Dialog mit ihrem Kind, so, dass es alle hören. Er ärgert sich über diese arrogante Selbstherrlichkeit, mit der Mütter sich über alle Regeln hinweg setzen zu können meinen, und blafft zurück. Komm, lass es, sagt seine Frau. Das bringt nichts. Ignorier sie einfach! Die Frau spöttelt über seinen Dialekt, wie süß der sei, und das bringt ihn in Rage. Er sagt ihr, sie solle die Klappe halten, sonst, aber dieses »sonst« war dumm, denn er kann ja sonst nichts tun. Er beschließt, die Frau nicht weiter zu beachten, aber es nagt an ihm. Diese Norddeutschen, denkt er. Er ärgert sich, dass er sich darüber so aufregt. Er macht sich verletzlich, weiß er. Zuhause ist ihm die Stimmung verdorben.

Nach Mitternacht. Er erwacht aus einem schweren Traum, der sich in einer Endlosschlaufe wiederholt hat. Am Rechner das gewohnte Selbstgespräch. Es hilft. Der kleine Globus, den er vor sich stehen hat, zeigt ihm sein Atlantisches Gesicht, die Karibischen Inseln. Ich habe die Welt so hingedreht, dass ich meine Träume sehen kann, denkt er.
Seit er im Kabinett versucht hat, das Rentierfell aufzuhängen, plagt ihn eine Überempfindlichkeit gegen Staub. Der trockene Geruch in der Nase, das

Prickeln auf den Lippen, der Belag am Gaumen, die kratzende Enge im Hals. Vielleicht eine Allergie. Er saugt Staub unter dem Schlafsofa. Er wechselt das Bettzeug. Er ruft beim Arzt an. Er ist schon wieder mit den Nerven am Ende.

Früh am Mittag geht er in die Stadt und macht Besorgungen. Heute Abend wollen sie chinesisch kochen, dazu brauchen sie Ingwer, Hühnerbrust, Cashewkerne und eine Mango. Beim Arzt holt er das Rezept für ein Antihistaminikum ab wegen der Stauballergie. Der Arzt meint am Telefon, das könne nervös bedingt sein, ob er gerade viel Stress habe. Er bekommt nicht das Medikament, das der Arzt aufgeschrieben hat, weil der dafür hätte ein bestimmtes Kreuzchen setzen müssen. Er hat Staubgeruch in der Nase, selbst an der frischen Luft. Um gleich eine Tablette nehmen zu können, geht er in eine Bäckerei und trinkt einen Tee. Zum Jubiläum von Loriot gibt es jetzt den Kosakenzipfel. Ein Herr in Wollmantel und Hut kommt herein und sagt überlegend: Ich will ... Eine Frau spricht mit hoher Stimme und hat, als er aufblickt, dünnes blondes Haar, trägt einen teuren Mantel, ist in ihre eigene Sprödigkeit versunken. Das hast du einmal, denkt er, als hanseatische Kaufmannsgattin bewundert. Die Zeiten sind vorbei.

Sie gehen früh ins Bett. Das Kratzen im Hals und das Prickeln auf den Lippen werden schlimmer. Gerade jetzt, denkt er, wenn ich einen Rückzugsort bräuchte. Gerade jetzt kann er sich nicht einmal mehr im Bett geborgen fühlen.

Am Samstag sind sie zu müde, um auf den schwedischen Weihnachtsbasar in der Innenstadt zu gehen. Sie verschieben es auf morgen. Seine Frau hat eingekauft, zwei Kosakenzipfel zum Tee. Er liegt auf dem Sofa und grübelt.

Abends sehen sie im Fernsehen Bruno Küssling durch die Straßen Hamburgs gehen, im Strom der Passanten, sein schwermütiges Resümee, das ihn seinerzeit, als er die Serie zum ersten Mal sah, sehr bewegte. In dem Tagebuch von damals hat er es verewigt. Er schlägt die Stelle nach und liest sie ihr vor. Wehmut bleibt zurück. Was tun wir eigentlich hier?, fragen sie sich. *It's a wonderful, wonderful life* sang es beim Eintreten in den Plattenladen, wo der Freund jobbte, damals, zu Kaiserpassage-Zeiten.

Am Sonntag sind sie zu müde, um in den Gottesdienst zu gehen. Erst gegen Mittag kämpfen sie sich aus der Schläfrigkeit im abgedunkelten Schlafzimmer heraus. Draußen bleigrauer Himmel, Nieselwetter. Sie fragen sich, ob sie den Weihnachtsbasar überhaupt besuchen wollen. Wozu einen Programmpunkt erledigen, nur weil man sich ihn gesetzt hat? Um später sagen zu können, sie seien auf allen skandinavischen Basaren gewesen, damals, als sie in Hamburg wohnten?

Sie fahren mit der U1 und steigen an der Wandsbeker Chaussee um in die S1 zu den Landungsbrücken. Es dämmert bereits. Hier waren sie schon lange nicht mehr, müssen sie feststellen. Die Hafenlichter. Die beleuchtete *Rickmer Rickmers*, die grellen Scheinwerfer der Docks, die Fähren und Schlepper, die unterwegs sind, der Glanz auf dem schwarzen Wasser – das kommt ihnen vor wie aus einem anderen Leben.

Der Basar findet in der Gustav-Adolf-Kirche der schwedischen Gemeinde statt. Den Sakralraum kann man über eine Treppe in den ersten Stock erreichen. Kerzen leuchten, jene dünnen, weißen Stäbe, die er damals auf seiner Motorradfahrt angezündet hat, in der Klosterkirche in Nydala, damit Jesus für ihn das Licht der Welt werde. Unten herrscht Gedränge, es riecht nach Glühwein, es gibt schwedische Handarbeiten, Lesezeichen mit Santa Lucia-Mädchen, Geschenkpapier mit Larsson-Motiven, ausgemusterte schwedische Gesangbücher und Gammaldagslieder, Dalarna-Pferdchen, Glas aus Orrefors und Lindshammar, tropffreie Kerzen, damit das Haar der Lucia-Mädchen nicht vollgekleckst wird. *Bastu* sagt eine Türaufschrift. Das erinnert ihn an seine Fahrt ans Nordkapp, das Wanderheim in Kvikkjokk, wo die Wirtin ihm mit einem zarten Erröten gesagt hat, dass das *Sauna* bedeutet. Wie er so steht und auf seine Frau wartet, in Wachsjacke und Gummistiefeln, könnte ihn jeder für eine souveräne Gestalt halten, für eine durch und durch literarische Figur. Vielleicht sogar für einen jener distinguierten Patrizier, die ihm stets Protagonisten unerzählter Geschichten sind. Keiner weiß aber, denkt er, wie mir im Innern zumute ist. Wehmütig erinnert er sich an seine Fahrten nach Skandinavien. Da war das Unterwegssein zwar entbehrungsreich, aber einfach. Er hatte ein klares Ziel und musste nur die Strecke hinter sich bringen. Heute fühlt er sich verdrossen, uneins mit sich und erschöpft.

Erst draußen findet er einen Stand mit samischer Handarbeit. Das erinnert an die Lappenverkaufsstände am Polarkreis. Ein redseliger Sami unterhält sie mit Geschichtchen und verkauft ihm ein Rentiergeweih für fünfzehn Euro. Er konnte ihn herunter handeln und freut sich nachträglich. Damals auf der Nordkappfahrt musste er sich ein Geweih verkneifen, weil er das Geld für ein Fell aufsparen wollte. Nun ist es eine späte Genugtuung.

Die gefährlichen Geweihzinken vor sich her tragend, gelangen sie zur U-bahn. Hat sich gelohnt, sagen sie.

Der Abend zieht sich zu. Der Knoten schürzt sich, ihm wird eng. Sie haben einen Tee auf dem Tisch stehen, schauen einen Film im Fernsehen, haben die Jalousien herab gelassen, aber das nützt nichts. Er wird nervös und gereizt, tigert unruhig im Zimmer umher. Zusehends wird es ausweglos, er wird wütend, fuchtelt hilflos mit den Armen in der Gegend herum, wischt die Teekanne vom Tisch, zum Glück bleibt sie heil, aber der Tee ergießt sich auf den Teppich, es platzt aus ihm heraus, die ganze Angst und Wut und Verzweiflung, die kleine Welt, die er sich aufgebaut hat, kann ihn nicht länger halten, sie zerbricht, nein, er zerbricht sie, zerstört die ganzen falschen Sicherheiten, will fliehen, ins Freie, die Schuld, der Selbsthass, ich halt das nicht mehr länger aus, brüllt er schluchzend, *ich halt das nicht aus!*, jetzt ist alles kaputt, er ist zu weit gegangen, er kauert sich auf dem Sofa zusammen und heult haltlos, ich will heim!, greint er wie ein kleines Kind, sie versucht, ruhig zu bleiben, geht in die Küche und holt einen Lappen, um das Verschüttete aufzuwischen, stellt die Kanne wieder auf den Tisch, das Stövchen ist umgekippt.

»Jetzt ist Schluss!«, sagt sie energisch, »wir schaffen das nicht mehr allein, wir holen uns jetzt Hilfe!«

Sie geht hinaus und telefoniert. Er sitzt da, zitternd und völlig aufgelöst, denkt: Nervenzusammenbruch. Er hofft darauf, dass sich die kleine heile Welt wieder zusammensetzt, dass es wieder ist wie sonst, aber er weiß, dass das zu viel war. Sie telefoniert mit dem AKO im Ochsenzoll, versucht, einen Notarzt zu erreichen. Jetzt bekommt das Ganze eine Außenseite, denkt er. Jetzt kommt es heraus aus den vier Wänden und wird beurteilt. Er hat Angst davor, aber es geht nicht anders, sagt er sich. Vielleicht ändert sich jetzt wirklich etwas.

Es ist nach Mitternacht, als sie ins Auto steigen. Sie kennt die Klinik von ihrer Arbeit her. Sie fährt ihn, zielsicher, durch die Finsternis der Nacht, durch die Enge und Ausgesetztheit der Stunden. Jetzt ist es passiert, denkt er, während er hinaus sieht durch das Seitenfenster auf die nächtlichen Straßen. Jetzt steht er draußen, außerhalb der Wirklichkeit der Anderen, in einem beängstigenden Zwischenraum. Alles ist von ihm abgefallen, alle Zwänge, alle Angst. Der schlimmste Fall ist eingetreten, das Leben ein Scherbenhaufen, jetzt kann ihm nichts mehr passieren. Beide sind froh, die Situation aufgebrochen zu haben.

Das Warten im halbdunklen Foyer, in der Stille des nächtlichen Krankenhauses. Leise Geräusche des psychiatrischen Betriebes. Das Warten macht ihn zuerst entschlossen, dann abweisend. Was will ich hier?, fragt er sich. Ich will nach Hause. Das renkt sich wieder ein. Aber es ist zu spät. Großstadt bei Nacht, einmal anders. Ein Mann wird von Mutter und Tochter hergebracht; nach einem Gespräch mit dem Arzt willigt er ein, über Nacht zu bleiben.

Brodersen heißt der Arzt. Krankenpflegertypus, kräftige Statur, Glatze. Sie erzählt ihm, was geschehen ist, denn er kann es nicht. Der Arzt wendet sich an ihn. Er berichtet von demjenigen in seinem Kopf, der ihn zerstören will, der sagt: Du gehörst kaputtgemacht, du bist es nicht wert zu leben. Dabei kommen ihm die Tränen, und er sieht, fern auf der Tischplatte, seine Hand mit der Brille spielen. Brodersen gibt ihm eine Tablette, die er gleich einnimmt. Sie zergeht auf der Zunge und macht ihn ruhig.

Brodersen hat wenig Zeit. Er ist ihm dankbar für das Gespräch mitten in der Nacht, für die Stille, die gedämpften Laute, die Lichter und Gesichter in der einsamen Stadt. Dankbar für den Ort, an den er kommen konnte. Enttäuscht ein wenig, dass zwar die dringliche Not gewendet wird, er jedoch den nächsten Tag aus eigener Kraft wird bewältigen müssen. Die Außergewöhnlichkeit der Situation, das Herausgesetztsein aus dem Alltag und die Auflösung aller Regeln haben ihm Mut gegeben. Aber nun muss er die Pein des kalten, nüchterne Danach selbst durchstehen. Narzisstische Identitätsstörung, meint Brodersen und notiert Medikamente, die ihm helfen könnten. Brodersen empfiehlt die Verhaltenstherapie im Klinikum Nord, dienstags von halb sieben bis halb neun. Mehr Zeit habe er nicht. Andere warteten, stationäre Patienten. Natürlich.

Draußen in der kühlen Nacht, am Auto, ist er

trotz allem erleichtert. Er fühlt eine seltene wütende Freiheit. Endlich wird der Feind gestellt, denkt er. Endlich gestatte ich es mir, Hilfe zu holen. Wird es weitere Hilfe geben? Das ist jetzt, lange nach Mitternacht, gleichgültig.

Sie nimmt den Morgen frei, um ausschlafen zu können. Mittags muss sie zur Arbeit und ihn allein lassen. Die nächtliche Ausnahmesituation hat etwas aufgebrochen, aber der bleierne Tag lähmt wieder. So leicht geht das nicht, denkt er. Man hat nicht eine Nacht der Neun Schwerter, und dann ist alles anders. Die Angst vor der selbstzerstörerischen Wut bleibt. Mit der Diagnose kann er nichts anfangen, sie ist auch nur vorläufig. Der Alltag stabilisiert die Lage nicht so sehr, wie sie beide gehofft haben. Auch sie kommt unverändert von der Arbeit, immer noch aus dem Vertrauten heraus gerissen, aus ihrem Leben hier, das zusehends in die Krise gerät. Sie hat die folgenden drei Tage frei genommen, um mit ihm gemeinsam die nächsten Schritte zu planen. Dafür ist er ihr sehr dankbar. Sie schlagen im Branchenverzeichnis nach und suchen Neurologen.

Nachts in der Küche sieht er sich zu wie in einem Theaterakt. Er hat immer gewusst, dass er eines

Tages aufgeführt werden wird, er hat es kommen sehen, es ist wie ein Fluch, der sich vollziehen muss, er sieht sich selbst zu, wie er das große, schwere Hackmesser nimmt, seine Pulsadern aufschlagen will, er sie sich in den Unterarm schlägt wie zur Probe, ein dicker blutroter Strich, aber zu mehr reicht es nicht. Jetzt, so vor dem endgültigen Aus stehend, erkennt er die brutale Gewalt, die nötig wäre, die Überwindung und Rücksichtslosigkeit, die ihm doch noch fehlt. Hass allein reicht nicht. Da braucht es mehr, erkennt er, das entscheidende Mehr, das einen Suizid erfolgreich macht. Er kann es nicht. Es täte ihm weh, sich zu töten. Er will sich vernichten und will es nicht. Nicht so. Das macht alles noch unerträglicher.

Am nächsten Tag verbringen sie Stunden mit fruchtlosen Telefonaten. Die Hilfe, die in der Nacht im Ochsenzoll so leicht erreichbar schien, rückt in weite Ferne. In den Praxen der Ärzte gibt es keine Notgespräche lange nach Mitternacht, sondern volle Terminkalender, Wartelisten, Nachfragen über Beschwerden, Vorzug von Stammpatienten.

»Da kommt einer von draußen und ist in einer Nacht an der Klippe seines Lebens gestanden«, sagt er verbittert zu ihr, »aber das reicht nicht.«

Um vier Uhr beginnt es zu dämmern.

Die Anfälle kommen immer wieder. Meist abends oder nachts, wenn er nicht schlafen kann. Wenn der Furor nachlässt, ist er erschöpft, kommt jedoch zur Ruhe. Das Feuer ist erloschen, aber er braucht eine Stunde, um sich zu erholen. Die Anfälle zerstören den Tag, aber er rappelt sich immer wieder auf, setzt seine Welt wieder zusammen und macht weiter, zaghaft, behutsam, versucht, nett zu sich zu sein und sich etwas Gutes zu tun.

Seine Frau wacht mit ihm, steht ihm bei. Er weiß, was er ihr zumutet, aber sie kann auch nicht im Bett liegen bleiben, wenn sie ihn hört. Sie hört zu, stellt kluge Fragen, schlägt kleine, praktische Lösungen vor, denen er zwar wenig zutraut, die er aber doch annimmt. Gemeinsam analysieren sie das Geschehen und versuchen, Dinge auszumachen, die die Anfälle auslösen, Erinnerungen, Assoziationen, Aktualisierung von traumatischen Situationen aus der Vergangenheit. Er erkennt, dass die Anfälle nicht aus heiterem Himmel kommen. Manchmal kündigen sie sich an. Er muss lernen, auf die ersten Anzeichen zu achten. Er lernt, dass die Anfälle einen Anlass haben, aus der immer neuen Verstrickung in alte Erfahrungen und Verhaltensmuster entstehen. *Trigger* nennt sie diese Anlässe.

Schließlich finden sie einen Neurologen, fußläufig in der Nähe, bei dem er einen Termin als Notfall bekommt. Sie schildern ihm die Problematik, er hört schweigend zu, verschreibt die Medikamente, die Brodersen vorgeschlagen hat, anstandslos. Die Diagnose müsse sich erst bestätigen, meint er. Er bittet den Arzt zusätzlich um ein Notfallmedikament, mit dem er die Anfälle stoppen kann. K.o.-Tropfen oder sowas. Der Arzt verschreibt ihm ein Beruhigungsmittel, mit dessen Einnahme er aber zurückhaltend sein solle, es mache süchtig. Sie steigen die steile Wendel aus Holz in dem Altbau am Marktplatz hinunter und treten auf die Straße. Sie gehen zur nächsten Apotheke und lösen das Rezept ein. Der Arzt will einen weiteren Termin in zwei Wochen, um zu sehen, wie die Medikamente anschlagen. Sie bräuchten vier Wochen, bis sie voll wirkten, sagt der Arzt, es müsse sich erst ein Pegel aufbauen.

Als er die Tablettenpackungen in der Hand hält, atmet er erleichtert auf. Nun hat er etwas, das ihm helfen wird, die Wut aufzuhalten. Auf dem Weg nach Hause sind sie zuversichtlich.

Die sind Gefährten, eine *fellowship*, auf der Fahrt zu einem gemeinsamen Ziel, die Wohnung eine feste Burg, ein Basislager, wo Manöverkritik gehalten wird. Sie reden viel. Nehmen sich die Zeit. Bleiben lange im Bett liegen. Die Tage sind außer der Reihe. Eine Krisenzeit. Eine Zeit, die sie zusammenschweißt.

Am Rechner bestellt er einen Teekalender fürs nächste Jahr zum an die Wand Hängen, eine besondere Pflückung des Darjeelings aus Jungpana, antiquarische Comics, die er in seiner Kindheit gelesen hat. Sich kleinmachen, denkt er. Sich etwas Gutes tun. Bald kommt seine Frau von der Arbeit.

Der Rauschgoldengel, zu dem er immer noch vierzehntäglich geht, kann mit seiner Schilderung der Nacht nichts anfangen. Sie denkt vermutlich, er dramatisiere. Er dringt mit seiner Not nicht zu ihr durch und wird wütend. Als sie ihn immer wieder mit Fragen nach Kleingkeiten traktiert, platzt ihm der Kragen. Er rauscht hinaus, knallt die Tür und stampft wütend den Plattenweg zur Straße hinab. Er setzt sich ins Auto, startet voller Bitterkeit den Motor, fährt los und weiß, dass er hier zum letzten Mal gewesen ist.

Sie kaufen ein. Auf dem Marktplatz steht nun ein Tannenbaum, und Lichterketten sind darüber gespannt wie das Netz einer Spinne. Im Drogeriemarkt finden sie ihren Adventskranz, bereits geschmückt. Die Schalterbeamtin in der Post händigt ihnen kurz vor Feierabend das Paket mit der Lebkuchenbestellung aus Nürnberg aus, und als sie heraus kommen auf den dunklen Platz, erkennen sie, dass das alles nichts nützt. Die Vorweihnachts-

zeit kann sie nicht bergen, die Krise, der Einbruch
des Undenkbaren lastet auf den Tagen.

»Jetzt kommt die Adventszeit«, sagt sie. »Das lieben wir beide ja.«

»Vielleicht wird doch noch alles gut«, sagt er.

Am nächsten Tag sucht seine Frau im Netz nach
Stellen in Süddeutschland. Sie räumen das Schlafzimmer um, wie am vorigen Tag geplant, sodass der
Schrank nun quer in den Raum steht und eine Art
Windfang an der Eingangstür schafft. Die Kommode wechselt an die Wand gegenüber. Jetzt ist das
Doppelbett ein Nest. Sie nehmen das Segelschiffposter und das Aquarell von Övelgönne ab und
hängen ein Deutschlandpanorama auf, auf dem sie
den Weg vom meerblauen Norden in den waldgebirgigen Süden nachverfolgen können.

Den Ersten Advent feiern sie mit der ersten Kerze
am Kranz. Aus Not und Trauer über das Erlittene
stellt sich bei ihnen echte Andacht ein. Sie singen
gemeinsam im Kerzenschein. Sie stoßen auf Psalm
30, seine Frau liest ihn vor, beide beten ihn mit. *Ich
will dich preisen, Herr, denn du hast mich aus einem tiefen Abgrund herauf gezogen. Herr, mein Gott, im Gebet
schrie ich zu dir, und du hast mich geheilt.* Ja, sagen sie,
so ist es geschehen.

Sie erzählt aus ihrer Kindheit, von dem kleinen Städtchen im Allgäu, vom Pfarrhaus, der Hauptstraße, die vorbei führte, dem Jugendheim hinter der Hecke, dem Garten mit Stellplatz und Beeten, der Wohnsiedlung, durch die der Weg hin zu den buchenbestandenen Vorbergen führte. Er will genau wissen: Wo war was? Was stand dort? Wo war dein Zimmer, was hast du gesehen, welchen Weg bist du gegangen? Er will es sich vorstellen können, ihr Leben ohne ihn, die Zeit, als sie sich noch nicht kannten.

Nachts haben sie jetzt die Schlafsäcke auf dem Bett ausgebreitet. Sie hat ihren gewaschen und auf dem Dachboden getrocknet. Sie mummeln sich darin ein und fühlen sich geborgen, wie seinerzeit in Schweden. Sie können sie mit den Reißverschlüssen aneinanderkoppeln und während der Nacht ihre Füße und Beine ineinander verschränken, ihre Körper spüren, die Wärme des Anderen, seine Bewegungen, seine Gegenwart. Wie soll einer allein sich wärmen?, denken sie.

Ein Tankwagenfahrer klingelt ihn wach, er solle sein Auto umparken, der Schlauch reiche nicht. Draußen ist es nass und kalt. Zurück im Bett, schläft er wieder ein. Erst als es dunkel wird draußen und im Nachbarhaus die Fenster erleuchtet sind, steht er auf. Auf dem Sofa sitzend, die Decke über den Beinen, wartet er, bis seine Frau nach Hause kommt. Im Leuchtturm auf den Hummerklippen essen sie in der Küche noch eine Kleinigkeit aus Dosen und gehen dann ins Bett. James Krüss' Winter-Abc: *Alle Möwen friert es bitter, Blockeis treibt im kalten Meer. Christnacht kommt mit goldnem Flitter, dunkel jeder Tag daher.*

Die Tabletten können noch nicht wirken. Er ist ruhiger, aber das ist der Schock. Er ist in eine Lebenskrise geraten, und sie ist noch nicht vorbei. Er ist wie vor den Kopf geschlagen. Alles scheint sich verändert zu haben, die Zukunft hier in Hamburg völlig ungewiss.

»Jetzt schau erst mal zu, dass du dich stabilisierst«, sagt seine Frau.

Der Freund fährt übers Wochenende nach Berlin. Immer wenn er am Bahnhof Zoo aussteige, komme er sich vor wie ein Bauer vom Lande. Hamburg habe nur an ganz wenigen Stellen Großstadtatmosphäre, sagt er. Er hört es mit Befriedigung.

Wo sind die Gegner?, fragt er sich. Es gibt keine. Noch heute will er gegen die kämpfen, die ihm seinen Weg versperren. Es gibt sie nicht. Sie sind nicht schicksalshafter oder böswilliger als er selbst. Keiner hat Schuld. Der Kampf geht ins Leere. Das bestürzt ihn.

Kälber werden zur Schlachtbank geführt und erfahren nie den Grund, schreibt er ins Tagebuch. Er wollte in seiner Jugend kein Kalb sein. Er wollte wissen: Warum? Warum bin ich so?

Zweiter Advent. Aufstehen – wozu? Zur Gottesdienstzeit sind sie zwar wach, aber wozu? Nichts bringt sie aus dem Haus. Draußen unerträgliches Licht, kalt und gläsern. Die Welt unerträglich weit. Sie wollen nichts von ihr wissen, weder von winterhellen Landungsbrücken noch von der Elbe, in der Blockeis treibt. Wir brauchen eine Strategie, sagen sie, die Decke bis unters Kinn, für die folgenden Monate. Was ist am wichtigsten? Neue Arbeit für sie? Neue Wohnung in Hamburg? Heimkehr in den Süden? Werden sie wieder das Abendblatt durchstöbern, Anrufe tätigen, sich mit Vermietern herum ärgern, nach Feierabend durch die dunkle Großstadt fahren, um Wohnungen anzusehen? Sie wissen es nicht. Sie wissen nicht, was kommt.

Sicherer wird es mit der herein brechenden Dunkelheit. Sie sind allein. Ganz allein. Zwei Kerzen brennen am Kranz. Sein Bruder ruft an, vertraute Stimme, hunderte Kilometer weit weg. Nichts hilft, niemand hilft. Es gibt Tabletten gegen Dinge, die nicht wirklich da sind, gegen irrige Überzeugungen, krankhaftes Misstrauen, das Gefühl, dass die Welt zu den verhängten Fenstern herein sieht und einen bedroht, dass die Nachbarn einem übel gesonnen sind, dass die Stadt einen verderben will. Er braucht sie bloß zu schlucken. Das macht Hoffnung. Er wisse nicht, wer er sei und wozu es ihn gebe, meinte Brodersen, da hat er recht, dachte er in jener Nacht im Ochsenzoll.

Er hat seinen Herzenswusch Gott ausgeliefert, erinnert er sich. Er will ihn nicht mehr selbst verfolgen. Gott soll entscheiden, ob er erfüllt wird oder nicht. Er fühlt sich freier. Aber die Krise hat alles in Frage gestellt.

Gezeitenwechsel. Die Tide ist gekentert. Der Gezeitenstrom steht still, an dem unnennbaren Punkt zwischen Ebbe und Flut. Er ist ausgeschieden aus den wechselnden Strömen, gestrandet am Ufer eines öden Landes, wo er sitzt und schaut auf die ewigen Gezeiten in der Welt, das Kommen und Gehen der Flut, von Fülle und Leere, von Blüte und Vergehen, Leben und Nichtleben. Alles Geschehen kommt zum Stillstand. Er steht draußen, ist ausgetreten aus dem normalen Tagfürtag, aus dem gewöhnlichen Lebensbetrieb. Er sitzt am Fenster und schaut hinaus, reglos, untätig, sitzt wie zwischen den Wirklichkeiten, in einem Wartesaal der Ewigkeit. Er spürt es. Die Kräfte haben ihn freigegeben, zerren nicht mehr an ihm. Er geht umher und sieht den Menschen befremdet zu, wie sie ihr Tagwerk verrichten, ihre Pflichten erfüllen, ihr Auskommen haben, wunderliche Rituale, die nur Sinn ergeben, wenn man dazugehört. Aber er gehört nicht dazu. Er hat das Gewöhnliche verlassen, befindet sich in der Wildnis, in der Freiheit, pflückt Anderschs Kirschen der Freiheit, gelähmt vor Angst und Ergebenheit, stillhaltend einem Vorgang, der ihn erfasst und aus seiner Existenz geworfen hat. In der Stille geschehen Dinge, die niemand zu Gesicht bekommt. Weichen werden gestellt, Entscheidungen gefällt, die verborgen bleiben. Er kann nur stillhalten und warten.

Beim Neurologen: Wartezimmer im Dachgegiebel. Eine Giraffe aus Kunststoff liest ein Buch. Eine Frau bringt eine andere mit und erklärt den Notfall. Da bringen Sie eine Menge Zeit mit, meint die

Arzthelferin. Während er wartet, hört er aus dem Behandlungszimmer elektrische Geräusche und das Fallen eines Körpers auf eine Unterlage, mehrmals. So muss das sein, denkt er angenehm paranoid, wenn man auf die Folterung wartet. Das Widerstreben gegen die Geduld des Wartens. Schreien sollte man, sich empören, sich wehren. Als Kind etwa, da sollte man sich gewehrt haben, aber die Verwehrung wurde nie akzeptiert. Komm schon, wirst sehen, es tut gar nicht weh. Aber dass es überhaupt etwas ist, denkt er, das wehtun könnte! Dieses Fremde, Ungewisse, diese Apparaturen, Rituale und Methoden, denen man hilflos ausgeliefert ist! Als er zum Arzt hinein geht, ist er niedergeschlagen.

Auf dem Weg zur Arbeit wirft sie ihre Bewerbung bei *Pro Juventa* in der Heimatstadt ein. Jetzt gilt es, sagt sie abends zu ihm

Sie kommt nach Hause und umarmt ihn. Sie braucht jetzt die Sofaecke, Kerzenlicht, einen Lebkuchen und eine Tasse von dem wundervollen Darjeeling, den er ihr damals in Nürnberg geschenkt hat. Während sie auf die Toilette geht und sich umzieht, bereitet er alles vor. Aus dem japanischen Teebecher, den er ihr letztes Weihnachten geschenkt hat, schlürft sie den Tee mit Behagen. Sie lehnt sich gegen ihn, streckt die Füße aus und beginnt in seinem Arm vom Tag zu erzählen.

Ein Orkan fegt über Norddeutschland hinweg. Windgeschwindigkeiten bis hundertsechzig Ka-emm-ha. Seine Frau kommt um drei von der Arbeit, weil die ersten Züge ausfallen. In Hamburg werden drei Sturmfluten erwartet, die Wetterlage erinnert an zweiundsechzig, der Fischmarkt wird unter Wasser stehen, aber die Deiche sind erhöht worden. Draußen im bleiernen Himmel fuchteln die kahlen Birken wie Gespenster in den Böen, Regen prasselt an die Balkontür, im Haus schlagen Türen. Die Adventskerzen brennen, im Licht der Schreibtischlampe ist der Rechner angeschaltet, Duke Ellington spielt sein *Mood Indigo*.

»Wir haben sichere Wände um uns«, tröstet er sie, »das Dach wird nicht wegfliegen.«

»Meinst du?«

Sie ist unruhig, er schenkt ihr einen Whisky ein. Allmählich dunkelt es draußen, und das Spektakel wird unsichtbar, nur noch die Stimme des Windes draußen überm Land.

Später am Abend: Draußen braust der Sturm. Sie sieht mit Kopfhörern fern und kriegt nichts mit. Er macht sich eine Tasse Darjeeling und raucht eine Pfeife englischen Tabaks. Der Fernverkehr der Bahn ist eingestellt. Weihnachtsmärkte und Winter-Dom sind geschlossen, die Hafenfähren verkehren nur noch eingeschränkt. Die Halligen an der Nordseeküste melden Landunter.

Im Fernsehen ein alter Schwarzweißfilm mit Jean Gabin, ein stiller, gemächlicher Film trotz Schießerei. Solche Filme werden heute nicht mehr gedreht, denkt er. Draußen wird es dunkler und dunkler, der Winterabend senkt sich über das Land. Er macht die Tischlampe an. Halb vier. Sie wird in zwei Stunden kommen, dann werden sie einen Weihnachtsbaum kaufen gehen. Es ist, als würde es nicht mehr Sommer, als bliebe sein Leben starr und reglos unter den Jahren. An eine Wende glaubt er nicht mehr.

Der Heilig Abend nimmt von selbst seinen Lauf. Sie bereiten das Essen vor, schmücken den Baum, gehen in den Gottesdienst, diesmal in die Schlosskirche. Auf Gemeinde haben sie keine Lust. In der Kirche fühlt er sich fremd vor seinem eigenen Gott. So viele Menschen, denkt er, in Mantel und Schals, Damen mit Lippenstift und Ohrringen, Herren mit Grauhaar und Kaschmirpullovern, die nur zweimal im Jahr in die Kirche gehen. Das Kirchenschiff ist hell erleuchtet, der Tannenbaum, die von der Decke herab gelassenen Lüster, das Saallicht, die brausende Orgel. Kurz ergreift es ihn, er sitzt und freut sich über die Botschaft, die heute Abend verkündet wird, er freut sich, dass das Schlimmste in seinem Leben vorbei ist und das Beste noch aussteht. Zuhause kochen sie und essen dann, mit Kerzen auf dem Tisch und Weihnachtsmusik. Es gibt Kaninchen mit Knödel, Rotkraut und Calvadossoße. Sie machen Bescherung und verbringen den Abend vor dem Fernseher. Sie wird sorglos und genießt den zweisamen Festtag, aber er spürt die Leere um sich herum, die durch alle Ritzen lugt. Er kommt nicht zur Ruhe.

Seine Frau steht ihm zur Seite, so sehr sie kann. Wenn sie schon an seiner Not nichts ändern kann, sorgt sie für angenehme Umstände. Sie setzt sich neben ihn auf das Sofa, redet, tröstet, umarmt ihn. Sie ist immer bereit zuzuhören, einen Rat zu geben, eine Frage zu stellen. Vor dem Einschlafen versichert sie ihm stets: Wenn etwas ist, weck mich! Wenn er verknotet und niedergeschlagen ist, geht sie einkaufen und sorgt für alles, was ihm guttun könnte: ein Honigschaumbad, falls er in die Badewanne will; Rindfleisch für das chinesische Gericht, das er so gern kocht; einen Becher Sahne für den Tee, den er vielleicht trinken will. Sie räumt alle Dinge aus dem Weg, die ihm in seiner Wut zu

Fußangeln werden könnten. Sie heizt morgens das Wohnzimmer, damit er es behaglich hat, wenn er später aufsteht. Sie richtet in der Stube die Decken auf dem Sofa her, damit er aus der Enge des Schlafzimmers in ein Nest flüchten kann. Es ist eine Belastung für sie, das weiß er. Zusätzlich zu ihrer Arbeit. Er weiß, was er ihr zumutet. Er hat Schuldgefühle deswegen. Er bittet Gott um einen Ausgleich für die Mühe, die sie mit ihm hat.

»Es ist keine Belastung«, sagt sie. »Ich tue es aus Liebe. Ich will doch, dass es dir gutgeht.«

Sie stellt kluge Fragen. Einmal greift er nach der Teetasse, und sie fragt: »Magst du eigentlich Tee?«

Und er muss nach kurzem Nachdenken antworten: »Eigentlich mag ich nur eine Sorte Tee wirklich. Ich habe das Teetrinken begonnen seinerzeit, um Zutritt zur großen Welt des Tees zu haben. Als Getränk ist er mir eigentlich zu fade.«

An Silvester machen sie Fleischfondue. Sie kaufen dafür ein, Soßen, Mixed Pickles, Baguettestangen, Kokosfett, dreierlei Sorten Fleisch. Sie schmelzen das Fett, werfen den Brenner an, es riecht erwartungsvoll nach Spiritus und Bratfett. Sie würfeln das Fleisch, schneiden das Brot auf, richten die Soßen her, verteilen die Silberzwiebeln, Gürkchen, Kürbisstücke und Maiskölbchen auf mehrere Schälchen. Sie essen eine Stunde lang, dann liegen

sie auf dem Sofa eine Weile beieinander, schnell ist
es zwölf. Sie stoßen mit Sekt an, aber es ist ein trau-
riges Gedenken. Kein Rückblick auf das vergangene Jahr, keine Bilanz, keine Prognosen. Einfach
nur der Jahreswechsel und die Gewissheit: Gut,
dass sie zusammen sind. Sie singen ihr Silvesterlied,
So nimm denn dieses Jahres Last und wandle sie in Segen.
Sie schaut am Schlafzimmerfenster das Feuerwerk,
er sitzt in der Stube und hat Tränen in den Augen.
Die Jahre kommen und gehen, denkt er. Man sollte
das alles unter dem Blickwinkel der Ewigkeit sehen.
Bis halb drei bleiben sie wach, schauen fern, das
Bedrückende des Abends bleibt.

Es geht um Geborgenheit. Worum auch sonst?
Dass ihm das jetzt erst klar wird! Sie fühlen sich
hier oben einfach ungeborgen. Unheimisch. Mit
zwanzig hat er sich vorgestellt, als Globetrotter
durch die Welt ziehen zu können, von der Hand in
den Mund zu leben, heute hier, morgen dort. Er ist
aufgebrochen nach Australien, nach Melbourne,
um dort ein neues Leben anzufangen. Er ist damals
gescheitert. Melbourne, roter Sand auf dem Flug-
feld, Bananenblätter, die über Bretterzäune hängen. Und immer der schwere Aufbruch von zuhause bei seinen Motorradfahrten, die Anspan-
nung und Ausgesetztheit unterwegs, die Zerrissenheit zwischen Fernweh und Heimweh. Heute weiß

er, dass er Heimat braucht.

Manchmal fragt er sich, was ihn eigentlich hier noch hält. Seine Frau hat sich längst fürs Weggehen entschieden. Wenn er ehrlich ist, hält ihn einzig die Angst vor dem Versagthaben. Die Angst, eine einmalige Chance zu vertun, nun, da er hier oben ist, die Chance auf ein erfülltes Leben, nur weil er nicht durchgehalten hat. Er hat Angst, zurück in der Heimat sich dieses Versagen ein Leben lang vorzuwerfen. Er hat Angst, für immer an seinem Leben schuldig zu werden.

Blaue Stunde. Auf der Veranda wird der Teetisch gedeckt. Jetzt müsste die Muminmutter Teewurst und Butter bringen, die Laterne müsste auf dem Tisch stehen und tief drinnen, im Dunkel des Gartens, die Morra warten. Manchmal helfen solche Bilder. Die Bilder im Herzen. Gegen die Angst.

Sie essen Bienenstich zum Tee. Sie kaufen auf dem Land ein, weil sie den Stadtteil nicht mehr sehen wollen. Sie kochen Eier fürs Abendessen. Sie schauen drei Folgen der Försterserie hintereinander und abends noch eine. Im Bett lesen sie Comics und schlafen bald ein. Er hat jedesmal ein mulmiges Gefühl im Bauch, wenn er das Haus verlässt.

Essenkochen: Rindsrouladen mit Rotkohl und Semmelknödeln. Um drei Uhr in der Küche, während die Rouladen schmoren, haben sie die Entscheidung getroffen: Sie gehen zurück. Sie gehen nach Hause.

Sie fahren nach Wohlsdorf und gehen im verschneiten Duvenstedter Brook spazieren. Verschneit auch der Rhododendron im Wohlsdorfer Waldfriedhof. Oben im Rauchfang sitzen die zwei Waldkäuze, aufgeplusterte Federknäuel, grau und braun. Regen sich manchmal. Einmal ein jammernder Laut. Er sitzt auf der Bank und raucht. *Ron, limón y menta.* Müde und Kälte in den Knochen, aber die Kälte bedeutet Frieden. Sie haben Frieden gefunden mit ihrem Entschluss.

Danach gehen sie essen. In den Dorfkrug, den sie im ersten Jahr entdeckt haben. Sie ziehen ihre Jacken aus und setzen sich in der halbdunklen Stube an den Tisch. Der Kachelofen in der Ecke ist eingeheizt. Einmal kommt der Wirt mit einem Stoß Holzscheite und legt nach. Hinter der angelehnten Ofentür glüht es, die Scheite knacken. Die Kacheln sind so heiß, dass man die Hand daran verbrennt, sagt der Wirt. An der Wand eine Schiefertafel mit Kreideaufschrift: *Versammlung am 27. Februar.* Im Hintergrund spielt *Hotel California* von den Eagles. In den Scheiben der Fotorahmen spiegeln sich die Lichter vom Spielautomaten. Obwohl die Küche noch nicht geöffnet ist, dürfen sie schon bestellen. Es gibt Wildragout mit Rotkohl und Kroketten, von ihrem Teller duftet das Jägerschnitzel nach frischen Pilzen.

Draußen am Auto erfrischt die kalte Nachtluft. Beim Wegfahren sagt sie: »Wir schaffen das. Wir gehen von hier weg, und bis dahin schaffen wir das!«

Kein Morgen. Morgen bringen nur Haltlosigkeit und Leere, denkt er. Wozu aufwachen? Wozu aufstehen? Es ist nichts, was ihn schließlich dazu bringt, den Tag zu beginnen. Ein bisschen Schreiben, ein bisschen Lesen. Nichts hat Sinn. Ihr Hiersein ist wie ein Haus, dessen eine Seite weggebrochen ist: Alle Zimmer stehen offen, es fehlt eine Wand.

Dass sie am Telefon so verzagt ist, weil sie erst um sieben aus der dunklen Abendstadt kommen wird, und dass ihm beim Auflegen des Hörers die Tränen kommen, das gehört nicht so. Das sollte alles nicht so sein.

Morgens will er nicht aufwachen. Unbehaglich dreht er sich im Bett, findet in den verworrenen Schlaf zurück. Deutlich der Gedanke: Ich will nicht mit diesem Alltag allein sein. Wozu sich quälen mit der Sinnlosigkeit? Wachsein lohnt erst, wenn seine Frau zurück ist. Bis dahin ist der Tag öde.

Sobald abends der Platz neben ihm auf dem Sofa leer wird, befällt ihn die Angst. Aber er will lernen, mit sich allein sein zu können.

Am Abend im Fernsehen die Nachrichten, schreibt Handke, *sind für jene, die den Tag überstanden haben.* Sie helfen ihm, die Lage nüchtern zu sehen. Dann weiß er: Er sitzt in einer Wohnung in einer norddeutschen Stadt, hat keine Arbeit, aber sein Auskommen, eine sichere Wohnung, sie sitzen hier, bis sie woanders ein anderes Leben führen werden, in einer süddeutschen Stadt. Dann sieht er die Lage wie von oben, wie auf der Panoramakarte im Schlafzimmer, das Land ausgebreitet von der Küste bis zum Gebirge, und kann sagen: Dort sind wir, genauso wie er in ein paar Monaten wird sagen können: Hier sind wir. In den Nachrichten rücken die Dinge wieder einander nahe und bilden einen Zusammenhang, der ihm Halt gibt.

Er liest in Thielickes Lebenserinnerungen. Einblick in ein Leben, das ihm Stück für Stück lieb wird. Dabei umgrenzen verschiedene Dinge, Einrichtungen und Personen, die ihm selbst vertraut sind, eine Gemeinsamkeit. Karl Heim, Friso Melzer, der Pietismus, das Schlatterhaus. Das Bild eines gelungenen akademischen Lebens, eines Gelehrten. Das ist mir versagt geblieben, denkt er. Er erinnert sich an seine Magisterprüfung und die klare Erkenntnis, dass er für eine Dozententätigkeit an der Universität nicht taugt. Es muss gut so sein, denkt er. Was wäre gewesen in einem anderen Leben?

Das junge Ehepaar, das er aus seinem Praktikum in Hamburg kennt, hat sie eingeladen. Geburtstagsfeier, viele Freunde und Bekannte, sie sollten hingehen und Leute kennen lernen, Kontakte knüpfen, aber sie wollen nicht. Wofür Leute kennen lernen? Für die kurze Zeit, die sie noch hier sind? Er sagt am Telefon ab. Ich verstehe das gar nicht, sagt dessen Frau am Telefon. Im Praktikum warst du so aufgeschlossen, bist auf Leute zugegangen. Was ist passiert? Darauf weiß er keine Antwort. Er ist froh, dass sie die Absage akzeptieren.

Als sich die Lektüre Thielickes dem Ende nähert, bekommt er Angst vor dem Moment, wenn er wieder allein sein wird.

Nichts ist selbstverständlich oder harmlos. Jedes Abendessen, jedes Heimkommen von ihr, jede gelingende Stunde ist ein Segen und dennoch voller Angst vor der Leere, die ihn überwältigen wird, sobald er nichts mehr haben wird.

»Ich glaube«, sagt seine Frau, »du hast eine Depression. Wir sollten noch einmal mit dem Arzt sprechen.«

»Meinst du?«

»So kann es nicht weitergehen. Mit dieser ständigen Angst.«

»Ich glaube, die Tabletten wirken allmählich«, sagt er. »Ich bin ruhiger, und meine Gefühle verknoten sich nicht mehr so sehr. Aber ich traue mich kaum noch, aus dem Haus zu gehen.«

Als sie nach Hause kommt, ist er erleichtert. Es war ein schwieriger Tag. Er kriegt kein Wort heraus vor Tränen. Sie weiß Bescheid.

»Hast du schon einmal über einen Klinikaufenthalt nachgedacht?«, fragt sie und erzählt, was sie gehört hat, wem alles es danach viel besser gehe.

»Ich will nicht getrennt von dir sein«, sagt er. »Ich will nicht irgendwo unter fremden Leuten hocken, womöglich mit einem Mitbewohner in einem Zimmer. Ohne Rückzugsmöglichkeit. Ohne den vertrauten Alltag um mich her.«

»Das verstehe ich«, sagt sie.

Und es ist noch etwas: Er will nicht abgeschoben werden. Ins Erzieherzimmer, wie früher im Kindergarten, wenn er auffällig geworden war. Er will nicht endgültig aus dem Alltag gerissen und ins Exil verbannt werden.

So ein Leben zermürbt, denkt er. Oft fragt er sich, wo er die Kraft dazu auf Dauer hernehmen soll. Aus der Kraft eines Anderen leben, erinnert er sich an Nürnberg. Dann ist er müde und sehnt sich nach dem Frieden, den Gott verheißen hat.

Und dann ereignet sich ein Moment der völligen Kraftlosigkeit. Er wird nachts um zwei wach und fühlt sich elend. Ein Schädel wie Watte, Kopfschmerzen, zittrig in den Gliedern. Er steht auf und schleppt sich ins Wohnzimmer. Dort sitzt er und breitet aufmüpfig die Arme aus. Er hat genug. Er will nicht mehr kämpfen. Endlich einmal kapitulieren, denkt er, sich der Schwäche hingeben. Eigentlich ein schönes Gefühl. Eine versteckte Geborgenheit in dieser Schwachheit, wie wenn er krank ist: Wenn er nicht kann, muss er auch nicht. Eine Freiheit und Gelassenheit, die gut tut. Gott wird mich wieder aufrichten, sagt er sich, wie es mein

Vorname verspricht. Aber er will gar keine Kraft mehr. Nicht zum Kämpfen, nicht zur Verteidigung. Nur um den Frieden zu halten, den er plötzlich empfindet, den Frieden der Ergebung.

Morgens warten sie zu zweit eine Stunde beim Neurologen. Seine Frau hat sich in der Arbeit krank gemeldet. Er blättert in der *Theologischen Orientierung*, einem Periodikum des Bengelhauses in Tübingen, das er zugeschickt bekommt. In der Dünne und Enge seiner Angst ist das eine kurzzeitige Zuflucht, die sich im Wartezimmer immer wieder versagt. Dahinter schimmert eine ganz andere Welt hindurch, eine graue, öde Welt. Die Welt der Anderen, zu der er nicht mehr gehört. Jetzt, wie er so sitzt und auf seinen Termin beim Psychiater wartet, kommt er sich endgültig heraus gefallen vor. Es gibt nichts mehr, was ihn hält. Kein Alltag, keine Routine und schon gar keine höhere Einsicht. Er würde jetzt alles darum geben, wenn er nur wieder die ungenügende Geborgenheit der letzten Tage hätte.

Dem Neurologen versucht er zu erzählen, wie es ihm geht. Vom ständigen Kampf und der Nervenanspannung versucht er zu berichten, von der Angst und der Leere, aber er traut seinen dürren Worten nicht zu, das ganze Elend zu schildern. Mittlerweile kennt er aber die Schlüsselbegriffe, auf die Ärzte Wert legen, und zählt Symptome auf:

Schlafstörungen, Appetitlosigkeit, Antriebslosigkeit, Angstzustände. Als seine Frau erzählt, was geschehen ist, zittert ihre Stimme.

Der Arzt ist direkt und sachlich und schlägt eine Einweisung in eine Klinik vor. Bis morgen halb neun sollen sie es sich überlegen. Der Arzt, nimmt die Sache ernst. Aber er möchte nicht in eine stationäre Klinik. Einige Wochen weg von zuhause kann er sich nicht vorstellen.

»Es bleibt noch die Möglichkeit einer Tagesklinik,« sagt der Arzt. »Dort sind Sie von morgens bis nachmittags und verbringen den Abend und die Nacht zuhause.«

Er wusste nicht, dass es sowas gibt. Sie schauen einander an. Das klingt machbar.

»Das Ziel wäre«, sagt der Arzt, »eine Stabilisierung des Zustands und langfristig eine Diagnose.«

Zuhause macht ihm die Aussicht auf eine stationäre Klinik Angst. Eine seltsame Angst, die aus dem Bauch kommt und ihn überfällt, als stünde morgen die Hinrichtung bevor. Es wird nichts passieren, sagt er sich, aber die Angst nimmt ihn heraus aus jeder Ablenkung und jeder kleinen Zuflucht.

»Hier im Stadtteil gibt es eine Tagesklinik«, weiß sie, »sie wäre fußläufig, du könntest morgens hingehen und nachmittags wieder hier sein, noch bevor ich von der Arbeit komme.«

»Es muss etwas geschehen«, sagt er. »So geht's

nicht weiter.«

Durchs Fenster fällt Sonne, sie schauen eine Folge der Försterserie und müssen die Jalousien schließen, um die grelle Wirklichkeit auszublenden. Er schaut seiner Frau zu, wie sie sich etwas zu essen macht, wie sie Tee für sie beide kocht, wie sie frei hat heute und morgen wieder arbeiten gehen wird, in einem Alltag, zu dem er keinen Zugang findet. Er will sich durch einen Türspalt hinein drücken, will mitmachen, aber dann kommt die Angst und er ist wieder in jener anderen Welt, die es gar nicht geben dürfte, in der es ihn gar nicht geben dürfte, denn niemand kann dort leben.

Immer wenn er an die kommenden Tage denkt, wie sie morgen und übermorgen und nächste Woche und nächsten Monat – so weit voraus kann er gar nicht denken – vor ihm liegen, gibt es ihm einen Stich in den Magen, und er sieht nur Öde und Leere vor sich, eine endlose Strecke von Tagen, an denen er nicht leben kann. Ein Unleben, das nicht mehr funktioniert. Er versucht, den gewohnten Dingen wieder näherzukommen, Zuflucht bei ichnen zu finden: ein Buch, ein Andenken, eine Fotografie, die Teekanne auf dem Tisch, die Räucherstäbchen im Halter – er nimmt sie in die Hand, besinnt sich auf ihre Bewandtnis und ihre Bedeutung, wofür sie stehen, woran sie erinnern, aber sie sind alle fremd und unberührbar geworden.

Seine Frau ruft beim Arzt an und teilt ihm mit, dass sie sich für eine Tagesklinik entschieden haben. Der Arzt macht die Einweisung fertig. Auch das muss sie ihm abnehmen. Sie notiert sich während der Arbeit Gedanken, die sie ihm abends zuhause mitteilt. Manchmal ruft sie ihn an, um ihm etwas zu erzählen, was ihr klargeworden sei. Diese Anrufe aus ihrer gewohnten Baldbinichzuhause-Welt erreichen ihn kaum, sie sind wie ein Funkspruch aus dem Weltraum.

Wenn er allein ist, wartet er darauf, dass die Angst kommt. Er schläft bis eins, bis zwei, steht um halb drei auf, weil er Berührung mit der Wirklichkeit braucht. Das Wohnzimmer ist warm, sie hat die Heizung aufgedreht, bevor sie ging. Sein Blick fällt auf seinen Schreibtisch, der voller Dinge steht, die einmal Bedeutung hatten, jetzt aber ein Spalier von Leichen sind. Nur manchmal gelingt es ihm, in die normale Welt zurückzugelangen. Durch ein Wort, eine Knäckebrotpackung, ein Bild an der Wand, das Studieren der Programmzeitschrift. Genausogut aber können die Dinge das Gegenteil bewirken: Sie rufen ihn aus der Harmlosigkeit des Selbstgesprächs heraus vor das Angesicht einer unerbittlichen Wahrheit: das Scheitern seines Lebens.

Das Gießen der Zimmerpflanzen ist ein erfüllender Programmpunkt. Als er erledigt ist, weiß er nichts mehr zu tun und legt sich aufs Sofa. Das Ticken der Küchenuhr klingt herüber. Er zieht die

Decke über den Kopf und schläft ein.

Nach Mitternacht sitzt er am Rechner. Die Verzweiflung hat ihn aus dem Bett getrieben. Er hielt die Hand seiner schlafenden Frau, aber das half nichts. Er betet. Dann schreibt er. Schreibt die Geschehnisse der letzten Tage auf, alles, was ihm unbeschreibbar erschien, schreibt es auf, um es festzuhalten. Als es dann dasteht, hat sich etwas verändert. Die Krise steht jetzt auf dem Papier, sie ist objektiv geworden. Eine Wirklichkeit, greifbar und festlegbar. Das hilft. Er weiß es. Er hat es schon oft erlebt.

Im Grunde, denkt er, ist es die Angst vor dem Tod. Wie beim Sterben, wenn einem alles aus der Hand genommen wird, alles zerfällt, nichts mehr Halt bietet – nur: Man lebt weiter. Es endet nicht in einem schwarzen Punkt. Die Tage gehen endlos weiter, umgeben von toten Dingen.

Nach der Arbeit kriecht sie zu ihm ins Bett. Dann schaffen sie es, gemeinsam einkaufen zu gehen. Nichts berührt ihn dort, nichts verlockt, nichts verheißt Vergnügen oder Geborgenheit. Er hat auf nichts Lust. Wozu Lust und Begehren in einer toten Welt? Nur ein Fertiggericht und die Vorstellung, es sich irgendwann einmal an einem grauen Mittag kochen zu können, ohne aus dem Haus zu müssen, gibt ein wenig Halt. Danach sitzen sie auf der Mauer am Rathausplatz, die Abendluft ist mild, der Himmel dunkel. Sie reden über das Leben in der Heimat. Das kann es wieder geben, denkt er. Vielleicht ist es doch nicht endlos.

»An dem Abend, als es dir so schlecht ging«, gesteht sie ihm beim Einkaufen, »wäre ich am liebsten davon gelaufen. Es war fast zu viel für mich.«

Er schweigt betroffen. Das ist ja seine Befürchtung: dass er eine unzumutbare Belastung für sie ist. Er hat das Gefühl, sich keinen Fehler mehr erlauben zu dürfen, sonst würde seine Frau ihm weggenommen. Sonst verfügten die Gesunden über ihn, sperrten ihn weg, schützten die Mitwelt vor ihm. Er will aushalten, standhalten, nichts von dem leugnen oder vergessen, was vorgeht. Eine Rückkehr ins Unbeschwerte und Harmlose erlaubt er sich nicht, obwohl er sich nach nichts mehr sehnt als danach.

»Nicht du bist eine Belastung«, sagt sie ihm. »Es ist die Lage, in der wir sind.«

Bei der Rückfahrt kommt die Sonne durch den Nebel. Jetzt einfach immer weiterfahren, denken sie. Ans Meer. Das wäre die Rettung.

Er verschläft die Tage bis zum Vorgespräch in der Klinik. Er döst und schläft lieber, mit verdunkeltem Bewusstsein, als sich mit wachem der Angst zu stellen. Er hat Schuldgefühle deswegen. Er steht auf, wenn es dunkel wird. Er macht sich einen Becher Kaffee und raucht Zigaretten dazu. Der vertraute Platz auf dem Sofa, die Kerze auf dem Teetisch, der Aschenbecher, der verrutschte Sofabezug. Mit untergeschlagenen Beinen sitzt er dort und ist für eine Weile sicher.

Er wacht auf, als sie zur Arbeit geht, und kann nicht mehr einschlafen. Er setzt sich an den Rechner und beantwortet Mailkorrespondenz, schreibt ins Tagebuch, schaut sich die Dateien seiner zuletzt geschrieben Romane noch einmal an. Im Regal liegen sie, ein Stapel Manuskripte, nutzlos, unerwünscht, er schickt sie nicht einmal mehr ab. Thielickes Lebenserinnerungen hat er ausgelesen: ein erfülltes Leben. Ein pralles, wirkungsreiches Dreivierteljahrhundert. So einer kann leicht sagen, denkt er, dass er alles dankbar aus Gottes Händen genommen hat und dass Gott allein die Ehre gebührt. Aber mein Leben?, denkt er. So ganz ohne Wirkung? Wie soll das alles enden?

Danach schaut er fern, eine Reihe von Dokumentationen und die *Waltons*, die er aus seiner Jugendzeit kennt, wo John-Boys Licht im Haus immer

als Letztes ausgeht. Einen Becher Kaffee, zwei Zigaretten. Anschließend wärmt er sich das Essen auf,
Reste vom Vortag, trinkt ein Bier dazu und wird
müde, döst auf dem Sofa vor sich hin, bis sie um
halb sieben von der Arbeit kommt.

Sie ist unglücklich in der Arbeit. Das Pensum ist
unmöglich zu schaffen, sagt sie, zu wenig Mitarbeiter, zu wenig besetzte Stellen. Im Bett, als sie zum
Einschlafen eng aneinander gekuschelt liegen, erkennt er, wie sehr er an ihr hängt. Wie gerne er sich
ganz an sie hängen würde, mit der ganzen Last, wie
gerne er bei ihr Halt und Geborgenheit suchen
würde. Er weiß, dass das nicht geht und er es nicht
darf. Aber die bloße Wärme ihres Körpers ist schon
Vorwurf.

Morgens kocht er ihr Pfefferminztee fürs Büro und
schmiert ihr ein Marmeladenbrot. Als sie gegangen
ist, verkriecht er sich wieder im Bett. Er legt sich
auf ihre Seite des Bettes und deckt sich mit ihrer
Decke zu. Das Laken ist noch warm von ihr. Es gelingt ihm, noch einmal einzuschlafen. Als er wach
ist, will er nicht aufstehen. Der Gedanke an die
Waltons im Fernsehen und einen Becher Kaffee
bringt ihn dann dazu. Er schaut die Serie jetzt regelmäßig, sie tut ihm gut. Eine Stunde, in der er
nichts tun muss, einfach sitzen kann und da sein.
In Walton's Mountain schlägt ein umher ziehender

Schwarzer mit seinem Sohn Wurzeln wie das Pfirsichbäumchen, das die Kinder einpflanzten. Eine große Familie, denkt er. Jeder hilft jedem, man hält zusammen. Sechs Kinder, drei Generationen. Beim Essen sind immer alle versammelt. Amerika der Dreißiger, großes Haus mit Sägewerk, davon haben sie ihr Auskommen. Dieses Aufgehobensein macht ihn ruhig.

Er telefoniert mit dem Freund. Der hat einige Folgen zu einer neuen Serie im Fernsehen geschrieben, die im April startet. Unter Pseudonym. Kein Schriftsteller will mit dem Fernsehkram in Verbindung gebracht werden. Er erzählt ihm, wie es ihm geht.

»Alles wäre anders gekommen«, sagt der Freund am Schluss, »wenn deine Werke die Aufmerksamkeit gefunden hätten, die sie verdienen.«

Die Waltons gehen auf einen Jahrmarkt und gewinnen einen Preis für die beste Torte, während andere ein eingefettetes Schwein fangen müssen. Schwere Zeiten und Sorgen kann die Familie erdulden, weil sie von gegenseitiger Liebe getragen wird, sagt John-Boy am Schluss. Er trinkt seinen Kaffee leer und raucht die Zigarette zu Ende. Es ist halb sechs, draußen ziehen Wolken auf.

Er ist froh um jede kleine Tätigkeit, die er verrichten kann. Dann hat er etwas zu tun. Tun ist gerade besser als Nichttun, denkt er. Jede kleine Verrichtung führt er konzentriert und sorgfältig aus. Kaffee kochen, die Pflanzen gießen, Staubsaugen. Sich ein Marmeladebrot schmieren. Ein Räucherstäbchen anzünden. Seine Pfeife stopfen. Den Müll zur Tonne bringen kann er nicht, dazu müsste er das Haus verlassen. Solange er etwas tun kann, ist er aufgehoben. Als es draußen zu dämmern beginnt, weiß er nichts mehr zu tun. Ins Bett zu liegen und dort zu lesen ist alles, was ihm einfällt.

Seine Frau kommt um halb acht. Auf dem Sofa reden sie über das bevorstehende Vorgespräch in der Klinik. Er weiß schon gar nicht mehr, was er erzählen soll, er hat das Gefühl, eine Prüfung bestehen zu müssen, um aufgenommen zu werden. Er fühlt sich unter Druck, alle Ereignisse und Gefühle während des Tages aufschreiben zu müssen, um davon berichten zu können. Sie macht ihm klar, dass allein die Tatsache, dass er jeden Morgen eine Tablette braucht und sich kaum aus dem Haus wagt, Grund genug für eine Aufnahme sei.

Die Aussicht auf das Vorgespräch weckt die Angst wieder. Diese letzten Tage, an denen er lange im Bett lag, mit dem Rückzug und der Geborgenheit durch die kleinen Dinge und Verrichtungen, mit den *Waltons* und den Siebenuhrnachrichten werden ihm fehlen. Etwas Neues kommt, die Auseinandersetzung mit dem Grund der Angst. Das will er nicht.

Im Gottesdienst eine Predigt über den wunderbaren Fischzug des Petrus. Der Pastor bittet sie, noch zu bleiben, aber er braucht Luft und muss raus. Die Begegnung mit den Menschen war fast zu viel für ihn. So viele Forderungen, denen er nicht genügen kann, so viele Ordnungen, aus denen er heraus gefallen ist. Auf dem Rückweg schauen sie sich die Tagesklinik von außen an, ein einstöckiges, modernes Gebäude mit heckenumfriedetem Innenhof. Die Medikamente entfalten mittlerweile ihre volle Wirkung. Die Angst löst sich, der Druck lässt nach, die Wutanfälle werden seltener. Er braucht die kleinen blauen Tabletten nicht mehr so oft. Seine Tage sind erträglicher geworden, er schläft jetzt besser, wacht aber oft nachts auf und muss eine Tablette nehmen. Manchmal meldet sich die Angst wieder, wie um ihm zu zeigen, dass sie noch da ist und es ihm nur wegen der Medikamente besser geht. Schreiben kann er nicht. An einem Roman zu arbeiten ergibt keinen Sinn, ist nutzlos und überflüssig. Aber wenn es wieder gehen wird, hat er vor, als Nächstes einen Krimi zu schreiben, aus lauter Trotz. Alle Welt will einen Krimi, sagt er sich, dann schreibe ich halt auch einen. Damit wenigstens mal etwas veröffentlicht wird. Tatsächlich stehen die Chancen für einen Krimi nicht schlecht. Ein Krimi, der in seiner Heimat spielt, ein Regionalkrimi. Die sind gerade im Kommen. Er selber mag keine Krimis. Aber er stellt sich das Austüfteln einer Indizienkette, die Rekonstruktion der Vergangenheit und die Steuerung des Leserwissens spannend vor.

Vorgespräch. Sehr fürsorgliche und freundliche Psychologen, der knabenhafte Klinikarzt und sein bärtiger Assistent. Sehr einfühlsames Gespräch, in dem er sein Leben erzählen konnte zusätzlich zur Schilderung der aktuellen Krise. Er hat sich zusammen mit seiner Frau vorbereitet und einen Symptomkatalog, einen Tagesverlauf und die Chronologie der Krise verfasst. Eine Entscheidung, ob und wann der Aufenthalt beginnen soll, fällt erst bis Mittwochnachmittag. Er solle anrufen. Die Anwesenheit der Mitpatienten empfindet er intensiv, alles hat dort mit Gruppe und Gemeinschaft zu tun. Das behagt ihm nicht, was der Klinikarzt gleich thematisiert. Auf dem Heimweg kauft er beim Bäcker Brezeln und einen Amerikaner und isst sie zum Tee, während er die *Waltons* schaut. Dort will die kleine Erin ein Rehkitz beschützen, und John-Boy versucht sich als Pachteintreiber. Draußen grau, es beginnt zu schneien.

Gerade als er Thielickes *Lebensangst* weggelegt hat, kommt seine Frau von der Arbeit. Sie ist heute verknotet und verzweifelt. Sie legt ihren Kopf auf seinen Bauch und weint ein wenig. Ihr macht die Arbeit gerade keinen Spaß, und sie wünscht sich, dass alles leichter und unbeschwerter wäre.

Manchmal erschreckt ihn das Gleichmaß seiner Tage. Die Monotonie: die *Waltons*, Kaffee und Zigaretten, ihr Heimkommen, Fernsehen und das Bett wie eine Schlafgrube – das ist so hohl und leer, und dahinter stiert ihn die Hoffnungslosigkeit an. Soll das ewig so weitergehen? Ist das nun sein Leben, für immer?

Die Entscheidung ist da: Er wird genommen. Er ist erleichtert, aber auch skeptisch. Während im Fernsehen John-Boy auf seine Operation wartet, telefoniert er mit dem Arzt. Behandlungsziele sind eine diagnostische Klärung, eine langfristige Therapieempfehlung und eine Bestandsaufnahme, wo er gerade steht. Er weiß nicht, ob ihm der Aufenthalt helfen wird, zu seinem früheren Leben zurückzufinden. Was fehlt, ist der entscheidende Anstoß zum

Schreiben, die Neugier aufs Leben, das Interesse an der Auseinandersetzung mit der Welt. Ohne diesen Anstoß ist alles nüchtern und leidenschaftslos, ein indolentes Laissez-faire, in dem er Dinge ebensogut tun wie lassen kann.

Die ersten Handgriffe, die ersten Schritte in der morgendlichen Wohnung sind schlimm. Haltlos geht er umher, macht Tee, weiß nicht, was er tun soll. Immer wieder schimmert zwischen den Tätigkeiten die Sinnlosigkeit hindurch. Wo ist das alles hingekommen?, fragt er sich. Was ist eigentlich geschehen? Er versteht gar nichts mehr. Ohne das Schreiben, ohne das ständige Bedürfnis zu gestalten, ist es eine stille Zeit. Tatsächlich sind die Gezeiten immer noch gekentert, ein Stillstand, ein Ausgleich aller Kräfte. Er erwartet keine großartigen Erkenntnisse mehr. Es ist auch keine Ruhepause, in der er Kraft schöpfen könnte für etwas Neues. Es ist eher ein gleichgültiger Nullpunkt, ein Geschehen, das nichts will und nichts verfolgt. Was Gott vorhat, weiß er nicht. Er weiß aber, dass Gott gerade etwas tut. Er selbst ist sehr ruhig und lernt sich von einer anderen Seite kennen. Ein Buch, ein Becher Kaffee, eine Fernsehsendung genügen plötzlich für einen Tag. Wie kann das genügen?, fragt er sich erschrocken. So wenig? Aber es gibt keine großen Dinge mehr. Alles andere hat sich als Illusion

erwiesen. Er will es nicht mehr. Die literarische
Existenz, das Leben für und von Geschichten, hat
sich totgelaufen.

In Waltons Mountain erhofft man sich von Groß-
mutters Erbschaft ein neues Kirchendach und einen neuen Boiler, und John-Boy kann getrost aufs
College gehen und *Die Bibel als Literatur* im Neben-
fach belegen. Zwischendurch ruft seine Frau an
und sagt, dass sie jetzt losfährt.

Einen Becher Kaffee und zwei Marmeladenbröt-
chen dazu. Zwei Zigaretten. John-Boy schenkt seiner Schwester gelbe Rosen für fünfzehn Cents, weil
sie Liebeskummer hat; später bekommt er den Ge-
räteschuppen wieder als Arbeitszimmer. Das Er-
wachsenwerden, das Altwerden. Und Großmutter
braucht nun doch kein Hörrohr.

Für den Regionalkrimi entwirft er einen Plot und
notiert erste Skizzen. Er ist erstaunt, wie leicht ihm
das von der Hand geht. Er verrichtet das Schreiben
wie eine Brotarbeit. Es macht keine Freude, depri-
miert ihn aber auch nicht. Die Gleichmütigkeit eines bloßen Handwerks. Dann einen Becher Kaffee
und zwei Zigaretten. In Waltons Mountain gehen

die Eltern auf verspätete Hochzeitsreise, und John-Boy mag am liebsten die Abende, wenn es im Haus langsam dunkel wird und alle spüren, wie sehr sie einander brauchen.

Es ist immer eine stille Stunde, wenn er auf dem Sofa liegt und liest. Dann bekommt er manchmal Lust auf Kultur, auf Bücher, auf Filme, darauf, Neues zu erfahren und Dinge zu entdecken. Es ist eine gute Stunde, in der er sich am wohlsten fühlt. Er genießt sie, bevor die Sinnlosigkeit zurückkehrt.

Eine Bangigkeit manchmal, als stünde etwas Schreckliches bevor. Er hält sich an seinen stillen Tagen fest, an der Abgeschlossenheit der Wohnung, an den *Waltons*, die um fünf kommen. In Waltons Mountain wird ein Waisenjunge adoptiert, der sich darüber freut, dass ihm der Schmied seine Mütze schenkt. Liebe will gegeben werden, sagt John-Boy zu der Frau des Schmieds, wenn sie gebraucht wird.

Der erste Tag in der Klinik. Im Foyer sitzen die Mitpatienten und haben Pause. Er stellt sich mit seinem Vornamen vor, hier duzen sich alle, Nachnamen braucht niemand. Ein Aquarium, das der Assistenzarzt pflegt, und ein Miniatur-Zengarten mit Kieselsteinen, Sand und einem Puppenrechen. Tatsächlich rechen manche, meist Frauen, während der Pause den Sand.

Es gibt Ergotherapie, Musiktherapie, Bewegungstherapie, Gruppengespräche und zweimal wöchentlich Einzelgespräche mit dem Klinikarzt. Darauf hofft er besonders. Dort werden die Fortschritte erzielt, denkt er. Der Rest, das Zusammensein mit den Anderen, wird er irgendwie hinter sich bringen. Mittagessen gibt's tiefgefroren und erhitzt im Ofen in der Küche. Rauchen auf der Terrasse, wo ein sandgefüllter Behälter für die Kippen bereit steht.

Er hat noch keine Gruppentherapie mitgemacht, kennt das bloß aus Filmen. Als er an der Reihe ist, sein Befinden kundzutun, spricht er von Verknotungen. Das versteht keiner, es wird nachgefragt. Nach der Sitzung fragt er sich, was das bringen soll. Es ist interessant, Leute zu hören, denen es genauso geht. Man fühlt mit, ab und zu wirft der Klinikarzt eine Frage ein, niemand will irgendwem etwas Böses, Toleranz und Rücksicht allenthalben – aber er hat keinen Gewinn davon. Am Ende des Tages ist es noch hell, der Nachmittag beginnt erst. Er geht durch die frühlingshaften Straßen und beeilt sich, vor Beginn der *Waltons* zuhause zu sein.

Er hat die Hemingway-Biografie ausgelesen. Ein Künstlerleben. Eine amerikanische Geschichte. Damit kann er sich nicht vergleichen. Er kann sie auch nicht zum Vorbild nehmen. Aber der Gedanke beruhigt, dass es überhaupt Schriftsteller und Literatur gibt, dass in der Welt immer wieder geschrieben wird. Die Menschen, die er in der Klinik kennen lernt, und die Dinge, die dort geschehen, bewegen ihn seltsamerweise. Manchmal blitzt durch die Beschäftigung damit wieder die Sinnlosigkeit hindurch, die sein Alleinsein ausgemacht hat. Dann weiß er, dass er das Alleinsein nicht mehr möchte. Menschen um sich zu haben ist besser.

Schwer, das auszuhalten, denkt er zuhause. Die viele Zeit, die er herum bringen muss, ohne etwas Sinnvolles tun zu können. Mit den anderen Patienten zu reden ist gut, aber wenn er müde ist, hat er zu nichts Lust. Und er ist fast immer müde. Beim Entspannungstraining atmet er tief und ist ganz locker, wird immer wacher. Ein leises Schnarchen ist zu hören, der junge Kerl in der Ecke ist auf seiner Matte eingeschlafen, so entspannt ist er. In der Ergotherapie weiß er auch nicht, was tun. Hält einen Klotz in der Hand und hat keine Ahnung, was er daraus machen soll. Er verlegt sich aufs Malen, das ihm vertraut ist, aber auch da fällt ihm kein Motiv ein. Er malt eine Landschaft, in gedeckten Tönen, er ist nicht damit zufrieden. Dass das nicht der Sinn der Ergotherapie ist, ist ihm schon klar. Nach Feierabend schließt er alle Fenster und hilft, die Spülmaschine auszuräumen. Auf dem Heimweg kauft er sich beim Bäcker süßes Gebäck und ist rasch zuhause. Einen Becher Kaffee und zwei Zigaretten. In Waltons Mountain findet ein Rennen statt, bei der das Maultier im Gelände die Rassepferde überholen kann. John-Boy geht jetzt schon aufs College, es ist ungewohnt, ihn in dieser Umgebung und nicht wie früher am Fenster vor dem Schreibtisch sitzen zu sehen. Die Zeit wird ihm lang in der Klinik. Was würde er tun, wenn er wieder allein zuhause wäre? Vier Wochen auszuhalten ist schwer.

Heute gehen sie in der Klinik gemeinsam ins Schwimmbad. Er hat keine Lust. Er will sich nicht tagsüber nass machen, und er hat keine Interesse daran, sich vor den Anderen auszuziehen. Stattdessen legt er sich im Gruppenraum auf einen Liegestuhl und döst ein, hofft, dass ihn niemand vermisst. Es wird ihm in der Klinik nicht eng, es spitzt sich nicht so zu, dass er sich widersetzen und ausbrechen müsste. Aber er weiß immer noch nicht, was er von all dem halten soll. Die Zeit vergeht ohne Inhalt und Ziel. Wenn er zuhause wäre, wäre es genauso. Er sagt sich, dass in der Klinik die Zeit zu seinen Gunsten vergeht. Er glaubt es nur halb. Sie vergeht nicht zu seinen Ungunsten, sondern sie ist indifferent. Das ist es, was er so schwer aushalten kann. Er möchte tun können, was ihm gerade gut tut, sich mit dem beschäftigen, was ihm hilft, und nicht verpflichtet sein, hier zu bleiben.

Im Gruppengespräch weinen zwei Frauen. Die Eine, weil sie nächste Woche entlassen wird und sich nicht vorstellen kann, wie es weitergehen soll; die Andere, weil ihre Beziehung zu ihrer Mutter schmerzvoll ist. Der Klinikarzt fragt nach und fordert konkrete Antworten. Er wird wütend auf den Kampf, den es sie alle kostet. Er wird wütend auf die Krankheiten, an denen sie alle leiden. Wir können alle nicht für uns kämpfen, sagt er in die Runde, wir sind uns alle ein Rätsel und können deshalb auch nicht gelassen sein, wenn es darum geht, uns zu verteidigen. Nach dem Gespräch ist er aufgewühlt, aber voller Energie. Wohin damit? In kleine Portionen aufteilen und die Rückzugsmöglichkeiten wahrnehmen, die es in der Klinik gibt. Mit Menschen zu reden entfacht eine Dynamik, die ihm sehr nützt. Das spürt er.

Zuhause einen Becher Kaffee und zwei Zigaretten. Dazu Pflaumenkuchen mit Sahne. Jim-Bob läuft von zuhause weg, weil ihm niemand zuhört. John-Boy findet ihn in der Stadt, in der er aufs

College geht, und lädt ihn zu einer Kugel Erdbeer-
eis ein.

Einer hat einen roten Stern auf seinem Pullover.
Ob das eine Reminiszenz an seine kommunistische
Vergangenheit sei, fragt er ihn, und er lacht laut-
hals. Er hat Psychose. Ein Anderer fragt dann, wer
Che Guevara sei.

Innenhof. Zigarettenpause. In der Sonne ist es jetzt
warm. Weidenkätzchen blühen..

Wenn er in der Klinik etwas geleistet hat, im Gruppengespräch etwa, steckt er voller Kraft und
Schwung. Dann tun ihm die Dinge wohl und ergeben einen Sinn. Wenn sich aber nichts getan hat
und er nur dasitzt, um die Zeit totzuschlagen, lähmt
ihn das.

In der Musiktherapie greift er sich die Trommel
und erinnert sich an die Zeit, in der er Schlagzeug-
spielen lernte, um an der Hochzeit des Freundes
dessen Band unterstützen zu können. Der junge
Kerl mit der Psychose trommelt vor, und er gibt
Antwort, während die Anderen den Grundrhyth-

mus halten. In der Entspannungsrunde am Schluss spielt der Therapeut verschiedene Instrumente, während sie mit geschlossenen Augen lauschen. Die Harfe, die nur einen Ton erzeugt, hört sich dabei an wie Wind, der in Stößen kommt. Das erinnert ihn an das Haiku von Buson: *Der Wintersturm/ bläst kleine Steine/ gegen die Tempelglocke.* Anschließend lässt der Therapeut eine Klangschale tönen mit messingnen, an- und abschwellenden Klängen. Das passt zu dem Bild eines japanischen Tempels, das er im Kopf hat.

Beim Fernsehen zuhause macht er eine Beobachtung. Er ist konzentriert auf den zeitlosen Augenblick, auf die Sendung, solange sie läuft, auf den Kaffee, den er trinkt, auf die Zigarette, die er dreht und raucht. Da gibt es keinen Überhang, nichts Zusätzliches zu dem bloßen Ablauf des Vorgangs. Weder weckt der Moment Erinnerungen oder vergangene Zusammenhänge, noch weist er voraus auf einen aufbrechenden Horizont. Er ist ein Gefangener der Zeit. Er ist gehalten und weiß, dass es den Horizont gibt und dass er nach wie vor frei ist; aber er ist verhüllt, und er kann sein Erleben nicht darauf ausrichten. Es herrscht Stillstand. Gezeitenwechsel. Er nimmt es auf sich.

Er freundet sich mit einem jungen Koch an, der im Schlossrestaurant in Ahrensburg arbeitet. Sie verstehen einander. Einmal will der Koch über Gott und den Glauben diskutieren. Er erwidert: Wenn du ernsthafte Fragen zum Glauben hast, antworte ich dir gerne. Aber eine weltanschauliche Diskussion um ihrer selbst willen bringt nichts. In der Pause erzählt ihm der Koch von Sartre und seiner philosophischen Lektüre und fragt sich laut, ob das Mienenspiel seines Zuhörers nachdenkliche Zustimmung oder nachdenkliche Kritik bedeutet. Er sagt ihm nicht, dass er gar nicht zugehört hat. Zuhause einen Becher Kaffee und zwei Zigaretten. Draußen ist es warm und ein Ostwind weht. Olivia nimmt Malunterricht und erfährt von Gauguin, der seine Familie im Stich gelassen hat und nach Tahiti gefahren ist. Das ist nicht ihr Wunschtraum. Sie malt ihren Berg in Wasserfarben, und Mary-Ellen will Ärztin werden.
Im Einzelgespräch bittet ihn der Klinikarzt, künftig mit dem Personal in Verbindung zu treten, wenn er an einem Angebot nicht teilnehmen will.

»Sie haben«, sagt der Arzt, »auf die verbindliche Zugehörigkeit zur Klinik reagiert und sich deshalb Freiräume verschafft. Das gehört zu der Thematik, um die es hier geht.«

Das ist die Retourkutsche auf sein Fehlen beim Schwimmbadbesuch.

»Ich denke, Sie haben ein Problem mit

Autorität«, sagt der Klinikarzt freundlich.

Er lacht. »Ich habe kein Problem mit Autorität – die Autoritäten haben ein Problem mit mir.«

»Ja, eben.«

Der Arzt gibt ihm ein Buch zu lesen mit der Aufgabe zu prüfen, ob er sich in der dargestellten Symptomatik wiederfinde. Er beginnt gleich zu lesen, während die Anderen auf dem Spaziergang sind. Es wühlt ihn auf, die Berichte der Betroffenen zu lesen. Tatsächlich erkennt er die Symptome wieder. Zwölf Merkmale sind aufgelistet, neun davon treffen auf ihn zu. Was nicht zutrifft: Er ist als Kind nicht missbraucht worden und hat keine unbeständigen Beziehungen und häufigen Beziehungsabbrüche. Die Störung, von der die Rede ist, sei immer in die Lebensgeschichte integriert, heißt es im Buch. Die Betroffenen kennen es nicht anders und wissen nicht, dass eine Störung vorliegt. Sie haben nur ein ausgeprägtes Bewusstsein, anders zu sein als die Anderen. Darin findet er sich wieder. Es macht ihn wütend, wenn er daran denkt, dass diese Krankheit in seiner Lebensgeschichte schon immer verborgen da war. Hätte ich das früher gewusst!, denkt er zuhause, als er das Buch ausgelesen hat. Hätte nur einmal jemand diese Diagnose gestellt! Wie sehr hat er gelitten, mit wie viel Selbstvorwürfen und Selbsthass und Schuldgefühlen hat er sich gequält, nur weil er nicht wusste, womit er es zu tun hatte! Das macht ihn traurig und wütend. Nebenher hört er Musik. *O Lord, you know, there ain't a sader tale*, singen Deep Purple.

In der Mittagspause holt er eine Büchersendung von der Post ab, ein schönes schweres Universitätsbuch, Thielickes *Glauben und Denken der Neuzeit*, erschienen im J.C.B. Mohr Verlag in seiner alten Studienstadt.. Der Koch tut einen Blick ins Inhaltsverzeichnis und meint, bei den Linkshegelianern fühle er sich zuhause. Daheim einen Becher Kaffee und zwei Zigaretten. Draußen Osterwetter, in den Gärten blühen Veilchen und Scilla, ein böiger Ostwind weht. John-Boy wird durch den Ehrenkodex des Colleges gezwungen, seinen Kommilitonen anzuzeigen, kann ihn aber vor dem Ehrengericht verteidigen, und Großvater treibt Ben das Rauchen aus.

Die zweite Woche geht zu Ende. Sie war anders als die erste, stärker geprägt von kritischer Haltung und Überdruss, aber auch bestimmt durch den ersten Ansatz einer Diagnose. Im Gruppengespräch unterhalten sie sich über den Umgang mit der Angst und über Kontrollverlust, weshalb man oft versuche, eine Situation vorher in der Imagination voraus zu berechnen und weshalb spontane Entschlüsse so schwer möglich sind. Ihm wird klar, wie viel von der Störung er bisher durch rationale Kontrolle und Selbstreflexion aufgefangen hat. Jeden Freitag gibt es eine Abschlussrunde mit allen Patienten und den Psychologen, mit Kaffee und süßem Gebäck.

Abends fahren sie zu zweit an den Lütjensee, um wieder einmal essen zu gehen, ins *Tio Pepe*, dem spanischen Restaurant. In der linden Frühlingsluft riecht es nach gegrilltem Fleisch. Der Sänger sitzt wieder am Nebentisch in schwarzer Jacke und rotem Hemd, eine zerknitterte Physiognomie und behaarte Brust, aber als er zur Gitarre greift, weht sie Spanien an, die edle Wehmut der Gebirgs- und Stierkampflieder. An Hemingway muss er denken, als sie sich die gegrillten Champignons schmecken lassen und das weiche Brot, und anschließend das Fleisch und die Paste, die *Mojo* heißt, und die in der Schale gegarten kanarischen Kartoffeln. Das Licht liegt mild und flimmernd auf dem Wasser. Eine Meise singt in den Zweigen der Eiche über ihnen. Eine Frau am Nebentisch streitet mit dem Koch darüber, was in eine echte Paella gehört.

»Das ist der Sprung in den Wasserfall«, sagt er zu ihr, »hinein ins schäumende Leben und einmal nicht auf Befürchtungen und Vorstellungen achten!« Er lehnt sich zurück und seufzt zufrieden.

»Es geht dir besser in letzter Zeit«, sagt sie.

In der Ergotherapie malt er noch ein Bild. Das vertraute Hantieren mit den Aquarellfarben, das Auswaschen der Pinsel, die bekannten Namen wie Krapplack und Siena tun ihm gut. Die Farben auf dem feuchten Papier verlaufen nicht so, wie er will, aber das macht nichts. Auch dass die Andern ihm über die Schulter sehen und sich anerkennend äußern, macht nichts. Er ist diesmal zufrieden. Um vier wartet seine Frau draußen, sie ist gekommen, um ihn abzuholen. Zuhause dann einen Kaffee und drei Zigaretten. Die Waltons müssen sich der Einflüsse einer Städterfamilie erwehren, Alicia verspricht John-Boy, seine Geschichten Maxwell Perkins, dem berühmten Verleger von Fitzgerald und Hemingway, zu empfehlen, und wirft sie ihm dann wütend ins Gesicht, weil er auf seiner Authentizität beharrt. In den Birkenzweigen hängen Wassertropfen wie Perlen.

Im Schwimmbad sitzt er allein im Café, angezogen und gelangweilt. Er soll dabei sein, hat aber nichts zu tun. Er schaut eine Zeitlang den Anderen im blauen Becken zu, aber das wäre nicht seins. Er langweilt sich und fragt sich, wozu er all diesen lustlosen Zeitvertreib noch auf sich nehmen soll. Diagnostisch hat sich ja ein erster Ansatz ergeben. Der Klinikarzt hat noch einmal betont, dass sein Aufenthalt hier freiwillig sei. Er könne jederzeit abbrechen. Das überlegt er sich. Nur drei Wochen statt vier. Am liebsten würde er schon morgen nicht mehr hingehen. Allerdings ist gerade morgen sein Einzelgespräch, also wichtig. Zuhause einen Becher Kaffee und eine Zigarette. Draußen wechseln Sonne und Regenwolken. John Boy nimmt an einem Marathon-Tanzwettbewerb teil, die Folge spielt hauptsächlich im Tanzlokal und ist untypisch für die Serie.

Heute morgen will er nicht gehen. Er fühlt sich erschöpft von dem ständigen Sozialkontakt und der Anpassung an Regeln. Beides kostet ihn viel Kraft. Nach zweieinhalb Wochen merkt er das. Auch das reine Zeittotschlagen mit Dingen, die er gar nicht will wie Kreuzworträtsel lösen, Scrabblespielen, Smalltalk mit den Anderen zu führen. Sein Überdruss wächst, er will wieder frei über seine Zeit verfügen können.

Das Einzelgespräch mit dem Klinikarzt bringt Klarheit.

»Warum sind Sie hier?«, fragt er ihn, und er erwidert:

»Das werden Sie mir gleich sagen.«

Die Diagnose lautet: *depressive Episode im Rahmen einer emotional instabilen Persönlichkeitsstruktur.* Nur eine depressive Episode, begreift er, keine chronische Depression. Es wird also vorbei gehen. Und emotional instabil?

»Borderline«, sagt der Klinikarzt. »Eine Borderline-Persönlichkeitsstörung. Sie ist noch nicht lange bekannt, die Forschungen laufen noch.«

Borderline also. Davon hat er schon einmal gehört. Er hat es für eine Modekrankheit gehalten, wie Burnout. Dann reden sie über die Situationen, in denen in seiner Familie Gewalt drohte, Situationen, in denen er fürchtete, dass seine heile Welt in Scherben zerbrach. In denen er Nähe suchte und gleichzeitig zu große Nähe mied, weil sie nur in der Katastrophe enden konnte. Widersprüchliche Gefühle, widerstreitende Bedürfnisse, Schuld- und Versagensgefühl.

»Es ist tragisch«, sagt der Arzt, »wenn Kinder die Verantwortung für den Streit zwischen den Eltern übernehmen. Nähe bewirkt für Sie Enge und das Bedürfnis, auszubrechen und die Beziehung zu entwerten. Das bewirkt gleichzeitig Angst vor Zerbruch und Angst vor dem Draußenstehen. Das nehmen Sie dann lieber selbst vorweg. Sie sind ja durchaus beziehungsfähig, in gewissen Grenzen, und Sie sind auch arbeitsfähig in gewissen Grenzen«, sagt er. Weshalb die Beziehung zu seiner Frau so stabil sei und gar nichts von dieser Störung zeige, wisse er nicht. Sie hätten sicher viel daran gearbeitet, ohne zu wissen, mit welchen Hindernissen sie es zu tun hätten.

Das nächste Mal wollen sie über die Zukunfts-

perspektiven reden, die sich aus der Diagnose ergeben.

»Wie lange wollen Sie denn hierbleiben?«

»Noch eine Woche«, sagt er ohne nachzudenken. Hinterher merkt er, dass die Antwort richtig war.

Zuhause einen Becher Kaffee und zwei Zigaretten. Draußen dräut der Himmel, und einmal donnert es sogar. Er sitzt und schaut, vergisst für eine Stunde alle Gedanken. John-Boy wähnt sich schon als Schriftsteller und ist doch an einen Auftragsverlag geraten, sodass er für die fünfzig Exemplare seines Buches fünfzig Dollar bezahlen muss. Inzwischen hat Jason einen Job bei Bigelows Band bekommen und singt und spielt Gitarre und Mundharmonika. John-Boys Freude über die eigenen Worte, die er plötzlich auf Papier in dem dünnen blauen Bändchen wiederfindet, geht ihm nach. Seit seiner Jugend habe er geschrieben und ohne Erfolg, sagt John-Boy. Das kennt er gut.
In der Klinik ist heute Osterbrunch, weil die Feiertage bevorstehen. Fünf Patienten sind heute gegangen, nächste Woche kommen vier neue. In der Pause sieht er ein junges Mädchen im Liegestuhl sitzen und dasselbe Buch lesen, das er auch gelesen hat. Aha, denkt er, noch ein Kandidat. Zuhause einen Becher Kaffee und drei Zigaretten. John-Boy liest einer blinden jungen Frau Gedichte vor und überredet sie zu einem Besuch in Waltons Moun-

tain. Mary-Ellen hört mit geschlossenen Augen
dem Plätschern des Baches zu und findet einen
Stein, den sie ihr schenken kann. Draußen grauer
Himmel und kühl.

Die Spannung ist raus. Er nimmt die restlichen
Tage gelassen. Er ist froh, wenn der Aufenthalt vorbei ist. Erfolgreich war er ja. Von Borderline weiß
er nur Ungenaues. Etwas mit Grenze, Grenzgänger
oder so etwas. Er besorgt sich in der Bücherei ein
Buch und macht sich schlau. Die Krankheit ist
noch wenig bekannt, die Dunkelziffer hoch. Die
Betroffenen leben tatsächlich an der Grenze, emotional wie psychisch. Ursprünglich wusste man die
Krankheit nicht recht einzuordnen ins Spektrum
psychischer Störungen und verortete sie an der
Grenze zwischen Neurosen und Psychosen. Deshalb habe die Borderline-Persönlichkeitsstörung
auch psychotische Züge: Paranoia, Wirklichkeits-
verlust, Dissoziationserlebnisse. Die Emotionen
sind intensiver und unkontrollierbar; sie wechseln
rasch; der emotionale Impuls prägt Handeln und
Denken. Das Selbstbild ist unsicher oft, das Selbst-
wertgefühl schwankt zwischen Narzissmus und
Selbstzerstörung. Die hohe Sensibilität führt oft zur
Überforderung. Dann reagieren die Betroffenen
mit totalem Rückzug und Weltflucht. Die Krankheit beginnt oft schon in der Pubertät und ist be-

gleitet von dem Gefühl des Andersseins. Hilfreich sind ein stabiles Umfeld, vertraute Umstände und verlässliche Beziehungen. Die Störung ist unheilbar, aber die Betroffenen können lernen, damit umzugehen. Das trifft ihn. Wie oft hat er Gott um Heilung angefleht! Nun soll er das ein Leben lang ertragen? Und eine andere Frage taucht auf: Wenn die Krankheit von der Pubertät an die Persönlichkeit prägt – wer ist er dann ohne die Krankheit? Wer ist er in Wahrheit? Gibt es ihn nur als Borderliner? Das macht ihn nachdenklich.

Am Abend gehen sie in der Martinskirche zum Gründonnerstag-Gottesdienst. Der Pfarrer beherrscht sein Handwerk, spricht theatralisch und singt die Wechselgesänge mit volltönender Stimme. Zum Abendmahl gibt es eine Oblate und aus dem Kelch riecht es weinig. Als er sich wieder in die Bank setzt und sich umschaut, wird ihm klar: Er gehört wirklich dazu. Das Schlimmste – die Einsamkeit, das Draußenstehen – ist vorbei. Am Ausgang verabschiedet der Pfarrer mit Handschlag.

Am Samstag gehen sie auf den Markt und besorgen Palmkätzchen und Birkenzweige und Süßigkeiten, damit sie den Osterstrauß machen können. Das Wetter sonnig und blauer Himmel. Es ist Frühling geworden. Der Spaziergang ist für ihn ein Wagnis, ein regelrechtes Husarenstück. Es fühlt sich an, als ginge er auf dünnem Eis, nichts ist sicher oder gibt Halt. Trotzdem ist mitten in der Angst eine seltsame Geborgenheit. Es kommt ihm alles frisch und neu vor: das Gras, die Palmkätzchen, der Rathausplatz. Die Menschen gehen in ihrer alltäglichen Welt, und er ist geduldet, wird aufgenommen, spürt, dass die Wirklichkeit ihn trägt. Wie eine Rückkehr aus dem Exil: Er darf wieder dabei sein. Ganz kindlich ist das. Als Jugendlicher hatte er manchmal emotionale Abstürze, Stunden der Verzweiflung und Angst, in dem ihm seine ganze Welt in Scherben ging. Aber irgendwann erreichte der Fall einen Grund, seine Füße trafen auf Granit, ein felsenfester Grund, auf dem es nicht weiterging. Er war ein kleines Kind, nackt, schutzlos, und umfangen von einer großen Hand. Das war für ihn damals Gott. Heute ist es ähnlich: Die Bedrückung und Angst machen ihn aufmerksam und um-sichtig. Der Alltag, dem er sich wieder annähert, ist zuverlässig. Eigentlich ein angenehmes Erlebnis, denkt er.

Zuhause einen Becher Kaffee und zwei Zigaretten und eine Folge *Waltons*. Sie behängen die Zweige mit Eiern und gestalten sich ein kleines Osternest aus Süßigkeiten. Danach fahren sie einkaufen, um für das Festtagswochenende alles zuhause zu haben. Zum Essen gibt es selbst belegte Hamburger, und abends schaut er die Berichte von der Fußball-Bundesliga.

Loving you Sunday morning. Danach frühstücken sie und haben Lust auf einen Ausflug hinaus aufs Land. Danach wird sie traurig, weil die gemeinsamen Ostertage zu Ende gehen. Auch ihm ist merkwürdig zumute. Er kann sich eine Rückkehr in sein Leben vor der Klinik nicht vorstellen. Er will, dass sich etwas geändert hat. Und die Frage, ob sie hier in Hamburg bleiben oder in die Heimat zurückkehren, ist jetzt, da es ihm besser geht, wieder aktuell geworden.

Beim Schwimmen sitzt er diesmal nicht allein im Café. Der Psychologe leistet ihm Gesellschaft, weil er erkältet ist. Sie sprechen über die Klinik und seine psychologische Ausbildung und über das Schreiben. Drei neue Patientinnen sind gekommen, die Gruppe hat sich fast komplett erneuert, es ist nicht mehr wie am Anfang. Zeit zu gehen, denkt er. Im Gruppengespräch ging es um missglückte Beziehungen und Menschen, die einen nicht verstehen. Ein Mann ist verzweifelt, weil sein Klinikaufenthalt zu Ende geht und er wieder zurück muss in sein altes Leben, das er nicht mehr führen kann. Fassungslos erzählt er, dass er morgens nicht einmal aus dem Haus kann, um Brötchen zu holen. Das berührt ihn. Er kann es sich gut vorstellen: Ein Mann, der seinen Job erfüllt, Kinder großgezogen hat, mit beiden Beinen im Leben steht – und plötzlich kann er nicht einmal die einfachsten Dinge erledigen! Innerlich hat er schon Abstand von der Klinik genommen. Von den Menschen nicht.

Zuhause einen Becher Kaffee und zwei Zigaretten. John nimmt eine Arbeit als Maschinenschlosser auf einer Werft in Norfolk an und kommt nur zu den Wochenenden nach Hause. Dass das keinen Sinn hat, lernt er bei einer Schlägerei. Aber so ist das eben, denkt er, wenn einen in den Mittvierzigern noch einmal die Abenteuerlust packt und man das tägliche Einerlei satt hat.

Die Oberärztin, die Frau des Klinikarztes, verabschiedet sich von ihm, weil sie bis Montag verreist sein wird. In der Projektgruppe hören sie einen Song von Simply Red mit dem Titel *Home*, den die junge Frau mit dem Borderline-Buch mitgebracht hat. Es sei ihr Lieblingslied, weil sie sich dabei immer die Familie vorstelle, die sie nie gehabt habe. Im letzten Einzelgespräch kann er die Zeit hier abschließen. Natürlich ist der Klinikarzt eine Vaterfigur, eine, der er nicht viel Autorität zugesteht. Es gibt Augenblicke, da sind Sympathie und Vertrauen im Spiel, aber sie äußern das nur mit einem Lächeln und Ironie. Er liest die Zusammenfassung des Abschlussberichts, den er nun in der Hand hält: *Depressive Episode bcD 10F32.2 vor dem Hintergrund einer Borderline-Persönlichkeitsstörung. Patient konnte sich im Laufe der teilstationären Behandlung gut stabilisieren. Fokus der Behandlung war die affektive Stabiliserung und diagnostische Einordnung. Selberverletzendes Verhalten trat während der Behandlung nicht auf. Eine ambulante Psychotherapie ist dringend indiziert.* Bevor steht ihm die odysseegleiche Suche nach einem Therapeuten, der die psychodynamische Beziehung zu einem Borderliner aushalten kann, um mit ihm die Vaterbeziehung exemplarisch aufzuarbeiten. Zumindest in seinem eigenen Alter sollte er sein. Eine besondere Therapieform für Borderline sei noch nicht entwickelt worden, es müsse aber eine Kombination aus klärender Gesprächstherapie und einübender Verhaltenstherapie sein. Ob er einen solchen Therapeuten hier oder in der Heimat finden wird, steht in den Sternen.

Zuhause einen Becher Kaffee und drei Zigaretten. Ein Nachbar der Waltons zieht wieder in sein altes Haus und denkt sich aus, dass seine Frau noch bei ihm wäre. Das Brunnenrohr muss aufgegraben und ersetzt werden, dann läuft das Wasser wieder aus der Pumpe in der Küche. Die alte Zeit wird beschworen, mit bonbongestreiften Kleidern und der Eismaschine auf der Veranda, aber sie kommt nicht wieder, auch wenn das Herz nie aufgibt.

Er nimmt bereits Abschied. Er wird die Gesichter vergessen, die Namen vielleicht behalten, vielleicht wird er sich ab und zu mit dem jungen Koch treffen und weltanschauliche Diskussionen führen. Er wird die gesammelten Erfahrungen bewahren und wird über den Klinikaufenthalt schreiben können, wenn er will. Über den Tagesablauf, die Psychologen, die Langeweile, die Lebensgeschichten, in die man hinein genommen ist, das Mittagessen aus dem Ofen, das Zusammensitzen draußen bei einer Zigarette, das Gefühl, Patient zu sein. Die Gruppe macht mittags einen Spaziergang durch die stillen, frühlingshaften Vororte mit schmucken Häuschen und Parks, die *Schlossallee* im Monopoly, Handwerker richten eine Hauseinfahrt, die Herrin des Hauses schiebt ihren Kinderwagen, einmal sogar ein See mit einer Fontäne und Badesteg.

»Nicht unsere Preisklasse«, meint der Psychologe.

»Aber vielleicht kommt einer dieser Hausbesitzer eines Tages zu Ihnen«, sagt er, »weil er Hilfe braucht.«

Als sie an einem Gelände namens *Immenhof* vorbei kommen, erzählt der Psychologe von seiner Kindheit, in der er die gleichnamigen Kinderfilme angeschaut hat.

Zuhause einen Becher Kaffee und zwei Zigaretten. Großvater erleidet vor seinem 73. Geburtstag einen Herzinfarkt. Im Zelt auf einer Wiese soll er wieder neuen Lebensmut gewinnen. Blumen in Vasen, die Vögel in den blühenden Pfirsichbäumen, und zum Schluss gibt es noch einen Diavortrag über Tahiti.

Am letzten Tag reden sie in der Gruppe über die Wut auf sich selbst und den Selbsthass und wie es dazu kommt. Ihm wird die ambivalente Struktur deutlich, die von widersprüchlichen Gefühlen und Bedürfnissen zu Autoaggression und Selbstverletzung führt. Drei Dinge nimmt er aus der letzten Runde mit: Er ist nicht schuld daran; er hat ein Recht, dass es ihm gut geht; er muss frühzeitig bereit sein, Hilfe anzunehmen.

In der Mittagspause geht er ein letztes Mal in die Stadt und kauft ein Buch, den *Großen Gatsby*. Dann wird wie jeden Freitag zum Kaffeetrinken gedeckt, und in der Abschlussrunde hält er eine kleine Rede zum Abschied, in dem Worte wie *Gemeinschaft* und *menschliche Wärme* vorkommen und er davon redet, dass vielleicht das eine oder andere Schicksal, in das er Einblick nehmen durfte, in einem Roman auftauchen werde. Beim Kaffeetrinken geben sie ihm alle die Hand, einer nennt ihn den ruhenden Pol in der Gemeinschaft, manche sind verlegen, und der Psychologe lädt ihn ein, freitags doch einmal zum Abschlusskaffee vorbei zu schauen.

Auf dem Heimweg, den er zum letzten Mal geht, fragt er sich, ob die Diagnose nun die Erklärung für alles ist. Die Erklärung dafür, wie sein Leben gelaufen ist seit der Pubertät, die Erklärung dafür, warum er so ist, wie er ist. Er weiß es nicht. Das wird vielleicht die Zeit zeigen. Auf jeden Fall hat das Kind jetzt einen Namen, nach mehr als zwanzig Jahren hat er endlich eine Diagnose! Es ist wirklich nicht meine Schuld, denkt er erleichtert. Die ständigen Selbstvorwürfe dürfen aufhören. Und in Zukunft wird er einem Therapeuten Ross und Reiter nennen können, wenn er einen Therapieplatz sucht.

In der Folgezeit macht er sich ernsthaft daran, den Krimi zu schreiben. Einen Heimatkrimi, der auf der Schwäbischen Alb spielt und dessen Ver-brechen zurückreicht in die Nazi-Zeit. Regionalkrimis sind seit dem Erfolg von *Tannöd* gefragt. Die Arbeit macht Spaß, er kommt gut voran. Er arbeitet regelmäßig und konzentriert, die Handlung ist schnell konzipiert, die Charaktere entstehen ihm unter der Feder, und das Lokalkolorit schöpft er aus seinen Streifzügen, die er früher auf der Alb unternommen hat. Nach wenigen Monaten ist er fertig. Er nimmt sich Zeit für eine Überarbeitung, lässt den

Roman eine Weile liegen, dann druckt er ihn aus und fotokopiert ihn. Na also, denkt er. Was andere können, kann ich auch.

Durch die konzentrierte Arbeit merkt er, dass es ihm besser geht. Das Leben in Hamburg ist nicht mehr wie vor der Krise. Die Angst ist abgeklungen, nur manchmal überfällt sie ihn noch, morgens beim Aufstehen oder abends, wenn es dunkel wird. Dann lässt er überall die Jalousien herab und verkriecht sich in seinem Bau. Auch die Wutanfälle haben abgenommen, wenn er auch angespannt bleibt und immer wieder bei Kleinigkeiten plötzlich ausrasten kann. Er erlebt weiterhin die Gefühlsverknotungen, die ihn lähmen bis zur völligen Unfähigkeit, die Stunden der Verzweiflung und Ausweglosigkeit, und auch die Leere und Sinnlosigkeit sind geblieben. Manchmal blitzen sie mitten im Alltag auf, schimmern hindurch durch die Fugen seiner Wirklichkeit. Dann fragt er sich, wozu das alles gut sein soll und wieso er überhaupt schreibt. Damit muss ich wohl leben lernen, sagt er sich. Aber vielleicht bringt eine Therapie Besserung.

Die Frage der Rückkehr in die Heimat haben sie vorläufig aufgeschoben. Ihre Bewerbung bei *Pro Juventa* in der Heimatstadt war eine Absage. So bemüht sich seine Frau um einen Stellenwechsel innerhalb des Amtes. Dadurch klettert sie eine Gehaltsstufe höher, sie können sich mehr leisten, zum Beispiel einen neuen Gebrauchtwagen, denn der alte macht es nicht mehr. Es ist ein kleiner Abschied, als sie den grünen Clio auf dem Hof des Autoverwerters zurücklassen.

Seine Frau kommt von der neuen Stelle schon um halb sechs nach Hause. Das ist noch ungewohnt. Sie strahlt, weil sie sich freut, ihn zu sehen. Sie umarmen einander. Sie legt die Tasche ab, zieht die Jacke aus und beginnt währenddessen zu erzählen. Sie setzen sich aufs Sofa, er lehnt sich zurück und hört zu. Er braucht gar nicht zu fragen, wie es ihr geht: Er sieht es.

»Nachher ziehe ich mich um und räume den Einkauf in den Kühlschrank«, sagt sie. »Aber vorher lass mich erzählen. Die neue Stelle ist toll«, schwärmt sie. Ein anderes Gebäude, aber dasselbe Amt. Neue Kollegen, jünger als das frühere Team, sie respektieren sie trotz ihrer Jugend und geringen Erfahrung. Sie ist nicht mehr strafrechtlich belangbar für ihre Arbeit, das sei ihr am wichtigsten gewesen. Die Teamleiterin ist nur ein paar Jahre älter als sie. Sie hat ein eigenes Büro, bei dem sie die Tür zumachen kann, jetzt können die Anderen so laut telefonieren, wie sie wollen. Und sie kann früher Schluss machen, die Hausbesuche sind abgezählt,

Notfälle gibt es keine mehr, bei denen sie kurz vor Feierabend noch einmal ausrücken muss – »Ach«, seufzt sie, »es ist herrlich!«

Er freut sich mit ihr. Der Stellenwechsel war nötig. drei Jahre hat sie durchgehalten. Der ungeliebte Job war also doch nur ein Brückenkopf.

»Soll ich uns einen Tee machen?«, fragt er.

»Nein, ich muss gleich was essen. Ich hab Hunger.«

»Kochen wir gemeinsam?«

Danach stehen sie in der Küche, kochen chinesisch, schneiden Gemüse klein, stellen den Wok auf die Herdplatte, mischen die Soßen zusammen. Sie ist froh um den Elektroherd, der inzwischen den Gasherd abgelöst hat. Es kocht sich mit Gas zwar besser und einfacher, aber das ständige Gas im Rohr, sagt sie, hat mich doch nervös gemacht. Nach dem Essen brüht er sich einen Tee auf und isst den Butterkuchen dazu, den sie mitgebracht hat. In der Küche läuft die Spülmaschine. Sie legt im Wohnzimmer Wäsche zusammen, während er in Thielickes *Ostasienreise* liest.

Nach dem Aufstehen geht er unter die Dusche, um frisch zu sein. Er spürt die Unsicherheit und die Angst, die ihm die Bewältigung des Tages wieder schwer machen. Die Gefühle knäueln sich, bald setzt bei ihm eine Art Totstellreflex ein, er legt sich aufs Sofa, denkt nach und will sich am besten gar nicht rühren. Er müsste die Kontaktlinsen beim Optiker bestellen, aber er ist froh, wenn er heute nur einen Fuß vor die Tür setzen kann. Bei einem Therapeuten in Volksdorf anzurufen, schafft er immerhin. Sie machen einen Termin für die erste probatorische Sitzung aus. Er will es sich mit ihm nicht verderben, es hat lange gebraucht, ihn zu finden und einen freien Platz zu erwischen. Sein Bruder war letzte Woche zu Besuch, und bei der Abfahrt, sagte ihm der Bruder hinterher am Telefon, seien sie beide ihm verloren vorgekommen, wie sie da winkend an der Straße standen, verloren in einer großen fremden Stadt. Sie wissen immer noch nicht, wohin sie gehören sollen. Sie haben beide das Gefühl, dass sie hier keine Verbindungen knüpfen, dass alle Fäden ins Nichts führen.

Der Freund hat ausgefüllte Tage. Natürlich kann auch er nicht von der Schriftstellerei leben. Er gibt Schreibwerkstätten an Schulen, macht Schulbetreuung für Grundschulkinder, gibt Lesungen, bietet Kreativworkshops für Erwachsene an, arbeitet im Vorstand des Literaturzentrums und hütet zuhause die Kinder. Er hat bisher zwei Bücher veröffentlicht und schreibt am dritten, aber da kommt wenig rein.

»Ich bin zufrieden«, sagt er am Telefon und zieht

an seiner Zigarette, »wenn es für das nächste Buch reicht.«

Er sagt nichts dazu. Er fragt sich, ob es das ist, was der Freund, was sie beide sich in der Heimat als Schriftstellerxistenz vorgestellt haben. Er würde das nicht können, sich mit Lohnarbeit so ausfüllen zu lassen, er würde das auch nicht wollen. Er hat sich immer gewünscht, von der Schriftstellerei allein leben zu können.

»Wird dir das nicht manchmal zu viel?«, fragt er am Telefon.

»Natürlich«, sagt der Freund. »Da trete ich für einen Augenblick aus dem Ganzen aus und frage mich: Was machst du hier eigentlich? Aber diese Augenblicke bleiben folgenlos. Es gibt ja keine Alternative.«

Vermutlich hatte der Freund schon damals realistischere Vorstellungen vom Schriftstellersein als er. Das Gespräch entmutigt ihn.

Er fährt mit dem Freund S-bahn. In Wandsbek Markt steigt der Freund aus. Er hat eine Verabredung mit einem jungen Schriftstellerkollegen, der unlängst sein zweites Buch veröffentlicht hat. Um solcher Treffen willen, denkt er, sind wir ja nach Hamburg gekommen, der Freund und ich. Es hat, resümiert er, im Alltag zu wenige davon gegeben. Aber das liegt auch an ihm selbst. Er legt keinen Wert auf Austausch mit anderen Schriftstellern. Jeder macht doch sein Ding, denkt er, das ist auch gut so, und es würde ihn in seinem Schreiben nur verunsichern, wenn er sich dem Urteil von Kollegen aussetzen würde. Als er allein in der S-bahn weiterfährt, zum Hafen hinunter, bleibt ein bitterer Nachgeschmack. Die Hafenszenerie kann ich nicht aufheitern. Ja, es sind die Schiffe, der Hafen, der Wind vom Meer, die graugrünen Wellen der Elbe, wegen derer er hierher gekommen ist. Aber sie allein geben keinen Sinn. Das alles weist ihn ab, solange er nicht weiß, wozu es ihn überhaupt gibt.

»Ich habe eine Unlust dagegen, ausgedehnt in Vergangenheit und Zukunft zu leben«, sagt er zu seiner Frau an der Wandsbeker Chaussee, wo sie in die S1 umsteigen. »Ich will nur noch in der Gegenwart leben, nichts festhalten und aufbewahren müssen, nicht ständig dafür sorgen müssen, dass das Leben Perspektive hat.«

»Ich denke«, sagt sie, »eine Perspektive wird sich irgendwann von selbst ergeben.«

»Die Gegenwart bringt nur Erlebnisse«, sagt er, »sie strömen durch mich hindurch und ziehen ab wie Rauch. Es bleibt nichts. Das tut gut.«

Sie machen eine Hafenrundfahrt. Sie wollen es noch einmal wissen: das Tor zur Welt. Zumal seine Frau noch keine gemacht hat.

Auf Brücke fünf ist die letzte Barkasse schon weg, aber auf Brücke drei erwischen sie noch eine Fahrt. Sie steigen in das schwankende Gefährt und setzen sich an die Reling auf eine Holzbank. Von den Landungsbrücken geht es an der *Rickmer Rickmers* und der *Cap San Diego* vorbei zur Kehr-wieder-spitze und hinein in die Speicherstadt, wo unter den Brücken bei ablaufendem Wasser gerade genug Platz ist. Am St. Annenufer vorbei zum Strand-kai, wo eines der größten Passagierschiffe der Welt festgemacht hat, die *Grand Princess*, deren Kabinen Balkone zur Wasserseite hin haben. Nach Osten sehen sie bis zu den Elbbrücken. Dann geht es mit kleinen Abstechern in den Südwest- und den Stein-werderhafen zum Reiherstieg, wo sie an der Argen-tinienbrücke vorbei fahren und die Ellerholz-schleuse durchqueren; dahinter sind sie im Eller-holzhafen und fahren am Tollerort Terminal vor-bei. Unterwegs sehen sie ein Schaufelbaggerschiff, einige konventionelle Frachtschiffe mit Ladege-schirr, einen Verteiler und Sammler, kommen an der Shell-Raffinerie vorbei und schauen zu, wie ein großer Unifeeder am Tollerort festmacht. Auf den weiten Wasserflächen geht ein frischer Wind, sie hören das Tuckern und Röhren des Barkassenmo-tors, und als sie wieder an Land gehen, war es ein rundum gelungenes Unternehmen. Sie hat Hunger und isst eine Portion Pommes frites, während er in einem der Andenkenläden ein Blechschild mit

Kakaowerbung kauft. Reminiszenz an die Kolonialzeit, sagt er. In der U-bahn sitzen sie zufrieden und still, lassen sich durch die Vororte an die Peripherie fahren. Vielleicht, denkt er wieder, würde er jetzt gerne in eine Stadtwohnung zurückkehren, mit einer dreispurigen Straße vor dem Fenster und die Landungsbrücken nur ein paar Stationen entfernt. Vielleicht würde er sich dort doch wohler fühlen. Die Frage, merkt er, hat sich immer noch nicht erledigt. Er will nicht kapitulieren und in die Heimat zurück, nur weil er in Hamburg am falschen Ort gewohnt hat. Sie trägt ihre weiße Seglerjacke, deren glatter Stoff er an den Händen und an der Wange spürt, wenn sie ihn umarmt.

Er hat ein schlechtes Gewissen, dass er kaum Geld verdient. Er müsste sich wie der Freund um Workshops, Seminare, Zeitungsartikel und was noch alles bemühen. Davon könnte er zwar auch nicht leben, aber er würde etwas zu ihrem Lebensunterhalt beisteuern. Der Gedanke erschreckt ihn. Das wäre ihm zu viel. Das würde er nicht durchstehen. Er hat oft das Gefühl, als hätte er Gott seinen Schriftstellerberuf abgerungen, als hätte Gott etwas anderes mit ihm vorgehabt. Gott hat sich darauf eingelassen, ja, aber das Gefühl bleibt, als wäre es sein eigenes Ding gewesen. Er weiß nicht, ob er mit seinem Schreiben Gott in irgendeiner Weise dient. Beim

Therapeuten spricht er das Thema an.

»Ich könnte gar nicht acht Stunden am Tag zur Arbeit gehen«, sagt er. »Dafür fehlt mir die Kraft.«

»Wissen Sie«, sagt der Therapeut, »Sie haben mit Ihrer Krankheit genug damit zu tun, den Tag zu überstehen. Das ist für Sie so anstrengend wie ein Achtstundentag für andere. Sie brauchen Ihre Kraft, um emotional zu überleben.«

Insgeheim nennt er den Psychologen »Uhu«, weil dessen Nachname mit einem alten schwäbischen Wort für den Raubvogel verwandt ist. Er mag den Mann. Er vertraut ihm. Er hat eine ruhige, verlässliche Art, das Gespräch zu führen. Er beschäftigt sich als Hobby mit alten Eisenbahnen, und am Ende der Therapie wird er ihm ein Büchlein über die *Schwäbische Eisenbahn* schenken, weil er ihn schätzt.

Er ist froh um seine Worte. Manchmal denkt er ja, dass er seine Krankheit nur als Ausflucht benutzt, um sich einem Arbeitsleben nicht stellen zu müssen. So schlimm ist es doch gar nicht, denkt er dann. Aber immer wieder wird er durch seine emotionalen Abstürze eines Besseren belehrt.

Ein Schriftsteller, der in Hamburg wohnt, ist auf seine Texte aufmerksam geworden, die er auf seiner Website ins Netz gestellt hat. Der Schriftsteller, der selbst schon eine ganze Reihe von Büchern veröffentlicht und sich einen Namen gemacht hat, ist begeistert von seiner Sprache und findet, dass sie veröffentlicht gehört. Als er ihm mitteilt, dass er nun einen Krimi fertig habe, bittet er darum, ihm das Manuskript zu schicken. Vielleicht könne er es bei seinem Verleger unterbringen. Erleichtert liest er die Mail. Endlich erkennt einmal jemand seine Gaben! Er schöpft Hoffnung, bleibt aber zurückhaltend. Zumindest hat er jetzt einen Adressaten, wenn er seine Romane schreibt.

Sie bummeln im Univiertel und kommen an einer Studentenkneipe vorbei. *Zumir*, rätselhafter Name. Der Eingang direkt am Eck, drinnen ist es schon fast klischeehaft studentisch. Ein hölzerner Tresen, der Durchgang in die Küche, handverlesenes Mobiliar aus Stühlen, Sesseln, alten Sofas und Hockern, die Tische stammen aus verschiedenen Wohnzimmern oder Sperrmüllsammlungen. Sie setzen sich an einen Tisch, Musik im Hintergrund, Soul oder sowas. Die junge Bedienung kommt und bringt ihnen die Karte. Handgeschrieben, fotokopiert.

»Was darf ich euch bringen?«

»Für mich ein Guinness«, sagt er, frisch gezapft, sie nimmt eine Apfelsaftschorle, und für sie beide eine Portion Tortilla-Chips mit hausgemachter Salsa für den kleinen Hunger. Studentenpreise, merken sie.

Es ist leer in der Stube. Im Eck an den Fenstern sitzen um einen Tisch bärtige Burschen und spielen Karten. Verhaltene Kommentare, ab und zu ein Lachen. Das Bier ist gut, die Salsa auch. Sie schweigen. Er raucht, hängt seinen Gedanken nach.

»Hier könnte ich bis heute Abend sitzen«, sagt er zu ihr. »Hier fühle ich mich wohl.« Tatsächlich ist es das, was er in der Großstadt gesucht hat, und dem Studentenmilieu ist er nach wie vor verhaftet. Er fühlt sich unter seinesgleichen, ein anderes Hamburg als die Villen mit Parks und alten Patrizierhäusern an der Alster.

Die Bedienung hat nichts zu tun und lernt hinter der Theke aus wissenschaftlichen Unterlagen. Nach dem Namen sollte er fragen, dem Namen der Kneipe: Zu-mir-oder-zu-dir? Orientalisch? Lakonische Variation der üblichen *Zum goldenen Ochsen?* Und ja, auch nach dem Namen der Bedienung würde er gern fragen. Fragen, was sie studiert. Sich ihre junge Lebensgeschichte erzählen lassen. Aber auch so zückt er sein Moleskine und schreibt. Es ist ein wenig wie früher, auf seinen Streifzügen allein durch Hamburg. Seine Frau stört ihn nicht, im Gegenteil. Er ist froh, dass sie dabei ist, dass sie sieht, was er auch sieht. Nach einer Stunde gehen sie weiter zum Sternschanzenpark.

Ein Hauch Südsee in der U-bahn. Sie fährt oberirdisch, die Fenster gefüllt mit Licht. Zwei dicke dunkelhäutige Frauen setzen sich gegenüber, die Gesichtszüge nicht afrikanisch, sondern mit den schmalen Mündern, den kleinen Nasen und dem Doppelkinn eindeutig polynesisch. Die Sonne lässt das Hautbraun glühen, jede Falte gemahnt an Strand und Palmen. Vielleicht sind es Schwestern. Sie unterhalten sich schamlos vertraut.

»Bitte, lass mich nicht allein!«, sagt die Eine und zerrt an ihrem Pferdeschwanz, als wollte sie ihn in die Stirn rücken. »Ich will da nicht hin«, sagt sie und zieht einen Schmollmund.

Als sie aussteigen, könnten sie nach Apia wollen oder Papeete, und er muss an Melbourne und seine Vorortzüge denken, damals, als er der Südsee am nächsten war. Dass er so eine Begegnung in seiner schwäbischen Heimatstadt hätte, bezweifelt er.

Sie schauen aus dem U-bahnfenster vom Hochgleis hinab in die Straßen. Aber da sind keine Straßen mehr, da sind nur Bäume und Gärten und ein schmales, blauglitzerndes Wasser, ein Kajak bepaddelt es, ein Anleger wird sichtbar, ein Schild in der Fahrrinne mit durchgestrichenem Anker, ein Mosaik aus Seerosenblättern. Darüber erhebt sich eine Burganlage aus klinkerverputzten Appartements. Die Alsterkanäle.

»Hier ist in Hamburg gut wohnen«, sagt er zu ihr.

»Wenn man das nötige Kleingeld hat«, erwidert sie.

Er findet es ungerecht. »Jeder hat ein Recht auf schönes Wohnen«, findet er. »Warum muss das so teuer sein?«

»So regelt sich das«, sagt sie. »Damit die Begüterten unter sich bleiben können.«

»Und nehmen anderen die schöne Lage weg«, empört er sich.

Das ist ein Thema hier in Hamburg, hat er heraus gefunden: Wem gehört die Stadt? Gentrifizierung. Sozialistischer Städtebau. Dann sind sie vorbei und fahren weiter nach Altona.

Merkwürdig, stellt er fest: Die Angst und die Sehnsucht zielen auf dasselbe. Sie enden in der Freiheit des völligen Nacktseins. Alles fällt von ihm ab oder wird ihm geraubt, der Schutt des Täglichen wird ihm genommen, an dem er sich festhält, er fällt, bis seine Füße den unnachgiebigen Granit spüren, auf dem er landet. So war das als Jugendlicher, und so ist es heute noch. Manchmal muss er sich richtig durchkämpfen, bis er diese Wahrhaftigkeit erreicht. Dann ist er angekommen dort, wohin er immer wollte. Dann ist Gott da.

Er versucht weiter, eine Verdienstmöglichkeit zu finden. Der zweite VHS-Kurs, den er in Trittau angeboten hat, kam wieder mangels Teilnehmer nicht zu Stande. Er bewirbt sich bei einem großen Missionswerk in Hamburg und wird zu einem Gespräch eingeladen. Der Leiter des Instituts, der sich als Pfarrer anreden lässt, hat einen Assistenten mitgebracht, dessen Rolle ihm nicht durchsichtig wird.

»Sagen Sie mir«, beginnt der Pfarrer, »weshalb ich einen Schriftsteller einstellen soll.«

Er verweist auf sein Studium und seine theologische Ausbildung.

»Mit diesem Studium wollen Sie sich auf diese Stelle bewerben?«

»Schlüsselqualifikationen«, versucht er es, »vernetztes Denken, Umgang mit Texten undsoweiter.« Er fragt sich, wozu ihn der Leiter eigentlich eingeladen hat. Ursprünglich sollte es ein Informationsgespräch sein, bei dem er die Arbeit kennen lernen könnte, doch unversehens ist ein Vorstellungsgespräch daraus geworden. Darauf ist er nicht vorbereitet.

Es geht darum, verschiedene PR-Projekte und Kampagnen des Missionswerks zu konzipieren und durchzuführen. Das könnte er sich vorstellen, aber er erkennt, dass der Leiter und der Assistent nicht viel von ihm halten. Er bringt das Ganze mit Anstand zu Ende und schlägt am Schluss vor, seine

Mitarbeit projektbezogen zu gestalten, er stehe auf Anfrage zur Verfügung.

Auf der Rückfahrt ist er zuerst wütend darüber, wie er sich behandeln lassen muss, dann wütend auf sich, dass er sich das bieten lässt, dann niedergeschlagen und traurig, weil ihn niemand haben will. Seine Frau zuhause winkt ab.

»Sei froh, dass du da nicht arbeiten musst«, sagt sie.

Am Teich des japanischen Gartes in Planten un Bloomen wartet der Pavillon auf sie. Heute ist er offen, alle zwei Wochen im Sommer. Kleine Pfade mit Trittsteinen, Phlox hängt als blauer Vorhang von Gerüsten, ein paar Schritte weit ist er in Kyôtô, wo der Kuckuck ruft und die Gäste sich im Teegarten versammeln. Sie setzen sich an den Teich und schauen übers Wasser. Der Teich ist grün und dunkel, Schemen von Koi darin. Linkerhand rauscht der Wasserfall über moosbewachsene Felsen, eine Zwerggebirgslandschaft aus Steinen. Im Pavillon sitzt eine Japanerin züchtig im Kimono im halben Lotossitz, mit Tabisocken und hochgestecktem Haar, und schenkt Tee aus, grünen Tee dem, der eben will. Er erhält eine Schale, erhält den heißen, frischen Guss, bedankt sich, trägt die jadefarbene Gabe in die heiße Sonne an den Teichrand. Dort schlürft er das erfrischende Getränk, kommt zur

Ruhe, hört trotz der Großstadt ringsum die Stille: das Rauschen des Wassers, den Wind, die Vögel. *Bring vom Winde mit, der in den Kiefernzweigen wohnt,* erinnert er sich an ein Haiku. Als er die Schale zurückbringt, fällt Sonnenlicht durch die rückwärtigen Schiebefenster – ein grober Balken, der Dielenboden, die Holzwand. Staub tanzt im Lichtstrahl, Stille. Der Weg nach innen. Zum ersten Mal, dass er der japanischen Kultur so nahekommt. Er muss zugeben, dass er in seiner Heimatstadt vergeblich nach so etwas suchen würde. Die Großstadt, denkt er, hat ihre Reize.

Es ist nach Mitternacht. Er kann nicht schlafen. Er liest, bis ihm sein Buch überdrüssig wird. Dann weiß er nicht, was tun. Sie liegt neben ihm und schläft. Sie atmet so leis, dass er nichts hört. Er beugt sich über sie und denkt sich, dass man auch meinen könnte, sie wäre tot. Wie wäre das? Morgens aufzuwachen, der Wecker klingelt, und sie liegt ungerührt neben ihm. In der Nacht ist sie gegangen. Das sind keine guten Gedanken für nach Mitternacht, das weiß er. Um sich abzulenken, steht er auf. Sie merkt, dass sich etwas rührt, und murrt leise im Schlaf.

»Ich muss kurz aufs Klo«, sagt er leise. »Schlaf ruhig weiter.«

Draußen schließt er die Tür und schaltet das Licht im Flur an. Es soll brennen bleiben, während er im Wohnzimmer sitzt. Dort riecht es nach Zigarettenrauch und Teppichboden. Er sitzt auf dem Sofa und denkt: Was jetzt? Er greift zum Tabak und dreht sich eine Zigarette. Das Anzünden ist wie immer der beste Moment. Jetzt kann es losgehen, denkt er dann immer. Dann nimmt er eine CD aus dem Regal, alte Songs, alte Rockvergangenheit. Aus seiner Jugendzeit. Mit vierzehn hat er die Lieder zum ersten Mal gehört, war bei einem Konzert der Band in einer kleinen Liederhalle. Sein Vetter konnte die Stücke auf der Gitarre nachspielen, mit Verzerrer und Wawa. Flieg zum Regenbogen, denkt er. Das ist mein Lied, singt der Sänger mit der hohen Stimme. Ich sehe die Freude auf deinem Gesicht, wenn du in den Weltraum blickst. Flieg zum Regenbogen! Fliegt, ihr Menschen, fliegt! Und plötzlich wird ihm klar, dass er das immer geglaubt hat!

Bis achtzehn vielleicht, bis zwanzig, als er schon im Studium war. Immer geglaubt, dass es auf dieser Erde einen Flug zum Regenbogen geben kann. Dass das nicht nur Gefühle sind, sondern ein Tor im Himmel, das zum Glück führt. In ein Land jenseits des Regenbogens, wo er eintaucht ins siebenfarbige Licht, ein sphärisches Land, der See aus kristallenen Regentropfen, der Garten mit Blumen und Bäumen, in deren Schatten die Immerjungen wandeln – das gibt es irgendwo zu erreichen!

Jetzt glaubt er das nicht mehr. Die Erde ist klein geworden, und auch das Universum, in dem er sich postmortal auflösen wollte, ist ernüchtert und kalt. Geblieben sind den Menschen nur Mystik und seelenerhellende Drogen, und sie ändern nichts. Eine abwegige Welt, die sich nur im Kopf abspielt, daran kann er nicht glauben. Er ballt die Faust, während er den Song hört. Es trifft ihn wie vor den Kopf. Er klopft mit der Faust gegen seine Stirn.

Ja, das hab ich geglaubt, denkt er. Flieg zum Regenbogen.

War es dumm, das zu glauben?, fragt er sich. Es hat mein Leben in seine Richtung gelenkt. In eine Spur, die ich lange verloren meinte.

Soll ich wieder daran glauben?

Es war damals wichtig, diese Gefühle zu haben, wenn er die Musik hörte, erkennt er. Es war ein Erlebnis, das tröstete. Es war ein Stück Wahrheit. Heute weiß er, dass der Gefühlsrausch abklingt und alles wieder beim Alten ist. Der Alltag ändert sich nicht. Auch nicht durch sensorische Deprivation im Wassertank oder Atmen im Lotossitz. Die Welt ändert sich nicht.

Die Welt, an die er geglaubt hat. An ihre Doppelbödigkeit. An ihre Durchlässigkeit. An den Traum, den sie bereithält dem, der an ihn glaubt.

Er spürt sacht die alten Gefühle kommen, als er den Song noch einmal hört. Aber er kommt ihnen nicht entgegen, er misstraut ihnen. Der frühere Rausch stellt sich nicht ein. Er lässt die Gefühle vorüber ziehen und schaut ihnen zu, wie sie ein bisschen leuchten im siebenfarbigen Licht und gläsern werden, dann ist es vorbei. Keine Träne hat sich in den Augenwinkel gestohlen. Es nützt nichts. Es ist immer noch nach Mitternacht, im Flur brennt die Lampe, die zweite Zigarette ist geraucht. Es hat sich nichts verändert.

Flieg zum Regenbogen.

Er kann nicht.

Niemand kann.

Damals, mit sechzehn, schrieb er auf, was er vom Leben erhoffte. Was für ein Leben er führen wollte. Sein *Manifest* nannte er es. Heute steht es da und trifft ihn wie ein Schlag vor den Kopf. Es ist die Wahrheit, stellt er fest, aber sie kommt zu spät. Er hört das alte Sehnsuchtslied von City, *Am Fenster*, hört die Fiedel mit ihren schmerzvollen Kadenzen, hört den Schwur, nicht die Stirne mehr am Fenster zu kühlen.

Er fühlt sich betrogen. Wie der Comicheld Calvin wollte er sagen: Nach dem Wirbel, den man um das Leben machte, habe ich natürlich angenommen, es gehe um nicht weniger als die Erfüllung.

Die Erfüllung hat er nie gefunden. Er sollte das Alte loslassen, denkt er. Da erst bemerkt er den harten Griff, in dem es steckt und in dem er ebenso steckt. Ja, er lässt nicht los. Er will immer noch, dass es die Erfüllung wird. Er hat es noch nicht weggegeben an Gott, um es zu gewinnen. Er hält es fest, bis es sich erfüllen wird, bis alles sich erfüllt, was er je sich erträumt hat. *Du aber erträumst es dir,* sagt Kafka, *wenn der Abend kommt.* Am Fenster. *Dran ein Nebel schwer vorüberstrich.* Stattdessen ist er gerettet. Erlöst. Aber was heißt das?

Ich habe das noch nicht begriffen, erkennt er. Ich sollte längst alles weggegeben haben und verweigere mich stattdessen, ziehe mich zurück in diese resignierten Jahre in der Fremde. Ihm tut die vergeudete Zeit weh, denn er hofft auf Großes, aber er kann nicht anders. Das sieht er in dieser Nacht klar: Er verweigert sich. Er verweigert sich auch Gott, dem sein Leben jetzt gehören soll. Er verweigert sich sich selbst. Deshalb hat er weder Mut noch Kraft. Deshalb hat er sich wie zum Sterben hingelegt oder zum Verstummen zurückgezogen.

Das Manifest sind keine Ansprüche, die er ans Leben hätte. Es ist ein Lebensentwurf, ein Programm. Es dient dem Überleben. Es ist die Luft zum Atmen, die Bedingungen *sine qua non.* Er kann sie nicht herunter schrauben wie eine Walkerschraube. Er kann sie nicht loslassen: diese Fanale eines Lebens der Hoffnung.

So weit ist er.

Eben ezer – soweit hat Gott mich gebracht, denkt er.

Vielleicht eröffnet Gott einmal einen Weg des Loslassens und der Einsicht. Aber das ist jetzt unwichtig, denkt er. Wichtig ist: Ich bin, was ich bin, und lebe, wie ich lebe, *weil ich es so will.*

Gott hat mich durch das tiefe Tal geführt, durch Tremendum, Ochsenzoll, Depression und Tagesklinik. Durch mein ganzes Leben mit der Krankheit. Ich habe ihm meinen Schriftstellertraum überlassen und bin bereit, ihn aufzugeben. Bis hierher hat Gott mich geführt. In diese Dreizimmerwohnung in einem Wohnblock an der Peripherie Hamburgs.

Was soll ich dort?, fragt er Gott.

Wohin geht es? Wie geht es weiter? Was ist mit meinem Leben jetzt?

Er bekommt heute Nacht keine Antwort. Aber das weiß er ja.

Der Freund bietet ihm an zu versuchen, seine Manuskripte an einen Verlag zu vermitteln. Er habe Kontakte, und da müsse endlich etwas geschehen. Er solle ihm seine Manuskripte schicken, alle, die er veröffentlicht haben wolle. Das freut ihn.

Der Schriftsteller aus Hamburg hat den Krimi nun seinem Verleger zugeschickt, schreibt er in einer Mail. Er findet, dass er unbedingt veröffentlicht gehört. Der Verleger lese schnell, eine Antwort wird keine Monate brauchen. Plötzlich tut sich eine Tür auf. Er weiß nicht, wie ihm geschieht, und fotokopiert die acht Romane, die er bisher geschrieben hat, zu handlichen Stapeln. Im Copyshop pfeift er vor sich hin. Er hat Ideen zu einem neuen Roman und freundet sich beim Kopieren mit jedem seiner Werke neu an. Vielleicht wird es jetzt endlich was!, denkt er. Aber er bremst sich. In Nürnberg hat es schon einmal so ausgesehen, als liefe es auf eine Veröffentlichung hinaus. Er bleibt skeptisch. Es wird geschehen, was du willst, sagt er zu Gott. Was immer das ist.

Sie gehen durch den alten Elbtunnel, lassen sich vom Lastenaufzug nach oben fahren und schauen an der Bushaltestelle nach dem Bus, der sie an einen Ort bringen wird, wo Container verladen werden. Die Buslinien im Hafen sind nach Schuppennummern beschriftet.

An der Kaje entdecken sie einen Portalkran, der auf Schienen fährt. Die Anlage gibt einen hupenden Warnton ab und aktiviert ein Blinklicht, wenn der Kran sich bewegt. Der Kranführer sitzt breitbeinig oben in seiner Glaskanzel und schaut durch den Boden. Das Frontfenster steht offen. Klare Sicht heute, wenig Wind. Er fährt das Greifer-

gestell über den Container auf dem LKW, berührt
ihn mit den Führungsflossen, bis der Greifer auf-
setzt. Dann spielt er, bis die Zapfen am Ende der
Greiferschiene in die Löcher der Containerecken
einfahren. Innen werden die Zapfen rechtwinklig
gedreht und rasten ein; die Flossen werden hochge-
klappt, und schon schwebt das Stück riesig über sie
hinweg auf Deck. Das Absetzen auf die Container-
stapel im Laderaum ist schwieriger, weil keine Füh-
rungskabel eingesetzt werden können. Der Kranführer arbeitet zentimeterweis, aus zwanzig Metern
Höhe. Wo die Stahlseile des Greifers zusammen-
laufen, ist eine motorgetriebene Drehwinde ange-
bracht, die Seitenbewegungen durch eventuelles
Verdrillen der Seile ausgleichen kann.

Nachher sitzen sie am Kai, haben eine Brotzeit
aus dem Rucksack, trinken Apfelsaft und schauen
hinüber zum Containerterminal Altenwerder, wo
die Container wie bunte Bauklötze gestapelt sind.

»Das tut mir gut«, sagt er, »diese Nähe zu Schiffen. Deswegen bin ich ja hergekommen. Die Schiffe, die in alle Welt fahren. Ein alter Kindheitstraum.«

Hier sind sie, denkt er. Greifbar, direkt vor ihm.
Stahl und Eisen, Salzwasser und blätternde Farbe.
Er holt sein Notizbuch heraus und macht sich No-
tizen.

Er ist irgendwann auf den Begriff *Moleskine* gestoßen. Er las, welche Berühmtheiten es bereits verwendet haben. Zum Beispiel Hemingway. Das Notizbuch der Künstler, Accessoire einer Existenzform. Das begeisterte ihn. Er ging in einen Schreibwarenladen im Stadtteil und kaufte sich ein arschtaschengroßes, schwarz eingebunden mit blankem Papier ohne Linien. Er trägt es seither im Reißverschlussfach seines Tagesrucksacks bei sich, einen Kugelschreiber daran geklemmt. Damit will er die Wirklichkeiten Hamburgs sammeln.

Sie gehen in den Teeladen im Stadtteil. Ein kleiner, aufgeräumter Laden nicht mit Spezialitäten, aber mit Charme. Die Besitzerin ist eine Frau mittleren Alters mit Brille und einer spitzen Nase. Er fragt an, ob sie im Laden vielleicht eine Aushilfe oder eine Teilzeitkraft benötigten. Er hat selbst während des Studiums im Teefachhandel gearbeitet, ein Jahr lang. Die Besitzerin überlegt und bedauert dann.

»Wir sind im Moment gut aufgestellt«, sagt sie. »Aber lassen Sie mir bitte Ihre Adresse da! Ich melde mich dann, wenn Bedarf besteht.«

»So wird das überall sein«, sagt er zu seiner Frau beim Hinausgehen. »Schade«, sagt er. »Hier hätte ich gerne gearbeitet.«

Baustelle vor dem Haus. Grauer Himmel. Ab neun geht es los mit Bohren, Fräsen oder Hämmern, dröhnenden Motoren, schepperndem Verladen. Wo früher der Friseur war, der Drogeriemarkt und der Kiosk, entsteht jetzt ein Apartmenthaus. Es versperrt die Aussicht, man kann einander ins Fenster schauen. Er hält die Balkontür und die Fenster geschlossen und hört beim Schreiben Musik, um den Lärm zu übertönen.

Seinem Freund in Schnelsen teilt er mit, dass der befreundete Schriftsteller seinen Krimi dem Verleger übergeben hat.

»Vitamin B«, sagt der Freund, »also doch! Anders hast du im Verlagsdschungel keine Chance.«

Er freut sich mit ihm, wird aber weiterhin tun, was er kann, um die Manuskripte zu vermitteln.

Schanzenpark. Drüben hinterm Maschendrahtzaun der neue Sportplatz der SC *Sternschanze*. Im Schanzenpark können sie vom Großstadtgetriebe aufatmen, selbst wenn es nur zehn Meter zur Straße sind. Rasen, Bäume, Lauschigkeit. Irgendwo qualmt ein Grill. Wo früher Dealer und Kampfhundehalter sich ein Stelldichein gaben, kreischen heute Kinder. Die ausgeführten Hunde verbrüdern sich genitalienschnuppernd, während die Frauchen in Mousselinkleidern Klönschnak halten. Gut, sich das mal vor Ort anzuschauen, denkt er. Auf dem Wasserturm sitzen Leute, die Terrasse des Mövenpick-Hotels ist voll besetzt. Das also ist Gentrifizierung.

Im Park gibt es ein Open-Air-Kino, ein freies Wiesengelände mit Sandplatz, das sich zu ansteigenden Böschungen öffnet. Ein kleines Amphitheater. Blaue Sonnenzelte sind aufgestellt, ein Bauwagen, unter Bäumen abgestellte Anhänger, die riesigen Lautsprecher, mit schwarzer Folie abgedeckt. Werbetafeln: *Zapf-Umzüge, hamburgpur, fritz-kola.* Auf einem Tisch ein leeres Bierfass und ein Aschenbecher. *Heute Abend Sonderprogramm,* verkündet ein Schild. Bei technischen Störungen oder schlechtem Wetter fällt die Vorstellung aus, der Eintritt wird nicht erstattet. Eine junge Frau sitzt auf der Wiese und liest ein Buch. Ein Hund streunt. Erwartungsvoller Frieden: *Summer in the City.* Er pfeift das Lied von Lovin' Spoonful vor sich hin. Er schaukelt mit dem Arm, der ihre Hand hält.

»Dir gefällt's wohl hier«, neckt sie ihn.

»Das sind die Seiten der Großstadt, die ich mag«, sagt er.

Wem gehört die Stadt? Den Einwohnern oder den Baulöwen und Immobilienhaien? Er liest sich ein.

Die Gentrifizierung mancher Szeneviertel: Häuser und Straßen werden saniert, Yuppie-Geschäfte und Armani und Makler siedeln sich an, die angestammten Bewohner können sich die neuen Mieten und Ladenpreise nicht leisten und werden verdrängt, das Viertel wechselt seinen Charakter, und wieder ist ein Stück Lebensart und Kiezkultur verschwunden. Im Schanzenviertel soll das gerade der Fall sein. Das will er sich einmal anschauen.

Shopping Mall. Hermes, Armani, Joop. Die Seite an Hamburg, die er nicht mag, zwischen Lebenslust und Weltverachtung hin und hergerissen, als sie am Jungfernstieg bummeln. Exklusiv, heißt es, ja, denkt er: Ausgeschlossen fühlt man sich. Ein Schuhgeschäft lockt in ein Labyrinth aus Glaskästen und glitzernden Leuchten, man verliert sich zwischen hochhackigen Pumps und dezenten Preisschildern. Die Auslagen nehmen sich aus wie überteuerte Puppenstuben, umrahmt von klassizistischem Säulenwerk. Die Reichen brauchen auch ihre Ghettos, denkt er. Wirst du auf einmal politisch? Die Stadt politisiert, denkt er. Aber bei ihm nicht bis zum Engagement. Es fasziniert ihn nur: diese Szene-Viertel und Winkel, diese Enklaven und Oasen für ein Völkchen, das die ganz andere Seite einer Großstadt darstellt. Ein Völkchen aus armen Poeten, Lebenskünstlern, Anarchisten, Biogärtnern und Pazifisten, das ihn schon damals in den Neunzigern fasziniert hat, als er über die Hausbesetzerszene las. Sie sind ihm sympathisch, diese Menschen außerhalb der Konsumgesellschaft, mit ihnen fühlt er sich solidarisch. Das ist ein Hamburg, denkt er, als sie in den Pavillon gehen, um Kaffee zu trinken, mit dem ich mich identifizieren könnte.

Zwischen der Trauer um die Welt und der Lust am Leben. Das ist der Titel eines Buches aus den *Flugschriften* des Hamburger Nautilus-Verlages. Er liest es mit grimmigem Nicken und nassen Augen. Ja, das sind seine Träume. Seit er Jugendlicher wurde und sich vor der Arbeitswelt der Erwachsenen fürchtete. Es gibt Gleichgesinnte, denkt er. Es gibt ebensolche Träumer wie mich. Sie in dieser politischen Ecke zu vermuten, ja, dass es überhaupt eine politische Richtung dafür gibt, wäre ihm nicht in den Sinn gekommen. Er ist dankbar dafür, auf dieses Büchlein und die Menschen dahinter gestoßen zu sein.

Sie flanieren durch die Innenstadt. Das herrschaftliche Hamburg, Grindelallee, aus einer Seitenstraße kommen sie, die Straße öffnet sich fünfspurig zwischen den klassizistischen Häusern, eine dünne Reihe aus Bäumen, weiter Himmel. Eine

Esplanade, eine Prachtpromenade, eine Flucht aus Stadt, die einen Sog ausübt. Das spürt er deutlich. Sie führt auf etwas Großes, Erhabenes zu, das aber nicht kommt. Ein Versprechen, eine Prophezeiung. Er genießt das. Eine fremde Stadt, auch wenn sie vertraut wäre. Unigebäude liegen im Schatten, Gleisdämme erheben sich, der Turm des *Radisson*-Hotels. Im Erdgeschoss lauter Geschäfte, das macht die Theaterkulisse zugänglich. Ein Buchladen, ein pakistanisches Restaurant, Boutiquen, ein Falafel-Imbiss, ein israelischer Schmuckladen. Sie schaut in die Schaufenster, er lässt die Szenerie auf sich wirken. Es ist ein bisschen so wie in dem Buch, das er gelesen hat: Bei jedem Haus fragt er sich, wem es wohl gehört, wer dort wohnt und wie viel Miete er zahlt. Er geht mit offenen Augen umher. Auf dem Gehsteig vor einem Jazz-Club steht eine Nobelkarosse mit offenen Türen; junge Männer in Anzügen laden Instrumentenkoffer aus. Vor ihnen, in den Gehsteig eingelassen, sechs Gedenksteine für die aus diesem Haus deportierten Juden; einer von ihnen flüchtete nach Holland, bevor er in Auschwitz ermordet wurde. Im Grunde ist alles um sie herum Geschichte, alles entstand aus Zeiten und Umständen, aus Interessen und Ideologien. Man muss eine Stadt studieren, denkt er. Man muss sie ergründen und begreifen. Man sieht nur, was man weiß. An der Ecke führt hinter den noch geschlossenen Stahltüren die Treppe hinunter zum

Down Under. Känguru, Krokodil, Strauß lesen sie auf der ausgehängten Karte. Da gehen wir auch mal essen, sagt sie. *Flair* sagt man, Atmosphäre – wie entsteht die? Was macht das Leben in einer Stadt aus? Wo wohnt man, und wo geht man in ihr hin? Und warum geschieht es, dass man nicht heimisch wird, dass die Stadt fremd bleibt, Ausland, Exil, dass man seine Seele nirgends einnisten kann, durch die Straßen geistert wie Spuk? An einem Sandsteinpfeiler entdeckt er ein Graffito. Er bleibt stehen und liest es.

real eyez

realize

real lies

Was für eine Botschaft!, denkt er. Stummer Aufschrei eines kritischen Bewusstseins. Hilferuf und Schlachtruf zugleich. Großstadtweisheit, ja, da ist jemand an der Not zwischen Asphalt und Hundekot weise geworden. Da hat jemand erkannt, dass er von Lügen umgeben ist, eine Scheinwelt, Kulisse aus Gier und Gleichgültigkeit. Ja, denkt er: Wer offene, wer wahre Augen hat, der sieht die Lügen der Wirklichkeit um sich herum. Der misstraut der Pseudowelt, in der wir leben. Der sucht die Wahrheit. Aber was ist die Wahrheit?, fragt er sich. Erringt sie jeder selbst, trägt sie mit sich herum wie ein Serum oder einen Schatz? Nachdenklich steigen sie am Dammtor hinab in die U-bahn-Metropolis.

Sie steht vor dem Spiegel und probiert verschiedene Kleidungsstücke an. Sie trägt einen knielangen Rock mit Rüschen und ein Oberteil mit kurzen Ärmeln und Rundhalsausschnitt, alles in ihrer Lieblingsfarbe Violett. Sie probiert es mit und ohne Gürtel, das Oberteil unter dem Rockbund oder darüber. Es ist an der Taille etwas weit, sodass sie Angst hat, sie sehe darin dick aus. Als sie fertig ist, fotografiert sie sich selbst im Spiegel mit dem Smartphone, um ihrer Schwester das Foto zu schicken und sie zu fragen, wie das aussieht. Er schaut sich das Ganze an und grinst.

»Wirst du das jetzt in deinem Roman bringen?«, fragt sie empört.

Er muss seine Gedanken disziplinieren. Freie Gedanken folgen Mustern und führen zu Vorstellungen; diese Vorstellungen sind manchmal schädlich und machen ihm Angst. Das muss er vermeiden. Schon der Gang zum Bürgermeisteramt, um den Ausweis zu verlängern, ist da zu viel für ihn. Er bräuchte bloß aus dem Haus zu gehen, sich ins Auto zu setzen, auf dem Rathausplatz zu parken,

Geld vom Automaten zu holen – es wäre so einfach. Andere tun das und denken nicht darüber nach. Weil sie keine Borderliner sind, denkt er. Er bleibt lieber verschanzt in seinem Bau. Das ist ein Zwang, mit dem er leben muss, er weiß es.

Am Großensee auf dem Land ist es spät, aber die Sonne steht noch über den Baumwipfeln. Seen gibt es in seiner Heimat auf der Schwäbischen Alb nicht, es ist Karstgebiet, aber hier ist es eine Eiszeitlandschaft mit Urstromtälern, Moränenrücken und Gletschertunneln. Jugendliche in Gruppen haben sich versammelt und hören Musik. Aber sie beide sind nicht hier, um Stille zu suchen, sondern um ein Picknick zu machen. Die Grillbriketts im Grill, den sie im Vorbeifahren im Supermarkt gekauft haben, glühen rasch, nur dauert es einige Zeit, bis alle Glut gefasst haben. Hunde jagen am Strand entlang. Manche der Jugendlichen richten sich für die Nacht ein. Das Ganze erinnert ihn an die Filme über Abi-Feiern und Klassentreffen, die er so liebt, besonders die französischen. Ein paar der Jugendlichen müssen in zwanzig Minuten auf den Bus. Dorfjugend, die sich hier trifft, denkt er. Dann grillen sie und lassen es sich schmecken. Mit dem Klappmesser aus der Feldjacke ritzt er die Würste. Der Seespiegel ist still und schimmert im Untergangslicht, dann, als die Sonne hinter den

Bäumen verschwunden ist, in hellem Silber. Um dreiviertel zehn brechen sie auf, schleppen den Grill und die Kühltasche zum Auto zurück und verstauen alles. Auf der Heimfahrt im sinkenden Abend nach Hamburg hinein reden sie kein Wort. Sie fahren nach Hause. Auch wenn sie hier nicht heimisch sind.

Den Ältesten in der Gemeinde erzählt er von der erhofften Veröffentlichung seines Krimis. Wir beten dafür, sagen sie. Auch in der Jugendgruppe, die er zusammen mit einem der Ältesten betreut, beten sie für ihn. Das beruhigt ihn. Er weiß nicht, ob es helfen wird, das heißt, er weiß nicht, ob Gott ein Einsehen haben wird. Aber wenigstens wird ihm dadurch klar, dass er dabei nicht nur der Willkür von Verlegern und Lektoren ausgeliefert ist.

Die Antwort vom Verleger kommt rasch. Es ist ein kleiner Verlag mit nur einer Lektorin. Der Verleger macht alles selbst. Er schickt das Papiermanuskript zurück und hat ein paar Änderungsvorschläge. Ha!, denkt er sich. Kein Problem! Wenn es nur das ist. Er hat keine Zweifel, dass seine Änderungen den Verleger zufriedenstellen werden. Er setzt sich an den Rechner und arbeitet den Roman um, nichts

Großes, eine schärfere Profilierung der Charaktere, eine Vermundartlichung der Sprache, und schickt es wieder zurück. Diesmal als Datei. Das macht es einfacher.

Was für ein Stück Fleisch! Krosse Kruste vom Grill, innen zartrosa und butterweich, der Saft läuft im Mund zusammen, ein Fest für die Sinne! *Tenderloin* heißt es, sie essen im Restaurant zur Feier des Tages, Filetsteak in drei Minuten.

»Ich dachte immer«, sagt er begeistert, »dass ich Rindfleisch nicht mag, aber ich habe wohl noch kein richtiges gegessen.«

Nun versteht er die überzeugten Fleischesser, die dicken Rinderbarone im Westerncomic, den Verräter in Matrix, wie er genüsslich kaut und den Gabelbrocken anschwärmt. Zur Bedienung spricht er von lukullischer Offenbarung, und zuhause kriegt er sich lange nicht ein. Der Genuss wirkt nach, wie ein Versprechen von Lebensfreude, der ganze Tag verwandelt sich. Ihm ist Gutes widerfahren.

Was tun, wenn man die Chance hat, ein neues Leben anzufangen?, fragt er sich. Man wird Kellner in einem Jazz-Club in Manhattan oder Novize in einem nepalesischen Kloster oder kauft eine

Perlenfarm in der Südsee oder arbeitet in einer
Fischfabrik in Nordnorwegen oder baut Vanille an
auf Mauritius oder entwickelt Software in einer
kleinen Firma in San Francisco oder lehrt Deutsch
am Goetheinstitut in Japan oder wohnt als Trapper
in einem Blockhaus am Yukon oder züchtet Pferde
in der Mongolei oder besitzt eine Seidenweberei in
Usbekistan oder betreibt eine Bar auf den Virgin
Islands oder handelt mit Gebrauchtwagen in Syd-
ney oder arbeitet als Computerspezialist in einem
Kraftwerk in Island oder wird Mitglied einer Land-
kommune in Dänemark oder ist Teilhaber einer
Gesellschaft für *Alternatives Leben* im griechischen
Sarakiniko. Es gibt so viele Möglichkeiten, denkt
er. Das hätte ich damals wissen sollen, denkt er, damals, mit achtzehn, aber es ging ja nicht anders. So
viele alternative Leben, tausend Wege zu gehen,
und letztlich wird es eine einzige einspurige Straße.
Unfasslich! Wenn die Realität nicht die Geschichten schreiben würde, denkt er, man müsste sie erfinden.

Was ist mit seinen Träumen? Die Lähmung des
Traumnervs, von der er in seinem ersten Roman
schrieb. Träumen darf man, sagt er sich. Nicht
mehr von Hamburg. Aber vom Leben auf einer tro-
pischen Insel. Grenada vielleicht oder Moorea oder
Rangiroa. Atoll, türkisene Lagune, kilometerweit,

draußen die Schaumlinie des Riffs. Ein kleines Haus mit Garten, in dem sie Mango und Ananas und Süßkartoffeln ernten. Mit dem Fahrrad ins nahe gelegene Städtchen, an Feldern und Palmenhainen vorbei, die Straße eingeworfen mit Muschelschalen. Zum Supermarkt, der alles hat, in Dosen oder frisch. Import ist teuer, aber die Früchte der Insel günstig. Einfaches Kochen in der kleinen Küche, vielleicht Gasherd, nachmittags Spazierengehen am Strand, mit nackten Füßen den Wellensaum entlang, wie sie es lieben. Die Menschen sind freundlich und haben Zeit, die kleine Kirche fromm und lebenslustig. Am Horizont segeln Wolkenarmaden, die Welt liegt immer eine Bootsfahrt entfernt, sie brauchen nicht viel zum Leben, und er kann schreiben, wann und worüber er will. Ein Ort für den Lebensabend, wo das Leben leichter und einfacher ist. Wo sie nicht mehr brauchen als das Nötigste. Wo sie sich keine Illusionen mehr machen und im Reinen sind mit sich selbst. Was seine Frau dort arbeiten könnte, weiß er nicht. Vielleicht in der englischsprachigen Verwaltung. Er als Schriftsteller, *old typewriter man*, wie Hemingway auf den Inseln im Strom. Träumen darf man, ja.

Er wartet keine zwei Wochen. Der Verleger ruft ihn an und teilt ihm mit, dass er ihm die Verträge zuschicken werde. Das Buch sei für Herbst dieses

Jahres geplant, er will es auf der Frankfurter Buchmesse vorstellen. Er hängt ein und kann es nicht fassen. Aber kein Ansporn zu High Five oder Jubelgesängen. Er kann es nur nicht fassen. So lange gewartet, und nun ist es eingetreten! Er wird veröffentlicht! Rasch fasst er sich wieder und denkt: Das ist nur der erste Schritt, und: Ich glaub's erst, wenn ich das gedruckte Buch in Händen halte. Seine Frau will feiern und essen gehen, schon wieder.

Er liest die Verträge genau durch. Sie entsprechen dem, was er sich vorgestellt hat, keine Überraschungen, keine verdächtigen Passagen. Zu Lesungen wird er nicht verpflichtet, aber in der Verlagsvorschau für den Roman kündigt sie der Verleger an. Er bekommt acht Prozent vom Ladenpreis an Marge, bei einer zweiten Auflage zehn. Er unterschreibt, als unterschriebe er zum ersten Mal im Leben einen Vertrag. Er ist sich der Tragweite nicht bewusst. Er freut sich nicht. Es ist eher eine grimmige Genugtuung. Freu dich doch!, sagt der Freund, als er ihm die Neuigkeit mitteilt. Das tu ich ja, erwidert er. Aber er wundert sich, dass er sich nicht freuen kann. Er hätte Glückseligkeit und Euphorie erwartet, eine Steigerung des Selbstwertgefühls. Aber es ist nur eine Genugtuung, eine späte Rache für das Erlittene. Vielleicht kommt es ja zu spät, denkt er. Vielleicht kann es die Jahre der versagten Anerkennung nicht aufwiegen. Er will den großen Tag abwarten, wenn er das Buch druckfrisch in den Händen hält.

Auch sein Therapeut freut sich mit ihm und gratuliert ihm. Er mag den Mann, den er *Uhu* nennt. Er geht gern zu ihm in das alte Dorfhaus mit dem Eingang hinter der Bäckerei, wo es immer nach Gebäck duftet, die steile Stiege hinauf, die alten Türen mit Milchglasscheiben, die beiden Wippsessel einander gegenüber, ein Tisch daneben mit Glasplatte und Papiertaschentüchern, der Blick aus den Fenstern auf Dachgetrauf und Himmel. Die Sitzung verwenden sie darauf, die beruflichen Anforderungen und Belastungen zu besprechen, die auf ihn zukommen könnten. Der Therapeut rät ihm, eine erhöhte Achtsamkeit darauf zu haben, wie es ihm gehe. Er solle sich nicht von der Arbeit auffressen lassen, sondern weiterhin für sich sorgen. Ein kräftiger Händedruck, bei ihm fühlt er sich aufgehoben.

In der freien Gemeinde danken sie gemeinsam für die Veröffentlichung. Die Frau, die den Büchertisch organisiert, fragt ihn, ob sein Krimi etwas für den Büchertisch sein könnte. Es stecke zwar wenig Christliches darin, antwortet er, aber gute Unterhaltung sei auch was wert. Sie schaue es sich einmal

an, ob sie es besorgen solle. Das freut ihn. In der
Gemeinde haben sie mittlerweile einen neuen Pastor, der bringt frischen Wind in die Gemeindearbeit. Zu Anfang besucht er jedes Gemeindeglied,
um seine Schäflein kennen zu lernen. Als er bei
ihnen zuhause sitzt bei Tee und Keksen, erzählt er
dem Pastor von seinem Studium und der theologischen Ausbildung, und der Pastor fragt ihn gleich,
ob er sich vorstellen könnte, mit ihm gemeinsam
einen Glaubensgrundkurs für Neubekehrte durchzuführen. Klar kann ich das, sagt er. Darauf hat er
schon lange gewartet. Jeder würde abwechselnd einen Abend halten und allein vorbereiten. Der Pastor benutzt ein Studienheft dafür, die Lektionen
sind vorgegeben. Auch lädt er ihn ein, einmal zu
predigen, zu einem frei wählbaren Thema. Im
Hauskreis, den einer der Ältesten leitet, hat er
schon öfter die Vorbereitung der Bibeltexte übernommen, die sie in der kleinen Runde lesen, und
auch seine Frau engagiert sich im Gemeindechor.
Als gefeierter Schriftsteller fühlt er sich nicht. Das
war nur der erste Schritt, pflegt er zu sagen, wenn
ihn jemand darauf anspricht.

Er liebt Bücher. Natürlich. Auf seine Bibliothek,
die sich in dreißig Jahren angesammelt hat, ist er
stolz. Im Gästezimmer stellen sie zwei Regale auf,
um die Neuzugänge unterzubringen. Er kauft die

Bücher gebraucht oder neu, er will sie nicht mehr aus der Bücherei ausleihen, wo er viele Titel gar nicht findet. Er wollte schon als Jugendlicher eine Bibliothek haben, die eines Schriftstellers und Gelehrten würdig wäre. Repräsentativ sollte sie sein, aber nach persönlichem Geschmack zusammengestellt. Er hat sie nach Sachgebieten, Gattungen und Literaturepochen geordnet. Für Recherchen hat er ein solides Fundament an Sachbüchern geschaffen, auch wenn er immer mehr Informationen aus dem Netz bezieht. Manche Titel stammen noch aus seiner Gymnasiumszeit, dünne, eng bedruckte Taschenbändchen von Fischer, Rowohlt oder dtv für drei Mark achtzig. Den *Papalagi* zum Beispiel, der in den Achtzigern Aufsehen erregte, und das komplette Werk von Hermann Hesse. Fast jeder Autor steht für einen Lebensabschnitt und das dazugehörige Lebensgefühl. Er hat zu lesen begonnen mit den Kurzgeschichten von Gabriele Wohmann und Siegfried Lenz, mit Bukowskis *Notizen eines Außenseiters* und Grimmelshausens *Simplicissimus*; dann beschäftigte er sich während des Studiums mit Romantik, Realismus und der Moderne, und später kamen die Romane der Postmoderne hinzu, von deren metafiktioneller Ausrichtung er sich einiges abgeschaut hat. Heute besitzt er über tausend Bücher, hat längst den Überblick verloren und trotzdem den Ehrgeiz, alle wenigstens einmal gelesen zu haben. Er ist stolz auf seinen Abriss der deutschen Literaturgeschichte, der vom *Iwein* über den *Werther*, Fontane und den Klassikern der Nachkriegsliteratur wie Böll, Grass, Andersch, Martin Walser und Koeppen bis zu Handke und Ransmayr reicht. Auch Lyrik ist vertreten, von japanischen Haikus und Hölderlin über Benn bis Celan. Er hat eine Abteilung für irische, klassisch chinesische, amerikanische Literatur und eine Auswahl karibischer und französischer Autoren. Ein Fach steht bereit für Literatur aus den und über die Achtundsechziger, er hat Kerouacs *Unterwegs* gelesen genauso wie Huxleys *Pforten der Wahrnehmung*, Joyces *Ulysses* auf Englisch genauso wie Prousts *Auf der Suche nach der verlorenen Zeit.* Jetzt hat seine Bibliothek endlich einen beruflichen Zweck, jetzt ergibt diese geballte Sammlung von Wissen und Buchstabe einen Sinn. Er braucht das alles, sagt er sich. Er ist jetzt Schriftsteller. Er will zeigen, dass er enzyklopädisch unterwegs ist mit seinen vielfältigen Interessen. Und er stellt sich die Gäste vor, die ihn künftig besuchen werden, die beeindruckt sind von seiner Kompetenz und mit denen er gelehrte Gespräche führen wird. Wie es Thielicke oder etwa Max Frisch getan haben. Er stellt sich junge Menschen vor, die ihn um Rat und Orientierung ersuchen und für die er ein paar Titel aus dem Regal ziehen und sie ihnen zum Lesen geben wird. Er stellt sich sein künftiges Leben vor, der Literatur und dem Studium der Welt gewidmet. Kultur, sagt er sich. Eine

Oase der Menschlichkeit in der Wüste des Alltags. Er ist stolz, Schriftsteller zu sein. So hat er sich das immer vorgestellt.

Eines Tages will er sie sehen: die Schanze. Szeneviertel, *Antifa* und Wasserwerfer, die *Rote Flora* und die begonnene Gentrifizierung. Sie fahren mit der S-bahn und steigen am Schanzenpark aus. Die Schanzenstraße taucht kühl und dunkel unter der Hochbahnbrücke hindurch. An der Ecke zur Susannenstraße herrscht Baumschatten. Ein Lokal hat Tische draußen, zwischen denen sie sich hindurch schlängeln. Vor ihm geht ein junges Mädchen mit kurzem Rock und Wollstrümpfen bis übers Knie. Ein Hauch Parfüm kommt von ihr, kühl, bitter, willkommen in der Schanze!, denkt er.

Sie flanieren und schauen sich alles genau an. Sein Moleskine ist griffbereit. Die Straßen im Viertel sind eng und voll am Samstagmittag. Auf dem Kopfsteinpflaster rollen Porsches und Jaguare neben dröhnenden Harleys. Die *Rote Flora* noch immer eine Litfaßsäule der linksautonomen Szene, die Sprüche, Graffiti und Plakatfetzen geraten zum Gesamtkunstwerk. Eine Motorradwerkstatt gibt es, ein Kennenlern-Café, einen Reggaetreff, das *Archiv der Sozialen Bewegungen*. Viele Häuser sind saniert mit neuen Fassaden, aber durch eine offene Tür späht man in ein dunkles Treppenhaus mit brüchigen Stiegen und rotweißem Absperrband. Die ersten Boutiquen und Edel-Deko-Shops finden sich, ein Billigsupermarkt, einen Teeladen, Döner-Imbisse, Straßencafés, das *Jesus-Center*, der türkische Obsthändler hat seine Kisten aufgestellt, und von der linken Schanzen-Buchhandlung kann ihn sowieso niemand abhalten.

»Da muss ich nachher mal reinschauen«, sagt er zu seiner Frau.

Sie essen beim Syrer eine Kleinigkeit, mit Minze und Humus, und schauen den Menschen zu, die vorbei gehen. Er zückt seine Moleskine und notiert. Lauter Originale, lauter Individuen. Ein Koreaner mit einer Jordanierin Hand in Hand. Ein glatzköpfiger Aktionsgruppenvorsitzender, der in den Beinen federt und vor Energie vibriert. Ein Obdachloser mit seinem Einkaufswagen voller Plastiktüten. Ein von der Wüstensonne verschrumpelter Araber. Ein Rauschebart mit Nostalgieturnschuhen auf einem Damenfahrrad. Der *Illustrierte Mann* geht vorbei, bunttätowiert vom Hals bis zu den Waden, Frauen in Harlekinshosen und Espadrilles, derweil die Mercedes und BMWs durch das Sträßchen brettern.

Die Buchhandlung ist kein kommerzialisierter Tempel der *Mainstream*-Literatur wie die *Thalia*, das merkt er gleich. Ein bisschen selbstgemacht und frisch renoviert das Ganze, einfache Regale, Altbau mit den erschlossenen Hinterzimmern. Gleich am

Eingang, bei den Neuerscheinungen, fällt ihm ein Buch in die Hände, das er nirgendwo anders auch nur angeschaut hätte. David Harveys *Rebellische Städte*, Soziologe und Marxist, urbane Planung und die Zukunft des Stadtlebens. Darum geht es hier in der Schanze, denkt er, bei den Linksautonomen, bei den Hartz-IV-Empfängern, bei den Türken, Kurden und Syrern. Bezahlbarer Wohnraum, drohende Yuppisierung, Demokratisierung der Baupolitik. Kleines, rotes Taschenbuch, teurer Preis, aber der Ruch von Anarchie, Frankfurter Schule und Underground hier im Laden hat ihn sowieso verzaubert. Ein magisches Odeur, der visionäre Zauber alternativer Gesellschaften, ja, da springt er sofort darauf an. Das kennt er von sich. Sei es Christiania in Kopenhagen oder Sarakiniko in Ithaka. Weiter hinten Underground-Comics, Lesbenliteratur, alternative Stadtführer. Auch Idyllisches findet sich: ein Reclambändchen mit japanischen Gedichten, *Wenn die Kirschblüten nicht wären*, mit Originaltext und Kommentaren.

Seine Frau wartet draußen, er fühlt sich hier drin sauwohl und könnte Stunden bleiben. Endlich einmal am richtigen Platz, denkt er. Endlich einmal Gleichgesinnte. Woher die Solidarität bei ihm? Das reicht weit zurück, erkennt er. In seine rebellische Jugendzeit Ende der Siebziger, und wie er immer damit kokettierte, ein Arbeiterkind zu sein. Die Buchhandlung wird als Kollektiv geführt, sieben Leute, die junge Frau neben der Kasse ist Perserin und studiert nebenher.. Er bittet sie, in die *Rebellischen Städte* etwas hinein zu schreiben. Sie stutzt kaum merklich.

»Nicht deine Telefonnummer,« scherzt er. »Nur den Namen der Buchhandlung und das Datum. Zur Erinnerung an diesen denkwürdigen Tag.«

Die beiden Bücher in einem Plastiksäckchen, verlässt er den Laden und tritt ins Helle, Freie des *Schulterblatts*. Hell wie vom Licht der Aufklärung. Der Zauber verfliegt nicht.

Auf dem Rückweg atmen sie auf, als sie in der U-bahn sitzen und das Leben um sie her abflaut wie ein Wirbelwind. Sehr inspirierend das Ganze, denkt er. Man könnte sich eine alternative Existenz ausdenken, hier, im sozialen Netz der Multikultur. Man wünscht sich Freunde, Treffen in stuhllosen Zimmern, Diskussionsrunden im Café, Arbeitsgruppen mit Schriftstellern, abendliche Verabredungen. Dann könnte er sogar hier wohnen. Wieder so ein Traum aus der Vergangenheit, aber hier ist er zum Greifen nah.

Wie leben die Menschen anderswo?, fragt er sich nachmittags, als er einen Filmbericht über Uganda schaut. Was ist das für ein Leben? Wie funktioniert es? Sind unsere westlichen Maßstäbe überhaupt darauf anwendbar? Er versucht es sich vorzustellen. Er denkt darüber nach, ob er sich an diese Bedingungen gewöhnen könnte. Es ist einfacher, bedürfnisloser, vielleicht leichter zu bewältigen als das komplizierte Leben in einer Industriegesellschaft. In Uganda leben die Leute vom Fahrrad. Die Frau holt damit die Waren für ihren Kiosk aus der Stadt, mittags borgt es ihr Neffe und nutzt es als Boda-Boda, als Fahrradtaxi. Joseph hatte selbst ein Boda-Boda, aber das haben sie ihm geklaut. Jetzt macht er Messer und Holzlöffel, die er an Läden verkauft, umgerechnet sechs Cent pro Stück. Er will sich wieder ein Rad kaufen, hat aber das Geld nicht. Eine Hilfsorganisation verkauft Räder auf Raten zu fairen Konditionen; er bestellt eines und wartet, dass es kommt. Als er es hat, kauft er ein Ringschloss und einen stabileren Ständer, fährt zum Fahrradmechaniker und lässt es zum Boda-Boda umbauen. Der Mechaniker macht es ihm für zehntausend Schilling, das sind vier Euro. Er wird es herein arbeiten. Er will täglich vierzig Cent zurücklegen und das Rad abbezahlen. Zu essen gibt es Kochbananen mit Erdnusssoße. Was ist das für ein Leben, fragt er sich, als er ausschaltet, wo ein Fahrrad Wohlstand bringt? Wo man Holzlöffel schnitzt für seinen Lebensunterhalt? Was ist das für eine Welt, in der das Leben für die Mehrheit der Menschen so aussieht? Relativiert das nicht alle seine Wünsche und Vorstellungen von seinem Leben? Es ist fast unmöglich, das zusammenzubringen zu einem

Bild. Meist zuckt man die Schultern und kümmert sich wieder um den eigenen Alltag. Aber er will den Weitblick. Er will wissen, wo er steht.

Der Krimi erscheint zur Frankfurter Buchmesse. Vorab schickt ihm der Verleger zehn Autorenexemplare, und nun hält er es zum ersten Mal in den Händen. Seltsam, in den Zeilen der Druckschrift die eigenen Worte zu lesen, vertraut und entfremdet zugleich. Nun ist das Gedankengefüge in seinem Kopf ein Objekt, ein Ding, das man kaufen, ins Regal stellen oder als Stuhlbeinunterlage verwenden kann. Sein Buch ist in der Welt, ausgeliefert den Kräften und Strömen des Marktes, auf Gedeih und Verderb. Kurz ist er stolz, aber dann weicht die Begeisterung der Nüchternheit. Das ist es schließlich, warum er schreibt. Das ist das ersehnte und erstrebte Endprodukt. Man wird damit handeln, der Verlag wird darauf erpicht sein, es zu verkaufen, man wird Statistiken erstellen und Werbekampagnen entwerfen, es wird in Büchereien stehen und vielleicht einst Studenten als Stoff für Hausarbeiten dienen. Er selbst aber hat seine Schuldigkeit getan. Er saß im Kämmerchen und hat es sich ausgedacht, hat Arbeit und Mühe und Kalkül hinein gesteckt, nun kann er sich zurücklehnen und warten auf den Lohn seiner Arbeit. Ein gutes Gefühl, denkt er. So soll es sein.

Draußen ist die Sonne hinter Wolken verschwunden. Auf dem Sofa liegend, im stillen Nachmittagsgrau, hört er das an- und abschwellende Rauschen des Fernzugs. Er ist zufrieden mit sich.

Seine Mutter ist an Krebs erkrankt. Die erste Chemotherapie hat sie hinter sich. Sie fahren ein paar Tage in den Süden, um sie zu besuchen. Morgens sitzt sie im Sessel, abgemagert mit schmalem Gesicht und kurzen weißen Haaren, auf einem Tablett neben sich die Brille, Taschentücher, das Glas und alles, was sie sonst noch braucht. Nach dem drohenden Nierenversagen und der Notfallaktion mitten in der Nacht durfte sie schon gestern nach Hause. Der Vater führt Strichliste, wie viel Gläser sie trinkt. Das Trinken und Schlucken fällt ihr schwer; sie hat Mühe aufzustehen und muss nach ein paar Schritten schwer atmen. Manchmal zittern ihr Hände und Füße unkontrolliert. Aber trotz allem haben sie es sich nach den Telefonaten der letzten Wochen schlimmer vorgestellt. Bei ihrem Anblick geht ihm das Herz auf, er streichelt sie, hält ihre Hände, streicht ihr übers kurze Haar. Diese Woche, die sie hier sind, wird ganz im Zeichen der Aufgabe stehen, die sie übernommen haben: der Mutter beizustehen, den Vater zu unterstützen. Über das Autorenexemplar, das er mitgebracht hat, freut sie sich sehr.

Ein alternatives Leben, denkt er. *Warum geht es mir so dreckig*, sangen *Ton Steine Scherben* damals. Das hat Gründe. Immanente Gewalt. Man muss anders konsumieren, man muss sich wehren gegen Weckung von Bedürfnissen. Statt Ersatzbefriedigung zu suchen ein erfülltes, sinnvolles Leben. Er stellt es sich vor: an der Alster spazieren gehen; im Café sitzen und Leute treffen; abends ein Theaterstück oder einen Film, *Das Salz der Erde* etwa; essen gehen bei einem Libanesen oder Afghanen oder Japaner, der von seinem Restaurant leben muss. Zwanzig Euro zahlen in der Schanzenbuchhandlung für ein Buch aus einem alternativen Verlag, der nicht mit dem Mainstream kalkulieren kann. Das Geld lassen, wo es den eigenen Stadtteil am Leben hält. Den Bildern nicht glauben: Südseeparadies, Pralinenerotik, Mercedes-Benz-Idylle. Frei werden von den vielen Gelüsten, deren Befriedigung unfroh macht. Nahrungsmittel, Musik, Bücher, Kleider, Schuhe, ein Fahrrad, Werkzeug für die Wohnung, Monatskarte für die Hochbahn. Sich mit Schönem umgeben: ein Kunstdruck von van Gogh oder ein Foto von Kertész, New Yorker Stahlarbeiter, Picassos *Guernica*, Jesaja 43,1 als Plakat. Eintritt fürs Barlach-Haus und Klettern im Flora-Park. Seine Arbeitskraft nicht an die kapitalistische Mehrwertproduktion verkaufen müssen. Seine Träume im Bloch'schen Sinne als Utopien verstehen. Ja, denkt er, so könnte das aussehen. Man müsste sich verändern, denkt er, verwandeln, man müsste ein anderer Mensch werden.

Er hat gute und schlechte Tage. Manchmal hält er es nicht aus und ist wütend auf Gott, weil er diese Krankheit nicht einfach von ihm nimmt. Diese Stunden der Verzweiflung, in denen er vom Leben abgeklemmt scheint wie von einer Wasserleitung. Diese ohnmächtige Wut, mit der er sich gegen das Unerträgliche auflehnt, Gott beschimpft, ihm die Gefolgschaft kündigen will und doch weiß, dass er nicht von ihm loskommt. So geht das weiter, mindestens einmal die Woche, und er weiß nie, wie er sich fühlen wird am nächsten Tag, ob er einen Termin wahrnehmen kann, eine Verabredung einhalten, es ist alles abhängig von seiner Tagesform, und er hat es längst satt. Er hat sich angewöhnt, mit Gott jeden Tag zu sprechen. Kein Beten im klassischen Sinn mit Händefalten und Kopfsenken. Er spricht mit ihm, wo er geht und steht, wann immer er das Bedürfnis danach hat, wann immer eine Not entsteht. Er vertraut darauf, dass die Beziehung das aushält. Er vertraut Gott. Ohne ihn kann er sich das Leben nicht vorstellen. Ein Leben am Rand der Transzendenz – das, was er als Jugendlicher immer ersehnt hat. Immer das Große, Umfassende im Blick. Auch wenn es nur die Bitte um einen gelingenden Hausputz ist.

Gezeitenwechsel, denkt er. Er ist müde heute und zurückgezogen. Im der Stube trinkt er einen Tee und raucht eine Zigarette. Seine Frau wird vom Einkaufen Tortillas mitbringen, die sie mit Chili con Carme füllen und im Ofen mit Cheddar überbacken werden. Die Gezeiten haben gewechselt, denkt er. Der Kenterpunkt ist überschritten, es herrscht Flut. Gott hat mich hindurch geführt, denkt er, die ganze Zeit. Ist das eine Antwort darauf, dass ich ihm meinen Schriftstellerwunsch ausgeliefert habe? Soll es nun doch sein? Er zweifelt noch. Die günstige Entwicklung seither ist für ihn keine Berufung. Er beschließt, einfach abzuwarten, was sich aus allem ergeben wird. So lange, bis er sich etwas aufgebaut hat, wollen sie noch hierbleiben. Fünf Jahre, hat der Freund in Schnelsen gesagt. Vielleicht werden sie doch noch heimisch.

Im Herbst wird der Krimi auf der Buchmesse vorgestellt. Der Verleger hat einen Stand dort, sein Auftauchen ist nicht vonnöten. Das erleichtert ihn. Eine Reise dorthin, ein fremdes Hotelzimmer, das Menschengewimmel und die ganze Zeit allein, ohne seine Frau, hätte er sich nicht vorstellen können. Die ersten Verkaufszahlen sind viel versprechend, die Kritiken durchweg positiv. Einer vergleicht ihn mit Hermann Lenz, ein anderer sagt: Man will mehr von diesem Autor, und es geht das

Gerücht, dass der Roman für einen bekannten Krimipreis nominiert werden soll. Er nimmt es mit Genugtuung zur Kenntnis. Rezensionen liest er keine. Das bringt nichts, sagt er sich. Es ist die persönliche Meinung des Kritikers, aus guten Kritiken wird er für sein Schreiben nichts lernen können, und schlechte Kritiken will er erst gar nicht lesen. Ab und zu teilt ihm der Verleger etwas davon mit, und die ersten Anfragen für Lesungen liegen bereits vor. Vor allem die Buchhandlungen in seiner schwäbischen Heimat bitten um einen Termin, das wird eine weite Anreise erfordern, aber er wird bei seinen Eltern übernachten können und von dort aus zu den Veranstaltungsorten fahren können. Er hofft, dass seine Frau sich jedesmal wird freinehmen können, aber die erste Lesung in seiner Heimatstadt wird er alleine meistern müssen.

Nachts ist er wach. Er sitzt im Wohnzimmer und raucht. Besinnt sich darauf, wer Gott ist. Dann ist es das Wort für etwas so Ungeheuerliches, dass er es nicht auszusprechen wagt.

Er sitzt im Gottesdienst. Sonntagmorgen, feine Kleider, frischrasierte Wangen, Handschlaggruß und Liederbuch, all die bekannten Gesichter, ein paar unbekannte darunter. Abkündigungen, gemeinsames Singen, draußen zwitschern die Amseln. Herr, wir beten dich an, aber Gott ist nicht wirklich da. Gott ist immer *dort* und er *hier*. Ob um ihn herum oder im Himmel oder sonstwo, immer ist Gottes Dort nicht sein Hier. Etwas trennt ihn von ihm. Er will Gott *spüren*. Ehrfurcht, Ergriffenheit, Erhobenwerden, irgendsoetwas. Wie früher auf seinen Streifzügen in der Natur, als er immer die Anwesenheit spürte von etwas hinter den Dingen. Gott ist irgendwie in der Schöpfung anwesend, denkt er.

Die Welt hat ein Geheimnis. Das Geheimnis der Welt ist Gott, das weiß er nun. Ich habe Gott gefunden, denkt er, aber er ist immer noch ein Geheimnis. Ich habe ihn nicht vollständig erkannt, ja bin ihm nicht einmal wirklich näher gekommen. Er will ihn wieder suchen gehen. In der Welt. In der Schöpfung. In anderen Völkern und Kulturen. Überall. Die Welt ist nicht feindselig, erkennt er. Sie ist voll von Gott. Überall sind seine Spuren zu finden. Nicht nur hier im Gottesdienst, unter Glaubensgeschwistern. Sondern auch draußen in der Welt. Er fühlt, wie etwas in ihm aufbricht.

Er will wieder offen sein für die Welt. Er will erfahren, dass die Welt nicht ohne Gott ist, dass er überall ist, dass er ihn überall umgibt. Damit er sich nicht mehr allein und einsam fühlt. Dass die Angst und die Bedrohung aufhören. Ein Aufbruch, ja. An gehisste Segel muss er denken und Fahnen, die im Wind knattern; an Wellen, die an Kaimauern schlagen, an Überfahrten und Eselskarawanen und startende Düsenjets. An Reisen und fremde Länder. Der Sonntag riecht plötzlich nach Meer, eine Freude und Sehnsucht ergreifen ihn, die ihn in seinem Glauben schon lange verlassen hat.

In der Arztpraxis ist auf dem Titelbild der Schizophrenie-Broschüre eine dunkelhäutige Frau in einem engen weißen Kleid zu sehen, die in den Bergen sitzt und mit geschlossenen Augen ihr Gesicht in die Sonne hält. Komplexe, überlappende Symptomatik, heißt es. Halluzination, Wahnvorstellungen, Paranoia. *Der Zukunft ein Stück näher*, ermuntert die Broschüre. Wie die Frau im weißen Kleid, die in der Sonne sitzt.

Nachmittags eine Dokumentation im Fernsehen. Leben in einer Jurte in Tuva. Sie transportieren die Bestandteile auf Pferden. Das Zaungitter wird aufgestellt, dann der Innenring hochgezogen, die Verstrebungslatten eingelegt, dann das Tuch darüber, aus Fell. Fettes, festes Fleisch, vom Lamm, in einem Blechzuber gekocht. Alle sitzen und essen, schlürfen aus den Suppentellern. Ein Haus ist doch kein Heim, sagt einer, der ein Gesicht hat wie der Dalai Lama. Hier in der Jurte, sagt er und deutet ins

Rund, spürt und hört man alles. Über uns ist nur der Himmel, wir sehen die Sterne und alles, das ist etwas ganz anderes.

Ein Mann steigt ins Altaigebirge und sammelt Speckstein. Dreißig Kilo im Rucksack, als er wieder absteigt. Am spirituellen Ort mit weiter Aussicht versprengt er Schnaps aus einer Schale im Rund, verbrennt Schmalz in einem geringen Feuer. Die Geister werden verehrt. An den Pilgerbaum bindet er sein buntes Glückstuch zu den anderen, die schon hängen. Der Wald und die Bäume, sagt er, geben mir Energie. Die Specksteine schleift er zuhause zu kleinen Kostbarkeiten.

Qualmendes Räucherwerk in einem chinesischen Tempel in Saigon. Aus Holz geschnitzt stehen Alltagsszenen in einem Fries. Garküchen mit Fleischvorrat ohne Kühlschrank. Ganze Ochsenherzen mit Röhren. Kampfer reinigt das Blut, sagt der chinesische Apotheker. Abends am Fluss werden kleine Spieße auf dem Rost gegrillt, und in den Suppenküchen löffeln junge Mädchen die schmackhaften und billigen Gerichte.

Andere Leben. Andere Existenzen. Die Vielfalt der Welt. Gottes Reichtum.

Die Dame, die mit einem Kaffee und einem Käsebrötchen aus der Bäckerei kommt und sich an einen der aufgestellten Tische setzt. Sie ist ganz in Schwarz, aber aus modischen Gründen. Schwarze Bluse, schwarzer Minirock, schwarze Strumpfhose, schwarze Ballerinas. Im kurzen blondierten Haar ist der dunkle Haaransatz zu sehen. Ihr Gesicht wirkt straff nach hinten gezogen, was ihrem Mund einen hochmütigen Ausdruck verleiht. Sie legt das Brötchen in seine Hälften auseinander und isst den Salat herunter. Dann lackiert sie sich die Fingernägel in einem Ferrari-Rot. Mit spitzen Fingern verstaut sie den Nagellack wieder in ihrer Tasche. Ebenso nimmt sie eine Käsescheibe hoch und beißt, als diese in der Luft baumelt, davon ab. Danach zündet sie sich eine Zigarette an, was einen zweiten Versuch erfordert, weil der Wind so bläst. Rauchend blättert sie in einer Zeitschrift. Ab und zu trinkt sie vom Kaffee, indem sich die rotlackierten Finger, durch die spitzen Bewegungen klauenhaft, um den Henkel klammern. Zu dem Vergnügen, sie aus der beigestellten Wasserflasche trinken zu sehen, kommt er nicht, weil er aufbrechen muss.

Auf einem Streifzug durch Hamburg trifft er in Ö-
velgönne einen Mann, auf einem Schiff zugange ist,
in einer alten Jogginghose mit Handschuhen und
einem Hüftgurt mit eingehaktem Tauende. Er sitzt
auf dem Klüverbaum und schleift ihn mit einem
Schleifgerät ab. Sie kommen ins Gespräch, und der
Skipper erzählt bereitwillig von seinem Schiff, einem Zweimaster, den er und sein Team für eine
symbolische Mark in einem Seitenkanal an der Nie-
derelbe aufgetrieben haben und nun selbst renovie-
ren, um zu einem Törn um die Welt aufzubrechen.

An Deck ist ein Schlafsack ausgebreitet, ein Paar
Turnschuhe, ein paar leere Bierflaschen. Das interessiert ihn. Er fragt, weil er diese außergewöhnli-
che Existenz begreifen will: Wovon lebt er, wenn er
so ein Schiff hat? Kann man so ein Leben planen?
Oder ergibt sich das? Wie finanzieren sie den Törn?
Was wollen sie danach machen? Im Grunde will er
die Lebensgeschichte des Mannes wissen. Merk-
würdigerweise versteht der Skipper sofort, was er
meint. Sein Vater sei Seemann gewesen, erzählt er,
nach Shanghai und Malaysia unterwegs, später
habe er sich als Handelskaufmann in Hamburg nie-
dergelassen. Er selber habe schon mit vier zum ersten Mal hinter einem Steuerrad gestanden, dazu
wird man geboren, sagt er, wie er überhaupt viele
Klischees von sich gibt.

Immer, wenn er ihn nach Persönlichem fragt,
schweift er ab und verliert sich in technischen De-

tails zum Schiff oder zur Seefahrt. Er will den Törn
mit der Kamera aufnehmen, auch unter Wasser. Er
will darüber schreiben. Journalistische Ausbildung
hat er keine, er sei Autodidakt, und als freier Mitarbeiter lasse sich seine Arbeit mit dem Segeln ver-
einbaren. Unterwegs werden sie Einkünfte haben
durch Reparaturarbeiten an fremden Schiffen; unter Deck gibt es eine Werkstatt mit Schweißgerät.
Die Gruppendynamik auf so einer langen Fahrt sei
natürlich vehement. Da fangen Kleinigkeiten zu
nerven an. Bei Sturm aber trenne sich die Spreu
vom Weizen: die Anpacker von den Schlappma-
chern. Wieder so ein Klischee, denkt er.

Er erzählt vom Hinausfahren auf die See, vom
Wind, der die Segel füllt, vom Sonnenuntergang,
und wie dann einer von ihnen zur Gitarre greift.
Warum das alles? Wochenlang nur Wasser, erzählt
er, leben von dem, was man hat, zupacken müssen,
immer geradeaus segeln können – eine Herausfor-
derung nennt er es. Freiheit?, gibt er das Stichwort.
Ja, Freiheit, greift der Skipper es auf. Ein paar Wochen weg von allem, Frau und Kinder zuhause, sie
halten nichts vom Segeln, mehr vom Club Mediter-
rané, sagt er und meint es nicht abschätzig.

Dann, auf einmal, hat er es eilig, wieder an seine
Arbeit zu kommen. Auf dem benachbarten Schiff
fragt er jemanden nach einem Bier, er erklärt sich
bereit, dem Skipper eins zu spendieren, wenn sie
sich zusammensetzen und weiterreden. Nein, er

muss arbeiten, sein Entschluss, den Frager loszuwerden, ist gefasst, vielleicht auch das Seemannsgarn ausgegangen.

Seine Frau und er gehen kubanisch essen, ins *Cuba Mia* im Grindelviertel. An den Wänden Porträts von Fidel und Che, gerahmte Schwarzweiß-Fotos von Kuba, die kubanische Flagge hängt aus und großflügelige Ventilatoren kreisen an der Decke. Die Speisekarte ist nicht üppig, eher authentisch. Am besten sie nehmen eine Platte mit allem, sagt der Kellner. Musik aus versteckten Lautsprechern, Son natürlich, später modisches Salsageklingel. Als Vorspeise warme Kochbananenchips mit Kräuter-Dip; die sind hart und mehlig, der Dip erfrischend. Der Reis mit schwarzen Bohnen hat einen eigentümlichen Geschmack, den der Kellner pfiffig lächelnd mit Kreuzkümmel und Speck erklärt. Die Hauptgerichte: frittierte Yucca-Herzen, die nach Gemüse schmecken; gebackene Kochbananen, weniger exotisch als erhofft; in Mojo mariniertes Schweine- und Hühnerfilet und Seehecht mit Limetten. Das stopft. Das erinnert an einen frühen Abend auf der Karibikinsel, wenn man den Tag mit Segeln, Zigarrendrehen oder der Besichtigung von Zuckermühlen verbracht hat. Der Ausklang lässt sich vielfältig gestalten: zu einem *Daiquiri de Mango* oder *Ron Hemingway* pafft man genüsslich eine

Upmann oder *Romeo y Julieta*, lauscht den Tischgesprächen der inzwischen Hinzugekommenen, dem Kartenspielen und Disputieren, dem feierabendlichen Müßiggang. Ein Vorleser fehlt noch, denkt er, wie in den Zigarrenfabriken. Gegenüber sitzt ein Einzelgänger vor seinem Rum; auf der Insel wäre er braungebrannt und hätte ein Faltengesicht mit Stoppelbart, eine Mütze dazu und ein offenes Hemd. Hier eher hanseatischen Zuschnitts, aber das Bild ist es, was zählt. Als sie wieder auf der nüchternen Rentzelstraße stehen, machen sie sich in Ermangelung einer Strandpromenade auf zu den Tingeltangellädchen des Univiertels.

Mit den Mülltüten in der Hand tritt er aus der Haustür. Die Abendluft ist kalt und riecht nach Rauch. Lichterschmuck in den Fenstern ringsum. Er geht den Plattenweg entlang zur Mülltonne. Jetzt, denkt er plötzlich: Jetzt ist es ein literarischer Augenblick! Eine literarische Existenz. Ein Moment, wie er in einem Roman vorkommen könnte. Ein Moment, der selbst schon Literatur ist, Teil einer Geschichte, die jemand erzählt, souverän und in der Gewissheit des guten Endes. So stimmt die Geschichte. Als Er erzählt, ergibt sich ein literarisches Leben, denkt er. Wenn nur nicht immer dieses Ich wäre. Wenn er nur nicht er wäre.

Das Schreiben ist so eine Sache. Manchmal eine ständige Gratwanderung. Er hat begonnen, einen bereits fertiggestellten Roman zu überarbeiten. Er liest ihn noch einmal durch und ist mit dem Ende nicht zufrieden. Er erkennt, worauf der Roman hinaus will und was zu tun wäre. Er gibt ihm einen anderen Titel. Dann macht er Pause und raucht eine Zigarette. Er registriert das Gefühl der Begeisterung und den Eifer. Er ist nervös und angespannt. Dahinter steckt, weiß er, eine drohende Überforderung. Das Schreiben, eben noch Grund zur Freude und Selbstbestätigung, verwandelt sich in eine ohnmächtige Fremdbestimmung. Er will gefallen. Er will es Lesern und Lektoren recht machen. Er kämpft mit dem Gefühl des Versagens. Er erkennt die Gefahr eines Absturzes und versucht, bewusst gegenzusteuern. Er beschließt, es bei der heutigen Arbeit zu belassen und sich jetzt von der übermächtig scheinenden Aufgabe abzulenken. Mit einem guten Tee und einem Filmbericht im Fernsehen. Das sind so meine täglichen Kämpfe, denkt er. Die kriegt keiner mit. Die ahnt keiner. Den Lesern ist es egal, wie ich meine Romane geschrieben kriege. Vielleicht hat es ja auch was Gutes, denkt er. Vielleicht würde er ohne diese Krankheit Gott nicht täglich brauchen. Vielleicht würde er sich ohne dieses Hemmnis ans Tun und Machen verlieren, an die Jagd nach dem Erfolg und nach Profilierung. In gewissem Sinn, denkt er, macht es mich bescheiden. Vielleicht ergibt alles doch einen Sinn, denkt er.

Draußen im Vorort. Der Gleisstrang in der Sonne. Ein Kohlweißling umflattert die Distelblüten. Es riecht nach Holzfirnis. Das ist ihm eine Notiz in seinem Moleskine wert.

Er hat online den Druck einer Visitenkarte in Auftrag gegeben. Vorn die Adresse und der Hinweis auf seine Website, hinten sein Wahlspruch: *Write it, damn you, write it! What else are you good for?* Von Joyce. Am Rand ein Bild von einem Füllfederhalter, der mit Tinte auf Papier schreibt. Sieht edel aus. Sie wird er nun immer in seiner Börse herum tragen, um sie bei Gelegenheit zücken zu können. Manchmal kommt ihm das alles wie ein Spiel vor. Morgens um fünf im Wohnzimmer. Draußen wird es hell. Eine Stechmücke vom Abend schwirrt umher. Von der offenen Balkontür weht es kühl herein In den Kaffee hat er arabisches Gewürz getan. Er freut sich auf die erste Zigarette. Er freut sich auf die ersten Zeilen am Schreibtisch. Während er den Rechner hochfährt, gurren draußen die Tauben.

Am Abend ziehen Wolken auf. In der Nacht regnet
es.

Andere Leben. Existenzformen. Wie jeder es
schafft, in dieser Welt über die Runden zu kommen. Schicksale, Entwürfe, Biografien. Menschen.
Als sie im Café am Jungfernstieg-Pavillon einen
Cappuccino trinken, kommen sie mit der jungen
Bedienung ins Gespräch. Sie studiert Verglei-
chende Religionswissenschaft, weil für sie jede Re-
ligion gleichwertig ist, sagt sie. Er wird neugierig
und fragt nach. Da seine Frau dabei ist, kann es
nicht als Anmache verstanden werden. Sie muss
weiterarbeiten, und er fragt, ob sie sich einmal zu
einem Gespräch treffen können, er sammle Lebensgeschichten und sei neugierig. Und dann zückt
er seine Brieftasche und überreicht ihr eine der
neuen Visitenkarten. Schriftsteller, aha. Er lässt
sich ihre Telefonnummer geben und ruft sie am
nächsten Tag an, kann aber nur auf den Anrufbe-
antworter sprechen. Er wartet ein paar Tage, aber
sie ruft nicht zurück. Er will nicht drängen, vielleicht hat sie es sich anders besonnen, aber schade
ist es.

Morgens um sechs wacht er auf. Im Spiegel blickt
ihn ein vertrauter Fremder an. Das bist du jetzt

also, denkt er. Nach fünfundvierzig Jahren. Wer bist du?, sagt er zu dem da im Spiegel. Es ist unfasslich: dieser Eine dort! Einzigartige Existenz, einzigartiges Wesen! Er kennt ihn eigentlich nicht. Aber Gott hat ihn geschaffen, zu dem da mit Geschichte, einer einzigartigen Geschichte, die nun schon so viele Jahre dauert. Er trinkt Tee und schaut fern, bis seine Frau aufsteht und zum Arzt geht. Am Rechner spielt er ein Computerspiel. Mittags liegt er auf dem Sofa, hat einen Darjeeling First Flush auf dem Stövchen und liest über das Latium. Bald hat er die Lesung in seiner Heimatstadt, in der Buchhandlung am Markt. Ihm graut nicht vor der Veranstaltung, aber vor der Reise dorthin allein. Seine Frau und er haben beschlossen, dass er mit dem Flugzeug fliegt. Das ist billig, und am nächsten Tag ist er in vier Stunden wieder zuhause. Die Nacht wird er bei seinen Eltern verbringen.

Der Verleger hat nach einem zweiten Roman gefragt. Jetzt müsse man nachlegen. Ob er noch einen Krimi in der Schublade habe. Er hat nur einen Roman über einen Mann, der von seiner Vergangenheit eingeholt wird, in der er auf einer Irlandreise seinen Gefährten über eine Klippe gestoßen hat. Aus Versehen? Aus Rache? Er weiß es selbst nicht. Das klinge interessant. Ein Fast-Krimi, scherzt er. Er solle ihm das Manuskript schicken, per Mail, wie gehabt. Er macht sich Gedanken. Einen zweiten Krimi schreiben will er eigentlich nicht. Er ist kein Krimischreiber, und er will sich für seine künftigen Bücher auch in keine Schublade stecken lassen. Da gibt es ganz andere Romane, die ihm ein Anliegen sind. Aber der Verleger will unbedingt einen Krimi.

Oft legt er sich zum Nachdenken auf das Sofa. In der Waagrechten kann er zwar die Welt nicht bestehen, aber sie an sich vorbei treiben lassen und betrachten. Genussvoll dreht er sich eine Zigarette, zündet an, nimmt den ersten Zug, bettet den Kopf ins Kissen. Lässt die Gedanken kommen wie die Teilnehmer einer lang andauernden Konferenz mit gedämpften Stimmen. Manchmal kommen auch ungute Gedanken, dann muss er aufstehen und etwas tun. Manchmal schließt er sich auf dem Klo ein, auch wenn er nur pinkeln muss, und schafft sich eine Klausur. Er betrachtet das Stahlrohrregal mit den Seifen, Tuben und Kräuterölbädern, die Heizung mit der wechselnden Digitalanzeige, die Staubflusen unter der Manschette, die das Heizungsrohr abdeckt. Manchmal umschwirrt ihn eine Herbstfliege, durchs offene Fenster herein geschlüpft. Manchmal sieht er aus irgendeiner Ecke einen Weberknecht kriechen. Genügsamer Hausgenosse. Er findet einen Anknüpfungspunkt für den Roman und kann weiterarbeiten.

Sonnenschirme im Baumarkt. Unter dem Glasdach wird es heiß. Billigware für dreizehn Euro, Luxusexemplare für hundert. Abmessungen der Balkongröße, blau wird der Stoff vom Sonnenball durchleuchtet werden. Zuhause fällt ihm beim Montieren die Flügelmutter übers Geländer, und er muss noch einmal fahren, um Ersatz zu besorgen. Danach ist er leer und schwindelig im Hirn. Eine Kraftlosigkeit überfällt ihn, eine Hoffnungslosigkeit in der Weite des nordischen Himmels. Zuhausesein, denkt er matt. Als der Sonnenschirm steht, ist es zu spät, um den Grill zu heizen. Der Dienstagabend endet früh im Bett, während es draußen dämmert.

Sie besuchen den befreundeten Schriftsteller in seinem Wochenendhäuschen. Ein Wochenendhäuschen, das beeindruckt ihn. Dessen Frau empfängt sie im Garten, ruhig und versonnen gibt sie ihnen die Hand. Der Schriftsteller ist drinnen und macht den Tee. Die Veranda wartet auf sie mit sommergebleichtem Geländer, Spinnweben unter der Traufe und tanzenden Mücken. Drinnen riecht es nach Holz und den Hanfläufern, es ist warm. In der Stube sind die Wände voller Bücherregale, das

Sofa, die Fauteuils, der Tisch mit der Glasplatte. Der Darjeeling duftet in der Glastasse, die Frau hat einen Apfelkuchen gebacken, mit Vanillepudding und Mandelstiften. Sein Lieblingskuchen, aber das kann sie nicht wissen. Der Schriftsteller erzählt ungern aus seinem Leben, weicht biografischen Fragen aus. Ob er wohl mit seiner Lebensgeschichte im Reinen ist?, fragt er sich. Sie kennen sich wenig. Der Schriftsteller ist von seinen Büchern sehr angetan, aber ob sie Freunde sind, kann er nicht sagen. Vielleicht wird das noch, während wir hier sind, denkt er. Der Beginn einer wunderbaren Freundschaft. Sie reden über Literatur und über Zen, zu dem der Schriftsteller eine Affinität hat. Durch das Fenster fällt goldenes Nachmittagslicht.

Dann machen sie einen Spaziergang. Am Elbe-Lübeck-Kanal entlang nach Berkentin. Der Wind wütet in den Pappeln, dass man sein eigenes Wort nicht versteht. Der Kanal zieht dunkel und aufgewühlt zwischen den Wiesen, am Hang gegenüber stehen Kühe.

»Dort drüben«, erzählt der Schriftsteller und weist mit dem Finger, »hat Günther Grass sein Domizil.«

Sie reden wieder über Literatur und das Schriftstellersein, die beiden Frauen gehen voraus. Sie kommen zur Staustufe und dem Schleusenwärterhaus.

»Das ist auch eine Arbeit«, sage ich.

»Da kann einer die ganzen Tage lang seine Memoiren schreiben«, meint der Schriftsteller.

»Danach ist dir wohl«, sagt dessen Frau zu ihm.

In der Backsteinkirche von Berkentin wundern sie sich über eine Frauenstatue.

»Das ist Maria Magdalena«, sagt seine Frau, »die Jesus die Füße salbt.«

Sie trinken zu dritt etwas in einer Gastwirtschaft, während die Frau sich bereit erklärt, zurückzulaufen und mit dem Auto wiederzukommen, um sie abzuholen.

Abends gibt es belegte Brote und Pfefferminztee auf der Veranda. Eine Duftkerze brennt gegen die Mücken, in den Bäumen singt eine Amsel. Er dreht sich eine Zigarette, der Schriftsteller raucht nicht. Als ihm die Zigarette immer wieder ausgeht, meint der Schriftsteller:

»Zu viel Luft, nicht?«

»Im Gegenteil«, erwidert er. »Zu fest gedreht.«

Er zitiert einen Satz aus *Sternbalds Wanderungen* von Tieck, über die Gestalt der Bäume, die aus der Morgendämmerung heraustritt. »Ein genialer Satz«, sagt er.

Der Schriftsteller kann nicht nachvollziehen, was er daran so bemerkenswert findet. Er empfiehlt ihm Alfred Anderschs *Lesebuch*, und seine Frau sagt, dass sie von einem Buch immer zuerst das Ende liest, um zu wissen, ob es gut ausgeht.

Allmählich tritt die Landschaft ins Zwielicht der langen Dämmerung. Die Dinge verlieren ihre Umrisse, zerflimmern, entrücken in ein Schweigen.

»Da werde ich immer zum Romantiker«, sagt er. »Das Geheimnis, das um uns ist. *Eine Nacht tut's kund der andern*«, zitiert er aus der Bibel, »*ohne Sprache und ohne Worte; unhörbar ist ihre Stimme.*«

Der Schriftsteller sagt nichts.

»Du fehlst mir«, flüstert seine Frau ihm einmal ins Ohr. Er nimmt ihre Hand und drückt sie. Beim Abschied stehen die beiden und winken, bleiben zurück im Abend in ihrem kleinen Sommerhaus.

In Hamburg werden sie sich wiedersehen.

Erschöpft, niedergeschlagen. Eine Tablette gegen die stechenden Schmerzen im Kopf, zusätzlich ein Muskelrelaxans. Anflüge von Sinnlosigkeit: Wozu schreiben? Wozu sich der Welt anpassen? Er wird es nie schaffen, sich dem System einzugliedern, der Wirklichkeit zu genügen. In Java stehen die hinduistischen Tempel wie Götterburgen, verschanzte Paläste mit ornamentalen Pfeilern und bizarren Friesen, und nachts wird das Ramayana davor aufgeführt, mystische Tänze im Schein der Feuer. Schreib es, verdammt, schreib es! Wozu taugst du sonst? Seit Jahrzehnten sein Lebensmotto. Das ist zu wenig, findet er.

In Barmbek ist es weit und hell. Leere Betonbahnsteige unterm Himmelsblau, am Gleisrand steht das Herbstkraut hoch und blüht gelb. Menschen gehen und stehen gutgelaunt, wartend wie auf Touristenbusse. Seine Frau und er steigen aus und wollen zu einem Laden für arabische Lebensmittel. In der Ferne, zwischen Häusern, das Bohrblatt, mit dem man die U-bahnlinie zum Flughafen gebohrt hat, ein riesiges Rad mit Felgen wie eine Raumfahrt-Zentrifuge. Sie erklärt es ihm, sie weiß es von ihren Kolleginnen, sie kennt sich mittlerweile in Hamburg besser aus als er. Die Lautsprecheransagen klingen launig, *Barmbek, Schlumpp, Sternschanze, fährt in zwei Minuten*, sagt die Anzeige. Sie trinkt einen Schluck aus der Wasserflasche, er würde sich gern eine Zigarette anzünden, aber das Rauchen auf dem Bahnsteig ist verboten. Als die Züge einfahren, ist es wie zur Achterbahn: Einsteigen, das Vergnügen beginnt.

Im Laden erkunden sie das Sortiment arabischer Lebensmittel. Kisten mit Gemüse und Obst vor dem Ladeneingang. Eine fremde Welt. Viele Etiketten tragen keine deutsche Beschriftung. Türkische Frauen kaufen hier ein, aber auch Afrikanerinnen und Deutschstämmige, gesundheitsbewusst. Musik im Hintergrund, türkische Schlager, wie im Basar. Sie quetschen sich durch die Gänge, suchen, was ihnen halbwegs bekannt vorkommt. Hummus in Büchsen, Tahini in Dosen. *Lo-*

kum heißen die bekannten Süßigkeiten, in fünf Sorten, ein Weizengelee mit Pistazien, umhüllt von Kokosraspeln. Lammfleisch in allen Formen. Regale voller Gewürze und unbekannter Namen. Aus der Ecke mit den Fladenbroten duftet es köstlich. Ein Mokka-Stielkännchen nehmen sie mit und Sumach, getrocknet. Harissa, die scharfe Würzpaste, in Tunesien hergestellt. Spitzpaprika und die Gewürze Baharat und Ras al Hanout für das arabische Gericht, das sie kochen wollen. Manche Waren entsprechen den vertrauten, nur mit türkischen Namen. Es gibt auch Cola-Dosen mit türkischer Aufschrift. Wenn sie eine Frage haben, hat es keinen Sinn, das Mädchen zu fragen, das die Brote einräumt, auch nicht den Fleischer hinter der Theke. Die Erste kann kein Deutsch, und der Zweite weiß nichts. Wer alles weiß, das ist die dicke Mama an der Kasse mit dem verdrießlichen Gesicht und dem orientalischen Phlegma. Sie haben die unvermeidliche Plastiktüte in der Hand und treten hinaus auf die Fuhlsbütteler Straße, unter die Passanten und den Verkehrslärm. Sie sind wieder in Hamburg.

Schlaf wie Blei. Zwei Dinge gehen ihm nach aus seinem Traum wie leibhaftige Geister: Karamelleis und die Liebe am Sandstrand. Er erwacht im Halbdunkel. Ein Atomschlag? Ein neuer Krakatau?

Beim Blick aus dem Küchenfenster sieht er, dass der Tag selbst so lichtlos ist. Hochnebel. Wird heute nicht heller werden. Er trinkt ein Glas Mineralwasser gegen das pelzige Gefühl im Mund.

Am Rechner brennt die Schreibtischlampe. Im Zimmer ist es dunkel geworden. Durch die offene Balkontüre hört er das Rauschen des Regens. Der Tee in der Tasse ist noch lauwarm.

Fischsuppe, aufgewärmt. Omelett mit Kieler Sprotten. Danach einen Aquavit mit Eis und eine Pfeife. Es ist die Müritz eine großartige Landschaft, sagt der bekannte Schauspieler in die Kamera. Seen, Wälder, Kornflur und Fische. Geräucherter Aal in Bollewik. Seeadler, Störche. Damit vergeht der Nachmittag. Seine Lebenszeit.

In Planten un Bloomen schauen sie einem Paar zu, das unter Bäumen mit seinem Kind spielt. Der Mann in Hemdsärmeln und die Frau in Rock mit Strickjacke. Sie lassen das Kind laufen, setzen es auf den Liegestuhl, reden miteinander. Später sehen sie die Frau allein auf dem U-bahnsteig stehen und warten, verwaist, wie beraubt ihrer Familie. Sie wirkt hager in ihrer Strickjacke und dem langen

Rock. Sie trägt eine Brille und starrt geradeaus. Vielleicht fährt sie zur Samstagabendschicht ins Krankenhaus und hat den Mann mit dem Kind nach Hause geschickt. Vielleicht will sie noch etwas erledigen und kommt nach. Sie sieht verloren aus auf dem Bahnsteig, ihr Dastehen ist wie die wortlose Enthüllung einer Geschichte. Geschichten der Großstadt, denkt er. Ich sollte sie alle aufschreiben.

Im Fernsehen sitzen die Jane-Austen-Damen in Spitzenkleidern unter Rosen und plaudern über Liebschaften. Die Anstrengung, sagt die Hausfreundin, mit der er versucht, nicht in Sie verliebt zu erscheinen, beweist, dass er es ist. Eine Leere herrscht in ihm. Eine Nichterfüllung: Trotz der großen Stadt bleibt kein Gefühl von Zugehörigkeit. Shaorma im Fladenbrot, die rote Würze der Marinade und die kühle Joghurtsoße mit Sesam. Auch das Arabische kann ihn nicht mehr begeistern. Was ist das für ein Hunger?, fragt er sich. Letztlich ist alles Traum oder Materie, Utopie oder Konsum. Wahre Augen erkennen wirkliche Lügen, denkt er. Er kommt sich vor wie ein Graffito, ungelesen, unverstanden, an irgendeiner Hauswand in der großen Stadt. Gesprüht auf Kalkputz, unter weitem Himmel. Hier kann ich nicht bleiben, denkt er. Es sind alles Lügen, reale Lügen. Auch sein Buch ist eine Lüge, bloßes Zugeständnis an die Welt.

Ein Alltagsleben als freiheitliche Erkundung neuer gesellschaftlicher Beziehungen und Lebensgestaltungen – so träumt David Harvey von einer korevolutionären Bewegung. Die Selbstverwirklichung im Dienst am Anderen konzentrieren. Der neue soziale Mensch als Utopie. Das ist nicht weit vom christlichen Glauben entfernt, denkt er. Warum findet er die politischen Realitäten zu seinem Glauben ausgerechnet bei den Linken?, fragt er sich. Eine andere Welt ist möglich! Ja, denkt er. Das hätte ich nie geglaubt. Sie ist machbar. Sie ist konkret. Sie ist real. Ich müsste nicht warten bis zur Wiederkunft Christi. Eine ganz andere Welt, in der das Leben Erfüllung ist ...

Im Treppenhaus ist es sonnig. Guten Mutes geht sie um sieben zur Arbeit. Sie trägt ihren Blümchenrock und das enge Oberteil und Bergkristallohrringe. Das widerhallende Geräusch ihrer Schuhe auf den Steinstufen.

»Ich liebe dich«, sagt er ihr hinterher.

»Ich dich auch«, sagt sie fröhlich, schon einen Treppenabsatz tiefer, und blickt herauf.

Auf der Schwäbischen Alb im Steppengras liegen, die Sonne im Gesicht, Hummeln brummen im Klee. Es duftet nach Wacholder. Die krumige,

trockene Erde, durchsetzt mit Kalkscherben. Das
ist nicht nur Heimweh, denkt er. Das ist eine dringliche Not.

Mittagsschlaf. Danach ist die Welt öd und leer. Be-
wölkter Himmel. Auf dem Sofa sitzend, eine Zigarette rauchend, begegnet er dem Nichts. Hinter all
den Projekten und Manuskripten und Lesungen
droht eine Leere, die alle Bemühungen beliebig
und überflüssig macht. Das Nichtsein, wie Heideg-
ger sagt, in der Langeweile oder in der Depression
erfahren. Das Gefühl, alles, was man macht,
könnte man auch nicht machen. Was ist, ist weder
wichtig noch notwendig. Alles ist gleichgültig. In
guten Zeiten bedeutet ihm das ein frisch-sprudeln-
der Überfluss, in schlechten hingegen nur das öde
Versickern von Leben und Energie. Ohne Schreiben hat alles keinen Sinn, aber auch das Schreiben
schafft keine Erfüllung.

In der Arztpraxis ist es schwül. Sobald er einige Sekunden am Tresen wartet, bricht ihm der Schweiß
aus. Ein bestimmtes Medikament hätte er bereits
vor drei Wochen bestellt, sagt die Arzthelferin. In
der Apotheke ist alles vorrätig. Während die Apo-
thekerin im Hinterzimmer verschwindet, betrachtet er die beworbenen Hustenbonbons, Trauben-

zucker und Mittel gegen Darmbeschwerden. Als er
wieder draußen ist, zieht er die Kapuze über und
beeilt sich, nach Hause zu kommen.

Sonntagsdepression. Nachmittags bezieht sich der
Himmel, gegen fünf regnet es. *Der Sonntagnachmit-
tag,* sagt Uwe Timm in *Kerbels Flucht, ist nur erträg-
lich an einem großen Kaffeetisch mit Streuselkuchen, Besuch und vielen Kindern.* Der Tag wird flau und leb-
los. Der Impetus des frühen Morgens ist verpufft,
es bleiben taubengraue Sande und eine Beliebigkeit
jenseits allen Sagens. Er ist beliebig, seine Frau ist
beliebig, die Stunde ist beliebig, das Essen, das
Fernsehen, das Reden. Alles kann ebensogut sein
wie nicht sein. Nur eine leichte Schärfe an Verzweiflung und Sehnsucht gibt dem auseinandertrei-
bendem Fluidum eine Farbspur. Seine Frau redet
davon, was sie unten im Süden an einem Sonntag
unternehmen würden: auf die Hochfläche fahren,
am Fluss in den Wiesen liegen, abends einkehren.
Dafür ist er ihr dankbar. An Schreiben ist gerade
nicht zu denken. Es fehlt der Drang des Notwendigen, der Reiz des Wichtigen, der Rausch des Zu-
schaffenden. Alles ist, wie es ist, und genügt nicht.
Es ist immun gegen Dazuerfinden, er kann nichts
tun. Sinnlose Stunden und Tage an Lebenszeit.
Zeit, die die Heuschrecken gefressen haben werden, aber am Tag der Heuschrecke wird Gott sie

erstatten. Das ist eine dumpfe, aber beruhigende
Wahrheit. Eine Schale Himbeeren mit Sahne und
Honig. Früh ins Bett. Mehr bleibt an solchen Sonn-
tagen nicht.

Seine erste Lesung gibt er in seiner Heimatstadt in
der Buchhandlung am Markt. Er ist ein Sohn der
Stadt. Das honoriert sie auf einmal. Ihm graut davor, allein zu verreisen, aber es geht immerhin in
die Heimat. Er hat einen Kurzstreckenflug gebucht,
das geht am schnellsten und ist günstiger als ein
Zugticket. Der Flug ist ein Erlebnis. Seit Melbourne
ist er nicht mehr geflogen. Der Landeanflug auf die
Landeshauptstadt, die Lichter in der Schwärze, die
Schleife, die das Flugzeug zieht – er wird melancholisch. Es ist aufregend, und irgendwie ist das alles
schon zu viel für ihn. Er begreift nicht, was er da
tut. Er weiß nicht, wer er ist, der da jetzt draußen
herum geht und auf die Uhr schaut und mit Menschen verhandelt, er weiß nicht, wer er ist, wenn er
nicht zuhause sitzt, vergraben in seinem Bau, er
weiß nicht, wer dieser Schriftsteller, der für Lesungen gebucht werden kann, sein soll.

Zudem weckt der Flug und die Atmosphäre am
Flughafen Erinnerungen an Melbourne, seinen
Aufbruch damals, der Abschied von allem, was ihm
lieb und teuer war. Die Ausgesetztheit in der Fremde, der Zusammenbruch, den er in Melbourne am

Flughafen erlitt, das Bewusstsein eines Schicksalsaugenblicks, in dem sich sein ganzes Leben entschied – davon will er jetzt nichts wissen. Er verdrängt die Gefühle und Erinnerungen und schaut noch einmal die Passagen durch, die er lesen wird.

Die Buchhandlung am Markt kennt er seit seiner Kindheit. Viele Leute sind gekommen, ein paar Verwandte und Mitglieder seiner alten Gemeinde. Und seine Eltern, die Mutter ein mageres Weiblein im Rollstuhl. Er begrüßt sie, beugt sich zu ihr herunter, sie nimmt sein Gesicht in ihre faltigen Hände und gibt ihm einen Schmatz auf die Backe. Mein Bub, sagt sie. Er freut sich, dass sie das noch erleben darf: seine Anerkennung als Schriftsteller. Sie hat sicher für ihn gebetet. Dass er seinen Weg gehe. Dass Gott sich erbarme. Nun ist ihr eine Sorge abgenommen.

Bei der Lesung ist er gelassen. Er hat keine Scheu vor Publikum, er mag es, wenn die Leute ihm zuhören. Nur Wirbel um seine Person mag er nicht, und die Einführung der Inhaberin hört er sich nur widerwillig an. Die Lokalzeitung ist da und das Radio, das ihm beim Lesen ein Mikrophon unter die Nase hält. Er liest ohne Mikro und trinkt manchmal aus einem Glas Mineralwasser. Er muss dann öfter aufstoßen und nimmt sich vor, beim nächsten Mal Stilles Wasser zu verlangen. Er liest langsam, ja gemächlich, hat die Beine übereinander geschlagen und sich zurückgelehnt. Er spielt eine

Rolle, merkt er. Er ist nicht er selbst, sondern ein
Alter Ego. Bei der Fragerunde gibt er sich aus, ver-
strömt sich an die Leute, wird jovial und leutselig,
will gefallen, will nett sein, es ist eine Rolle, merkt
er, die er zwar beherrscht, die ihn aber sich selbst
entfremdet. Er fühlt sich nicht wohl und kommt
nicht einmal abends im Bett wieder zu sich selbst.
An diese Außenseite, denkt er, muss ich mich wohl
gewöhnen.

Die Inhaberin schenkt ihm am Schluss noch das
neueste Buch von Handke und schließt den Laden
zu. Er geht mit Freunden und seinem Bruder noch
etwas trinken, es wird ein umtriebiger Abend, an
dem viel über die Vergangenheit und Literatur und
Lebensgeschichten geredet wird, ein alter Schul-
freund ist auch dabei, den er seit Jahren nicht gesehen hat, er ist erschöpft und völlig aufgedreht
und haltlos, und als er schließlich bei seinen Eltern
ins Gästebett steigt, bricht er zusammen.

Er kniet vor dem Bett und heult in die Bettde-
cke. Er fühlt sich völlig ausgeliefert und allein. Es
war zu viel, merkt er. Alles zu viel. Er hat nichts
mehr im Griff und wird von den Ereignissen, von
seinem alternativen Ich mitgerissen. Er kann das alles nicht fassen, es wird feindselig und bedrohlich,
er hat das Gefühl, sich geraubt worden zu sein. Er
versucht verzweifelt, zu sich zu kommen, aber das
fremde Zimmer und die Entfernung von Zuhause
und vor allem das Fehlen seiner Frau machen es

unmöglich. Er merkt, dass er solche Reisen nicht mehr ohne sie machen darf.

Schließlich schläft er erschöpft ein, und als er am nächsten Morgen nach Hamburg zurückfliegt, fragt sich aber, wie das in Zukunft werden soll.

Dem befreundeten Schriftsteller erzählt er von der Lesung. Am Telefon sagt er: »Als ich am Flughafen in Hamburg ankam und aus der Maschine stieg und am nächsten Abend gleich die Lesung mit dir im Speicherstadtmuseum anstand, kam ich mir richtig professionell vor.«

»Wenn du am gleichen Tag die nächste Lesung gehabt hättest«, sagt der Schriftsteller, »*das* wäre professionell gewesen.«

Idiot, denkt er. Muss er die Messlatte gleich wieder höher hängen?

Er spricht mit seiner Frau darüber.

»Das ist Blödsinn«, sagt sie. »Man kann auch Schriftsteller sein, ohne den ganzen Rummel mitzumachen. Im Musikgeschäft und in der Filmbranche gibt es genug Beispiele dafür, dass die Künstler kürzer treten und sich der ganzen Vermarktung verweigern.«

Er denkt darüber nach. Sie hat recht. Auch unter den Schriftstellern gibt es Beispiele. Christoph Ransmayr etwa, der abgeschottet in seinem Haus in Irland lebt und für Interviews nicht zu Verfügung steht. Eine wochenlange Lesereise mit zwölf Lesungen hintereinander, denkt er, könnte ich nicht durchstehen. Wenn er an gestern Abend in seinem Zimmer denkt, muss er sich das eingestehen. Und das ist es auch nicht, was er will. Er will den ganzen Literaturbetrieb und Personenkult nicht mitmachen. Er will sich nicht verheizen lassen, er will sich nicht sich selbst entfremden lassen und mit einem Alter Ego des Geschäftsbetriebs leben. Das muss auch anders gehen, sagt er sich. Wenn du mal bekannt bist, kannst du dir das leisten, denkt er, und bis dahin muss ich einen Weg finden zwischen Selbstschutz und notwendigen Anforderungen.

Zur ersten Lesung in Hamburg kommt er durch die Krankheit eines australischen Kollegen. Er und der befreundete Schriftsteller springen für ihn ein und lesen zwischen Pfeffersäcken und Holzgebälk im Speicherstadtmuseum. Sein Verleger ist auch dabei, so lernen sie sich einmal persönlich kennen. Er liest zum ersten Mal mit Mikro und muss feststellen, dass er dabei nicht so lässig dasitzen kann wie in seiner Heimatstadt. Er muss das Buch auf den Tisch legen und den Mund am Mikro behalten. Das strengt an. Der Applaus tut gut, aber er ist kein Applaus-Junkie. Er mag es nicht, im Mittelpunkt zu stehen. Den Leuten gefällt die süddeutsche Mär mit viel Lokalkolorit. Eine ältere Dame wünscht sich so ein Buch über Hamburg, und er wird gefragt, ob er das Buch mit Herzblut geschrieben habe. Er ist neu im Geschäft und sagt die Wahrheit, wofür ihn der Verleger hinterher rügt. Autogrammstunde. Seine Unterschrift ist noch ausführlich, unabgenutzt, er braucht zu lange. Danach will die Belegschaft, der befreundete Schriftsteller, dessen Frau, der Verleger und ein Autor, der auch bei ihm veröffentlicht hat, noch etwas trinken gehen, aber er ist gewarnt von der letzten Lesung. Er verzichtet und macht, dass er mit seiner Frau nach Hause kommt. Der befreundete Schriftsteller findet das kühn, aber er hat genug von seiner Schriftstellerrolle. Das Hochdeutsch, das er spricht, verstärkt das Rollengefühl noch. Zuhause im Stadtteil wollen sie noch griechisch essen gehen, müssen aber, als das Essen schon auf dem Tisch steht, abbrechen, weil er einen Schwächeanfall bekommt und ihm übel wird. Er will jetzt nur noch nach Hause.

Im Zimmer riecht es nach Räucherkerzen. Als er an die Weihnachtsmärkte draußen auf dem Land denkt, bekommt er Lust, Fontane zu lesen. *Victoire tat die Ruhe wohl*, liest er, *und in einen türkischen Schal gehüllt, lag sie träumend auf dem Sofa. Ach, das waren die Worte, nach denen ihr Herz gebangt hatte.* Was für eine Sprache!, denkt er. *Und nun hörte sie sie willenlos*

Beim Steigen in die Badewanne überkommt es ihn wie schon lange nicht mehr: die Geborgenheit in der Dachwohnung damals mit seiner Freundin, der Zoo an den Hängen über der Stadt als Kind, eine Schüssel heiße Suppe mit Backerbsen.

Ein süddeutscher Radiosender fragt schriftlich an, ob er sich vorstellen könnte, Hörspiele für eine Krimireihe zu schreiben. Der Held ist vorgegeben, alles andere kann er frei erfinden. Ein Crashkurs im Hörspieleschreiben liegt bei. Das bringt ihn in Not. Er will keine Krimis mehr schreiben. Er hat den einen nur geschrieben, weil er einen Fuß in die Tür bekommen wollte. Die Hörspiele wären ein regelmäßiges Einkommen. Aber so hat er sich seine Arbeit als Schriftsteller nicht vorgestellt. Er will seine Linie weiterverfolgen und lehnt ab.

Bald bekommt er die erste Abrechnung. Das Buch verkauft sich gut, innerhalb von Wochen ist die erste Auflage weg. Die zweite Auflage trägt auf dem Umschlag ein paar Rezensionen. Er setzt sich an den Rechner und schaut bei den großen Online-Versanden, sucht nach seinem Titel, und der

Treffer wird angezeigt. Sein Buch ist auf dem Markt! Jetzt geht es erst richtig los, denkt er.

In seiner Heimat wird das Buch zum Prüfungsstoff für das Deutsch-Abitur im nächsten Jahr gewählt. Tausende Schüler im ganzen Land werden sein Buch lesen, werden sich mit seinen Figuren herum schlagen, werden sich abrackern mit Erzählperspektive, Handlungsstruktur und Sprachstil, fast tut es ihm leid, dass er ihnen das zumutet, er weiß ja selbst noch, wie das ist. Eine Reihe von Lesungsanfragen von Schulen werden kommen, sagt der Verleger, das bringt Publicity und Geld. Er nimmt dreihundert pro Lesung plus Reisekosten, die er unter den Veranstaltern aufteilt. Eigentlich graut ihm davor. Er weiß nicht, wie er das schaffen soll.

Literaturfrühstück im Literaturhaus. Der Freund sitzt im Vorstand und hat die Einladung zur Lesung angeregt. Ein dünnes High-Tech-Mikrophon, ein Stehpult aus Holz. Er weiß nicht, ob er so lange stehen kann, der Freund holt ihm einen Barhocker. Nach ihm liest ein Kollege Grausliges in Thrillermanier. Draußen auf dem klassizistischen Balkon rauchen sie eine oder zwei, unter Schriftstellerkollegen. Reden über Verlage, *amazon* und seinen Ischias. Der Kollege zeigt ihm eine gute Übung dafür. In der Buchhandlung im Hochparterre kaufen Lesungsbesucher sein Buch. Aufwandsentschädigung hundert Euro.

Auf dem Rückweg nehmen sie die Spazierwege an der Außenalster entlang, *Schwanenwik, An der Alster, Ballindamm.* Die Wege sind mit Grand eingeworfen, das rote Kiesel-Sand-Gemisch, über das Jogger geräuschvoll traben. Hunde werden ausgeführt. Damen lustwandeln. Der Himmel ist wintergrau, die Trauerweiden hängen gelb, manchmal reißt es überm Wasser auf und weist nach Norden. An Anlegern dümpeln Segelboote, winterverpackt. Eine Filmproduktionsgesellschaft. Das Konsulat von Honduras. Das *Meridien*-Hotel. Volksfürsorge. Es ist ein langer Weg vom Literaturhaus ins Zentrum. Zwischendurch setzen sie sich auf eine Bank, er raucht zwei Zigaretten und wendet gleich die gezeigte die Übung für seinen Ischias an. An der Ecke Ballindamm-Jungfernstieg brauchen sie als Erstes etwas zu trinken und gehen in die Europa-Passage.

»Das ist es nun also«, sagt er zu ihr. »Mein Schriftstellerleben.«

»Und? Wie fühlt es sich an?«

»Ganz gut so weit. Aber ich kann mich noch nicht damit identifizieren. Weißt du, am liebsten würde ich einfach zuhause sitzen und meine Bücher schreiben. Der ganze Rest geht mich nichts an.«

»Und der Kontakt zu deinen Lesern?«

»Das ist das einzig Gute daran«, sagt er. »Damit ich mal sehe, für wen ich eigentlich schreibe.«

Heimweh. Heimatessen. Sie schüttet die Linsen aus der Zellophantüte in den Dampfkochtopf, winzigrund und gerstenbraun. Im Internet bestellte Alb-Linsen. Sie vergessen nicht den geräuchten Bauchspeck dazuzugeben. In einer Schüssel rührt er den Spätzlesteig etwas zu dünn, eine Hälfte Dinkel, eine Hälfte Weizen, vier Eier, Salz. Als das Wasser sprudelt, drückt er den Teig durch die Löcher der Hebelmaschine, die seine Frau noch von ihrer Oma hat, es schmatzt leise, die Teigfäden schlüpfen sanft ins Siedende, tauchen unter, kommen gar wieder an die schaumige Oberfläche. Er schöpft sie mit dem Schaumlöffel in eine Metallschüssel mit lauem Wasser, woraus sie sie dann ins Sieb überm Spülbecken gießt. Als die Spätzle auf der Platte gesammelt sind, dünstet sie Zwiebel und Würzwürfel in Butter. Mittlerweile haben die Linsen fertiggekocht. Er löscht mit der Linsen-kochbrühe ab, die Schwitze wird rasch sämig. Die Linsen werden dazugegeben samt dem Bauchspeck und den Saitenwürstchen, damit sie heiß werden. Am Ende essen sie das Gericht in der Stube am Tisch, abgeschmeckt mit Essig und Maggiwürze. Das tut mal wieder gut, finden sie.

Tenebrae, dichtet Celan. Finsternisse.

Ein Kamerateam findet ein Mädchen auf der Straße. Sie ist noch nicht tot, ihre Augen bewegen sich. Sie hat eine tiefe Wunde auf der Stirn, liegt schon einen Tag in der Sonne. Das Team weiß, was es zu tun hat, interviewt keine Militärführer mehr, sondern fährt das Mädchen ins Krankenhaus. Dort stirbt sie an Austrocknung, der Kameramann sieht, wie das Leben aus ihr weicht.

Ein Junge von neun Jahren ist als Heckenschütze gefangen genommen worden. Er hat mit seinem Gewehr Hutu aus dem Hinterhalt erschossen. Fünf ausgewachsene Soldaten brüllen und schlagen auf ihn ein. Sein Blick irrt hin und her, der Mund verzerrt, dann beginnt er zu weinen und will weglaufen. Wie ein kleiner Junge.

In den Straßen sitzt ein Mann im Anzug auf einem Stuhl und spielt Cello. An dieser Stelle ist vor zwei Tagen eine Granate in einen Haufen Menschen eingeschlagen, die um Brot anstanden. Ich bin erster Cellist des Orchesters von Sarajevo, sagt der Mann. Ich kann für die Toten nichts mehr tun, als Cello zu spielen. Er spielt das *Adagio* von Albinoni.

Am Mittag, nachdem er geschlafen hat, ist das Regengebiet weitergezogen. Über den Baumwipfeln

steht weiß ein Wolkengebirge wie der Kangchendzönga über Darjeeling. Seine Frau ruft an und erzählt von ihrer Arbeitskollegin. Sie sitzt im Auto
vor dem Haus einer Familie, bei der sie einen Hausbesuch macht. Ihre Stimme klingt fröhlich.

»Ich muss dann jetzt rein«, sagt sie.

»Schaff's gut!«

»Du auch«, sagt sie.

Ja, das tue ich jetzt, denkt er. Meinem Geschäft
nachgehen.

Um vier müsste er den Arzt anrufen, damit die
Arzthelferin das Rezept fertigmacht. Er sollte es
heute abholen, die Blutdrucktabletten sind aus,
aber das kann er nicht. Er kann das Haus nicht verlassen. Das sind seine täglichen Unmöglichkeiten.

Im nächsten Jahr wird der Krimi für den bekannten Krimipreis nominiert. Er fährt nach Leipzig zur
Buchmesse im Frühjahr, um eine Lesung im Ober-
landesgericht zu geben. Er nimmt den ICE, den ganzen Tag wird er weg sein, er schafft es ohne Über-
nachtung. Die Lektorin empfängt ihn am Landge-
richt, wo die Lesung stattfindet, mit der Nachricht,
dass sein Titel auf der Krimi-Bestenliste auf Platz
fünf rangiere. Die Lesung ist mittlerweile Routine,
aber an sein fremdes Alter Ego hat er sich noch

nicht gewöhnt. Als er zurück zum Bahnhof fährt, verloren im Dunkeln zwischen den Lichtern der fremden Stadt, verwechselt er das Taxi und gibt am Ende kein Trinkgeld. Seine Frau holt ihn zuhause auf dem Bahnhof im Vorort ab.

»Nie mehr«, sagt er. »Das ist mir einfach zu viel. Das halte ich auf Dauer nicht aus.«

»Jetzt komm erst mal nach Hause«, sagt sie und drückt seine Hand.

Er liest auch in seinem Stadtteil, in der Stadtbücherei. Einige aus seiner Gemeinde kommen, es ist ein kleiner Kreis. Er liest wieder ohne Mikro, der Reisekostenanteil fällt diesmal weg. Die Entfremdung ist weniger schlimm als sonst, aber er fühlt sich in dieser Rolle einfach nicht wohl. Das Plakat an der Eingangstür fällt ihm auf: *Schock Deine Eltern. Lies ein Buch!* Das gefällt ihm. Buchhandlungen und Büchereien, findet er, sind angenehmes Ambiente für eine Lesung.

Im Einwohnermeldeamt steht in Zimmer zwei die Tür offen. Hinter dem Tresen schreibt eine Frau am Rechner. Ihr Name steht auf einer Stecktafel, sie haben kein Y gehabt, da haben sie ein V genommen und in der Zeile darunter einen senkrechten Strich: *Yvonne.* Die Frau redet wenig und erledigt die Formalitäten effizient. Auf einen Witz von ihm reagiert sie nicht.

»Verwaltungsfachkraft«, sagt seine Frau draußen zu ihm: »Sie hat nicht gelernt, Konversation zu betreiben.«

Der neue Ausweis kann auch Fingerabdrücke speichern.

Ein kleines Hamburger Blatt schickt ihm einen Reporter, der ihn interviewt. Ein Foto vor dem Bücherregal, mit Pfeife natürlich. Als der Mann wieder draußen ist, nimmt er sich vor, keine Öffentlichkeit mehr in seine Wohnung herein zu lassen.

Als es draußen dunkel wird, wandelt er durch das Zwielicht der Wohnung wie durch einen Tempel. Die Räume sind heimlich und still, geben Gänge und Gedanken frei. Auf der Toilette sitzt er wie in einer aristotelischen Akademie. Es ist möglich, um nie gekannte Ecken zu biegen und überall anzukommen, denkt er. Geheimnisse liegen bereit, Erleuchtungen frei Haus. Ein Zwiegespräch mit dem, der in solchen Räumen residiert: endlich im Allerheiligsten! Freund und Freund. Jetzt wird Tacheles geredet und gehört.

Dann geht es schnell mit der Mutter. Die Todesnachricht erreicht sie beim Kauf eines neuen Anzugs für ihn im Alster-Einkaufszentrum. Der Bruder teilt es nur kurz mit. Hinterher trinken sie einen Kaffee. Er fühlt keine Trauer. Das kommt noch. Er ist nur fassungslos angesichts der Endgültigkeit, die Gott verhängt hat. Es ist wie eine Mauer, gegen die man läuft, mitten auf freiem Feld, sagt er. Der Tod, sagt er und zitiert Rilke: *Wenn wir uns mitten im Leben meinen, wagt er zu weinen mitten in uns.* Er weiß, dass sie gut aufgehoben ist da, wo sie jetzt ist. Er freut sich für sie. Sie war eine gläubige Christin und darf nun schauen, was sie geglaubt hat. Aber es ist etwas zu Ende gegangen, unwiderruflich, die Geschichte, die noch lebendig und wandelbar war, verfestigt sich zur Historie, wird starr und steinern. Auch für ihn ist ein Kapitel abgeschlossen. Zum Glück lebt der Vater noch. Das ist wichtig. Dann fahren sie nach Hause.

Zum Begräbnis reisen sie in den Süden. Er schaut sich die aufgebahrte Leiche an. Im Raum ist es kalt, es riecht nicht. Zwei Kerzen stehen zu beiden Seiten des Sarges, die weiße Spitzendecke und das Blumengesteck: Gerbera und weiße Fresien. Ihre Lieblingsblumen. Dann sieht er sie, seine Mutter. Ein weißer Flor über dem Gesicht, als wäre das Totsein ansteckend, aber die Leiche ist ein grässlicher

Anblick. Entstellt vom Tod. Ein Popanz, ein *Ding,* das mit seiner Mutter nichts zu tun hat. Der Mund ist zusammengeklebt, wölbt sich über die vorstehenden Zähne, unter den dünnen Lidern sieht man die Augäpfel. Der Leib liegt still, reglos. Nicht wie im Schlaf, denn man weiß, dass er sich nie wieder regen wird. Das Auge ist irritiert und täuscht Bewegung vor, wo keine ist. Der Brustkorb könnte sich heben und senken, die Hände sich regen, aber wenn er genau hinblickt, ist da nur vollkommene Erstorbenheit. Das einzig Vertraute sind die Ohrringe in den Ohrläppchen.

Er ist gefasst, bewegt sich gemessen und in sich versunken, aber mit wachem Blick für das, was um ihn herum geschieht. Er und sein Bruder drücken dem Vater die Hand, gehen neben ihm, stützen ihn wo nötig. Er hat gewünscht, dass ihr Lied gesungen wird, das ihr immer viel bedeutet hat. *Ich bete an die Macht der Liebe.* Der Gemeindechor singt, dass die Gläubigen sein werden wie Träumende, wenn sie vor Jesus stehen. Das glaubt er. Er hat einen Nachruf geschrieben und liest ihn vor. Dann den des Bruders, der selbst vor Tränen nicht lesen kann.

Draußen feiert der Nachmittag. Vögel, Blumen, rauschende Bäume. Hinter dem Sarg herzugehen ist ein gutes Gefühl. Der letzte Gang. Gleichmäßiges, ruhevolles Schreiten. Vorneweg. Niemanden vor ihm als die Träger und der Karren mit dem Sarg.

Am Grab ist er nicht traurig, nur ernst, wie es der Situation angemessen ist. Tief drinnen freut er sich für sie.

»Schlimm wird es erst«, sagt ihm der Vater, »wenn der Sarg hinunter gelassen wird. Dann muss ich sie hergeben.«

Das geschieht nicht, weil der Aufzug klemmt und der Sarg halb überm Grabboden hängenbleibt.

Sie erdulden die Reihe der Kondolierenden. Er hat noch nie die Beileidsbekunden selbst entgegen genommen. Er ist nun ein Betroffener, zusammen mit seinem Vater und seinem Bruder. Das vereint sie.

Hinterher trifft man sich zum Leichenschmaus bei Kaffee und Hefezopf.

Sie wollen noch ein paar Tage bleiben, um dem Vater beizustehen. Der Vater hat ein Foto von ihr aufs Kredenz gestellt, brennende Teelichter davor.

»Sie hat doch versprochen, nicht vor mir zu gehen«, sagt er ratlos. »Sie kann mich doch nicht einfach allein lassen«.

Wut gehört zur Trauer, wissen sie. Er fühlt mit bis zur Identifikation. Er kann sich den Schmerz vorstellen, die Leere, den Hohn der Erinnerungen, den bitteren Geschmack, den alles Andenken hat. Er denkt daran, wie er um seine Frau trauern würde, damit ist niemandem geholfen.

Als der Vater sich wieder gefangen zu haben scheint, fahren sie zurück. Es ist gut jetzt, denkt er, nach Hamburg zu kommen. In die Ferne.

Er ist wütend auf den Tod. Er heult Rotz und Wasser. Jetzt erst kommt die Trauer, oder besser gesagt: der Zorn. Es entsetzt ihn, wie der Tod ins Leben einbricht, wie er das Leben wegfrisst, langsam und grässlich, das Fleisch verzehrt, den Atem erstickt. Nein, denkt er wütend, der Tod gehört nicht zum Leben! Er ist kein evolutionärer Faktor, aus dem neues Leben entsteht. Er ist der Lebensfeind, der Zerstörer, der Vernichter. Er zerstört alles, was sich regt und zur Sonne will. Seltsamerweise ist er nicht wütend auf Gott. Gott hat den Tod verhängt, als Grenze für den Menschen und seine Selbstherrlichkeit. Das ist in Ordnung. Und der Tod hat ja nicht gesiegt, weiß er, sie lebt und ist beim Herrn, es geht alles weiter. Aber dieser Einbruch ins blühende Leben, diese Fratze im Frühlingsreigen, dieser gnadenlose Vertilger – er hasst den Tod!

Er ist froh, dass seine Mutter das Buch noch gesehen hat. Er hat es ihr quasi aufs Sterbebett gelegt. Es ist nicht so, dass ihr Tod das Erscheinen des Romans überschattet hätte. Vielmehr koinzidieren die beiden Ereignisse. Sie gehören für ihn zusammen. Sie kulminieren in einem Höhepunkt, dessen Bedeutung er nicht heraus findet. Zwei zufällige

Geschehnisse in der Welt, aus der Vogelperspektive eine Schicksalsfügung, aber er weiß, dass Gott dahinter steckt. Das tröstet ihn. Alles, was geschieht, hat Gott vorbereitet. Die weitere Veröffentlichung seiner Werke ist keine Sache der Themen, Lesergunst oder Lektorenlaune. Es ist allein die Sache Gottes.

Ihm ist nach Radikalität zu Mute. Etwas Radikales schreiben, denkt er. Er schreibt in sein Tagebuch. Was Radikales, sagt El Comandante. Was Radikales soll er schreiben, eine neue Flugschrift, die das Volk endlich aufrüttelt und zum Kampf gegen das System bewegt. Verlasst eure Felder und Werkstätten! Bildet Initiativen und soziale Bewegungen! Boykottiert die Banken! Kauft nicht mehr mit Geld, tauscht Waren! Macht einen Generalstreik! Bewaffnet euch! Lauter solche Sachen. Er überlegt an seiner Schreibmaschine und grübelt; alles hat er schon gefordert. Auf einem Spaziergang entdeckt er in einer Bergkirche, halb in Ruinen, das Kruzifix. Er ist gegen Gott, gegen jede Herrschaft. Aber ihm fällt der Christus ein, der für seine Kreuziger um Vergebung bittet. Was Radikaleres findet er nicht: Liebet eure Feinde!

Das Buch gewinnt tatsächlich den Krimipreis. Er ist mit zweitausend Euro dotiert, steuerfrei, wie der befreundete Schriftsteller in Hamburg betont, und der Verleger lässt einen entsprechenden Vermerk auf dem Cover der nächsten Auflage drucken. Zur Preisverleihung fährt er nicht, weil er krank ist. Die Lektorin des Verlages vertritt ihn und übergibt ihm bei einem gut gelaunten Treffen im Südstaaten-Restaurant *Louisiana* den Scheck samt einem Holzkoffer mit zwei Weinflaschen. Im Grunde ist er froh, dass er krank war und im Bett lag. Die ganze Veranstaltung wäre ihm zu viel gewesen und auch ein wenig zuwider. Dieser ganze Literaturzirkus, denkt er.

Zum Abendbrot ein paar Scheiben Roastbeef mit Meerrettich und einem Körnerbrötchen, dazu ein Schälchen Waldorfsalat.

»Das Roastbeef war teuer«, sagt seine Frau. »Das können wir uns nicht oft leisten.«

Überhaupt, denkt er, ist das Leben etwas, was man sich nicht leisten kann. Zu viel Angst, Schuld, Not und Kampf. Man hofft halt, dass es sich irgendwann doch auszahlt. Der Geschmack des kalten Rindfleischs und die konstituierende Sorge des Daseins, denkt er: Roastbeef-Existenzialismus an einem Mittwochabend im September.

Sie können sich von dem Honorar seiner Lesungen ein neues Sofa kaufen. Das alte IKEA-Teil hat ausgedient. Sie fahren in einen der Vororte in ein großes Möbelhaus, sitzen Probe, beraten sich, er braucht genügend Sitzraum, weil er auf dem Sofa immer die Beine untergeschlagen hat. Ein grober, pflegeleichter Stoffbezug, ausklappbar, mit einer Rekamiere, damit seine Frau die Beine ausstrecken kann beim Fernsehen.

»Das hast *du* uns besorgt!«, sagt sie immer wieder stolz. »Ohne dich hätten wir uns das nicht leisten können.«

Er hält es für übertrieben. Es zeigt aber, wie sehr sie sich darüber freut, dass er nun zum Lebensunterhalt etwas beitragen kann.

Als sein zweites Buch erschienen ist, liest er auf den Heimattagen in Ulm im Süden und trifft einen regionalen Verleger, mit dem er sich über dessen Verlag und seine beiden Bücher unterhält. Kontakte knüpfen, denkt er und lässt sich die Visitenkarte geben.

»Sie weiß man auch nicht einzuordnen«, meint der fremde Verleger. »Zuerst einen Heimatkrimi, und dann eine *Road Novel!*«

»Ich bin eben ein vielseitiger Schreiber«, entgegnet er. »Ich lasse mich nicht auf ein Genre festlegen.«

»Das ist gut«, sagt der Mann im grauen Anzug, »aber Sie müssen sich jedesmal eine neue

Leserschaft aufbauen.«

So hat er das noch nicht gesehen.

Oktoberfest im Stadtteil. Oktoberfest im Norden? *Das* wollen sie sehen. Mitten auf der Großen Straße ist ein Festzelt aufgebaut. Ein Willkommensgruß, eine Speisekarte, eine zweiflügelige Glastür. Hier ist man vor Wind und Wetter geschützt, sagt er. Drinnen noch wohltuend leer, der Raum weitet sich und fluchtet. Überall blauweiße Dekoration mit dem vertrauten Rautenwappen, Hamburger Deern stehen am Ausschank in Dirndl-Verschnitten und zeigen unter den weißen Kniestrümpfen stramme Waden. An den achtzig Tischen – er hat sie gezählt – mit Bierbänken und bayernfarbigen Tischdecken sitzen zwei Menschen. Was hier wohl abends los ist?, fragen sie sich.

Sie gehen zur Theke. Es gibt Leberkäse und Bretzen, Obazda und bayrischen Kartoffelsalat und Spanferkelbraten mit Sauerkraut. Einen Krug Oktoberfestbier genehmigt er sich und das Spanferkel, sie setzen sich an Tisch siebenundsiebzig und schmausen. Das Ferkel ist saftig und zart, das Kraut mürb und süß. Musik vom Band, nein, keine Volksmusik, die Spider Murphy Gang lässt taktflott ihren Siebziger-Jahre-Hit vom Stapel, was sie beide in jüngere Jahre versetzt. Luftige Stimmung, Leichtmut, das Bier macht locker. Hier drin kann er vergessen, dass er in einem Städtchen an der Peripherie Hamburgs sitzt. Allzu rasch sind sie fertig, treten wieder hinaus in den norddeutschen Alltag, bummeln zwischen den Buden entlang. Keine Fischbrötchen oder Räucheraal, stattdessen Brezelstände und Schmalzgebäck, das jetzt Mutzen genannt wird. Aus den Trögen eines Süßwarenverkäufers schaufeln sie Fruchtgummi und Lakritz in eine karierte Papiertüte, schauen dem Kohlegrill zu, sehen das Karussell sich drehen, das übliche Œuvre eines Kleinfestes, aber heute, mit Bierzeltzugabe, durchaus versöhnlich.

»Wenn wir wieder im Süden sind«, sagt seine Frau, «müssen wir unbedingt mal nach München. Aufs echte Oktoberfest.«
Aufgang des Kangchendzönga über den Wolken von Darjeeling. Eine Romanidee: Charles Unfried, ein Aptronym? Auf der Terrasse wird der Morgentee serviert, im alten *Windamere Hotel* aus der Kolonialzeit. Wandlung des Kapitalisten zum Anarchisten – glaubwürdig? Seine Frau hat sich für die Arbeit fertig gemacht und trägt die Blümchenbluse mit den gerafften Ärmeln und dem Amethystschmuck.

»Ach, Liebes«, sagt er, »am liebsten würde ich dich dabehalten und umsorgen und bemuttern.«

»Da hätte ich gar nichts dagegen«, sagt sie, »aber die beiden Termine heute habe ich schon einmal ausfallen lassen, ich kann sie nicht nochmal verschieben.«

Abends gibt es heiße Würstchen aus der Dose und ein Brötchen von gestern. Die Würstchen sind aufgeplatzt, denkt er, wie damals im Leuchtturm auf den Hummerklippen, als am letzten Tag die letzte Geschichte erzählt wurde.

Ein schlechter Tag. Das Leben als Arbeiter auf einer Teeplantage, notiert er. Manager-Bungalow, Arbeiterunterkünfte, Teefabrik. Schule und Krankenhaus, Dörfer, Fahrwege, schlammig vom Regen, Kaufläden – niemand braucht die Plantage zu verlassen. Isolation, Abhängigkeit, Ausbeutung. Hundertvierundvierzig Hektar. Er braucht noch einen Namen für seinen fiktiven Teegarten, *Heaven Hill* etwa. Aus Israel ist nach drei Wochen das Zaatar-Gewürz gekommen, in einem mit Stempeln und Etiketten übersäten Briefumschlag, in dem es orientalisch duftet.

Aus Süddeutschland erreicht ihn über den Verlag eine Mail von einem betuchten Unternehmer, der sich gerne als Mäzen betätigt. Er fragt an, ob er bei ihm einen Roman in Auftrag geben könne. Er könne schreiben, was er wolle, es brauche kein Krimi zu sein, Hauptsache, es sei ein typischer Roman von ihm. Er solle einen Kostenvoranschlag machen, und bei einem Treffen in der Heimat würden sie dann den Vertrag abschließen. So was ist ihm auch noch nicht begegnet. Er überlegt, dass er für das Honorar auch die Lebenshaltungskosten während des Schreibens berechnen muss, setzt zehntausend Euro an, fünftausend gleich und fünftausend nach Veröffentlichung, kalkuliert die Dauer der Abfassung des Werks, stellt als zusätzliche Bedingung die garantierte Abnahme von zweitausend Exemplaren, damit er leichter einen Verlag findet, und ist erstaunt, dass der Mann tatsächlich akzeptiert und offensichtlich begeistert von seinen Büchern ist.

In den folgenden Monaten gelingt es ihm, das Buch zu schreiben, einen Roman über einen Weinhändler, der in der Provence neu anfangen will, und schlägt ihn einem Regionalverlag in Süddeutschland zur Veröffentlichung vor, weil er auf einem Weingut im Schwäbischen spielt.

Mit den zehntausend Euro können sie beide etwas anfangen. Sie kaufen sich ein neues gebrauchtes Auto und müssen nicht mehr sparen, können sich einen Jahreswagen leisten, der nicht wieder nach zwei Jahren schrottreif sein wird, und seine Frau freut sich.

Sie sitzen in Volksdorf in einem Café. Tische draußen, ziehende Wolken, einmal tröpfelt es. Earl

Grey und Friesentorte, mit Vanillesahne, Biskuit und Pflaumenmus. Es ist nicht viel, denkt er. Kein Essengehen, keine Entdeckungstour. Alltag, wie ich ihn hier immer habe. Um sie herum wird Norddeutsch gesprochen, am Nebentisch plant ein Pärchen U-bahnfahrten, eine dicke Frau hat zwei Hunde am geflochtenen Tau, eine Promenadenmischung heißt Krümel. Kleine Wirklichkeiten, denkt er und notiert in sein Moleskine. Trotzdem genießt er es. Das hier, in Hamburg, ist unweigerlich interessant und literarisch, denkt er. Anderswo wäre das nur gewöhnliches Einerlei. Hier hat es einen Reiz, etwas Besonderes. Vielleicht aber auch bloß, weil er es als Fremder sieht. Mit der wohltuenden Fremde entdeckt er auf einmal eine all-anwesende Distanz in sich. Alles rückt von ihm weg, geht allein vor sich, braucht ihn nicht. Im Grunde geht ihn das alles nichts an, merkt er. Es ist reizvoll und bedeutungsvoll, aber das kann er nicht dauernd leben. Darin kann er sich nicht geborgen fühlen. Er ist ein Außenseiter, ein bloßer Beobachter. Als sie zurückkommen in ihre Eichenallee im Vorort empfängt ihn das trostlose Allerweltsgefühl von vorher. Ein Gewitter zieht auf.

Er hält es zuhause nicht mehr aus. Das ewige Daheimhocken, die vier Wände, und beim Schreiben geht gerade gar nichts mehr. Er muss aufbrechen.

Sie gehen essen. Nach Volksdorf, da gibt es ein spanisches Restaurant, das ihnen einmal aufgefallen ist. Sie setzen sich ins *Hazienda*, halb draußen, halb drinnen. Es beginnt zu regnen, sie sitzen trocken und haben Hunger. Es war eng geworden zuhause.

»Es war eng, kann ich dir sagen«, erzählt er seiner Frau. »Wie damals, im Ochsenzoll. Wahrscheinlich kommt grad alles zusammen.«

»Es ist gut, ein bisschen rauszukommen. Ich bin froh, dass ich heute in der Arbeit früher Schluss machen konnte.«

Sie lassen sich allerlei Gegrilltes vom Spieß bringen, Rinderfilet und Putenkeule und Lammrücken und Hähnchenschenkel und Schweinenacken und Tafelspitz, dazu verschiedene Beilagen wie geschmorte Champignons, Rösti, Reis oder Chili con Carne und einen Teller gegartes Gemüse. Schon nach der Hälfte sind sie satt bis zum Abwinken. Der Kellner sieht gut aus, ein distinguiertes Gesicht, halb hanseatisch, halb spanisch. Das Ganze kostet sie sechzig Euro, das können sie sich unter der Woche eigentlich nicht leisten. Aber das Leben kann man sich ja sowieso nicht leisten, denkt er. Konsum statt erfüllter Existenz.

Ab und zu gehen Spaziergänger vorbei und glotzen durch die Plexiglaswände herein. Er hätte gern jemanden, der kommt und ihn hier wegholt. Irgendwohin, wo es weitergeht. Wo alles einen Sinn hat.

»Sechzig Euro, nur um den Abend zu überstehen«, sagt er. »Ist das nicht ein Armutszeugnis?«

Das System hat uns am Wickel, denkt er. Mein Schreiben auch, und was wir alles nötig haben, um die Defizite halbwegs auszugleichen, die das Leben in dieser Gesellschaft mit sich bringt – der reine Irrsinn! Es sich schön machen und Geld ausgeben – mehr fällt uns nicht ein.

»Aber dadurch unterstützt man das System noch«, sagt er. »Man müsste sein Leben radikal ändern, wirklich. Aber das hatten wir ja schon.«

Sie schweigt. Sie ist müde von der Arbeit. Als es dunkel wird, fahren sie nach Hause.

Die letzte Lesung in diesem Jahr. Ein Literatur-Hotel in Iserlohn. Aber er ist tot, spürt er auf der Fahrt. Innerlich. Es ist Herbst, die bewaldeten Berge, in die sie einfahren, sind schon verfärbt. In Iserlohn ist der Weg leicht zu finden. Eine Fahrstraße führt hinauf in den Wald. Als sie angekommen sind, bleiben sie im Auto sitzen und wissen nicht weiter.

Das Hotel ist klein und familiär, moderne Architektur, im *Waldhaus* nebenan kann man zu Abend essen. An der Rezeption erhalten sie die Zimmerkarte, die sie vor der Tür an ein Lesegerät halten müssen. Die Geschäftsführerin begrüßt ihn nicht. Das Zimmer ist überheizt, badwarm. Sie stellen ihr Gepäck ab, er legt sich aufs Bett. Die Lesung beginnt in anderthalb Stunden. Das Zimmer riecht neu, das Holz, der Teppich, die Tapeten. Fernseher, Telefon, Mini-Bar, Safe. Rauchen ist nicht erlaubt, aber auf dem Balkon kann er, ans Geländer gelehnt, eine Zigarette genießen. Es wird kalt. Die Lichter des Restaurants leuchten in der Dämmerung.

Er zieht sich um, nimmt das Buch und den Kugelschreiber, und sie gehen hinunter. Sobald sie auf dem Flur sind, springt das Deckenlicht an. Der Flur ist leer. Unten wurden die Besucher der Lesung schon mit Sekt empfangen. Bücher in Regalen an den Wänden des Foyers; unten im Frühstückssaal spielt ein Pianist Improvisationen. Er wird als Autor kurz vorgestellt und setzt sich zu einem kleinen Imbiss dazu. Es gibt Lachsschnitten und grünen Spargel, Nudelgratin und Hähnchenspieße. Er kann vor Lesungen nichts essen. Der Kellner hat einen englischen Akzent und steht im Hintergrund bereit. Die Bürgermeisterin ist gekommen, die Leute unterhalten sich über lokale Vorkommnisse.

Der Pianist erzählt, dass ihm immer wieder gesagt werde, er spiele wie George Winston und Keith Jarrett, dabei habe er schon so gespielt, bevor er diese beiden überhaupt gehört habe, das glaube ihm natürlich keiner, er improvisiere nur und könne keine Noten lesen und es falle ihm schwer, eine schöne Passage, die er gefunden habe, noch einmal zu spielen.

Die Gäste finden sich ein. Ihm wird klar, dass es der Geschäftsführerin um ihre Gäste geht. Er ist, wie der Pianist, nur zur Unterhaltung da. Das Foyer wird abgedunkelt, er sitzt am Tisch, ein Glas und eine Flasche Stilles Wasser neben sich, ein Mikro am T-Shirt-Kragen. Er hat sein übliches Outfit angezogen: Jeans, Sakko und ein T-Shirt mit dem Aufdruck *Jesus is my boss*. Das Licht ist gut, er liest drei Abschnitte und gibt noch eine Zugabe. Ein Schmankerl, sagt er. Die Gäste kaufen ein paar seiner Bücher und lassen sie sich von ihm signieren. Er ist aufgeräumt, aber erschöpft, er hat sich mehrmals verlesen. In der Bar sitzt man noch zusammen und redet.

Hier darf man rauchen, er bestellt sich zu seiner Zigarette einen Martini. Der Barkeeper, der vorhin der Kellner war, sagt, er sei nur Vertretung und könne keine Cocktails mixen. Als er das Glas bringt, fehlt die Olive. Der Cinzano schmeckt süß und überdeckt den Gin. Der Barkeeper ist Ire, will aber nicht aus seinem Leben erzählen. Um halb zwölf verabschieden sich alle.

Gern würden sie durch einen dunklen Flur zu ihrem Zimmer gehen, aber das Licht springt gnadenlos an. Im Zimmer ist es noch immer zu warm. Er zieht den Vorhang vor, und sie legen sich ins Bett. Er kann lange nicht schlafen. Er fühlt sich heimatlos, ausgesetzt. Warum ist er hier? Was hat er getan? Was geschieht eigentlich?

Um sechs wird er wach und kann nicht mehr einschlafen. Er hat aufwühlend geträumt. Statt wachzuliegen, steht er auf und zieht sich an. Seine Frau schläft weiter.

Um sieben ist er unten in der Bar, wo heute das Frühstück serviert wird, weil so wenig Gäste da sind. Er ist wach, ruhig, wie abgestorben. Das Ei ist Bio-Ware und schmeckt ihm gut wie selten, auf sein Brötchen streicht er Butter und Marmelade, die Butter liegt in Stückchen in Eiswasser. Er bestellt sich ein Kännchen Tee. Als die Kanne kommt, schnüffelt er in das Aufbrühsieb und sagt: Ah, Darjeeling! Mit der Bedienung unterhält er sich über Teesorten. Er schenkt eine Tasse ein, führt sie an die Lippen, bläst darauf. Der Tee schmeckt blumig, weich, aromatisch. Durch die Fenster blickt er in den Wald hinaus. Das Laub hat sich gelb verfärbt und fällt ab. Ahorn und Buche. Er sieht die Geschäftsführerin mit ihren beiden Hunden in den Wald gehen. Die Hunde sind Dalmatiner.

Es tut gut, allein zu sein. Es ist warm und gemütlich. Aus der kleinen Küche klingt Tellerklappern und Besteckklirren. Die Kaffeemaschine zischt leise. Im Hintergrund singt Chris de Burgh von einsamen Himmeln. Der erste Gast kommt und nimmt sich vom Buffet. Sie stört ihn nicht. Er trinkt ab und zu einen Schluck, gießt nach, zieht an seiner Zigarette. Im bequemen Sessel lehnt er sich zurück, dreht sich um die eigene Achse, blickt hinaus ins Freie. Alles kommt ins Lot, denkt er. Die Bilder sind noch in seinem Kopf, er wird sie nicht los. Die Bilder von der Autobahnfahrt, von der Lesung, vom Hotel. Er will sie nicht. Er wünschte, er könnte sich imprägnieren, dass alles an ihm abperlt. Er spürt, dass Gott ihn anspricht. Er ist wie gelähmt und kann nur zuhören. Er weiß nicht, worum es geht.

Die Lesung, die Schriftsteller, die Verlage, das ist alles nicht wichtig, denkt er. Heute Morgen legt er es ab wie alte Kleider. Wichtigeres kommt zum Vorschein. Das Allerwichtigste: Er wäre ohne Jesus verloren. Alle wären verloren. Die Gäste hier, die Geschäftsführerin, das Hotel, jeder einzelne Mensch ist verloren. Er hat seinen Retter gefunden, die Anderen suchen nicht einmal danach. Vielleicht sollte einer es ihnen sagen.

Noch ein Gast kommt hinzu, ein pensionierter Arzt, er setzt sich zu ihm an den Tisch. Es macht nichts, über Dinge zu reden, die nicht wichtig sind. Sie reden über die Gegend und Ortsnamen, über Gesteine und Rasenerz, über Stanislav Grof und Samadhi-Tanks. Er lässt es sich gefallen, dass der Arzt nichts von ihm wissen will, von dem, was er heute Morgen anzubieten hätte. Er wünscht sich, davon erzählen zu können, was sein Leben ausmacht. Aber niemanden interessiert es. Er ist ein kleines Stückchen gestorben gestern und heute. Nun kann er wieder ein kleines Stückchen mehr leben.

Er hat heute Abend noch eine Lesung hier. Sie verbringen den Tag auf dem Zimmer. Er hat keine Lust mehr und will heim. Das Honorar wird mit den Übernachtungen verrechnet. Aber immerhin war es eine neue Erfahrung.

Jede Woche telefoniert er mit seinem Vater. Er will wissen, wie es ihm geht, so allein. Der Vater freut sich, von ihm zu hören. Er berichtet nicht aus seinem Leben als Schriftsteller, sondern lässt sich vom Vater erzählen, wie der seine Tage verbringt. Seine Frau und er überlegen sich, an Weihnachten dieses Jahr wieder in die Heimat zu fahren, aber es wäre nicht mehr das Gleiche. Der Vater hat wissen lassen, dass er Weihnachten nicht feiern wird. Kein Baum, kein Essen, keine Lieder. Ohne die Mutter will er nicht feiern. Aber so weit wollen sie ihr eigenes Weihnachtsfest nicht drangeben. Also beschließen sie, in Hamburg zu bleiben.

Er versteht nicht, was mit ihm los ist. Er kann sich zu den literarischen Streifzügen und Entdeckungstouren durch Hamburg nicht mehr aufraffen. Wenn er an die Fahrerei denkt, bis er erst in der

City ist, und dass er den ganzen Tag außer Haus sein wird, ist es ihm schon zu viel. Er fühlt sich überfordert. Er will allein nicht mehr unterwegs sein, aber zu zweit am Wochenende bleiben sie auch lieber zuhause. Er merkt, dass er den sicheren Rückzugsort der Wohnung braucht. Er kommt sich in der Stadt ausgesetzt vor. Sein Interesse an Hamburg hat merklich nachgelassen. Er versteht nicht, warum. Jetzt habe ich doch alles, was ich mir gewünscht habe, denkt er. Ich bin in Hamburg, habe veröffentlicht, kann schreiben, verdiene Geld – was will ich mehr? Wo bleibt die Erfüllung, das erfüllte Leben, das ich mir erhofft habe? Er ist mitten drin im Schriftstellerberuf, im Verlagsgetriebe, im Marktgeschehen. Er weiß jetzt, wie das Leben als Schriftsteller läuft. Warum bin ich dann so träge? Er kommt sich apathisch und faul vor, weiß aber, dass die Unlust andere Gründe hat. Sie hat etwas mit der Kraft zu tun, die ihm fehlt. *Du hast eine kleine Kraft*, muss er an den Vers aus der Offenbarung denken, *aber ich habe vor dir eine Tür geöffnet, die niemand schließen kann.* Das tröstet ihn. Seine Frau ist zunehmend von ihrer Arbeit beansprucht und braucht die zurückgezogenen Abende zu zweit, um sich zu erholen. Sie erlebt ja den Tag über genug von Hamburg, anders als er. Ist das jetzt die Verwirklichung meines Lebenstraums?, fragt er sich. Nein. Aber diesmal liegt es nicht an den Umständen, denkt er. Diesmal liegt es an mir.

»Gangsterfilme als Kapitalismuskritik,« sagt er zu
ihr am Samstagmorgen. »Das Illegale als Rebellion
gegen die Macht des Systems. Wäre das eine schrift-
stellerische Möglichkeit?«

Sie verzieht den Mund. »Ich bin noch nicht
wach«, sagt sie.

*Zwischen der Trauer um die Welt und der Lust am Le-
ben:* Dieses Büchlein hat ihn, seit er es gelesen hat,
nüchtern gemacht und kalt, gegründet auf einen
glühenden Zorn. Er legt sich aufs Sofa, als sie im
Bett ist, raucht und denkt nach. So geht es uns beiden, denkt er. Leben wollen, aber nicht leben können in dieser Welt. Früher hat er das hingenom-
men: Es ist eben so, wie es ist. Das ist das Leben,
man darf keine Ansprüche stellen. Dann hat er gelitten unter der Welt, die nicht seine Heimat war.
Jetzt weiß er: Die Welt muss nicht so sein. Das
Meiste ist menschengemacht. Eine andere Welt ist
möglich.

Es ist eine Gewalt, eine Zerstörung, eine Entfremdung in seinem Leben, der er früh zu widerste-
hen versucht hat. Er wollte sich nicht damit abfin-
den, dass alles eben so eingerichtet ist. Er hat mit
Gegenwehr geantwortet, mit Gegenwelten, mit Ge-
dankenflucht, mit Rückzug, mit Schuldgefühl,
Ohnmacht und Selbstmitleid. Heute will er das
nicht mehr. Er stellt sich die Frage: Die Gewalt des

Systems ist eine Wahrheit seiner Existenz – was will er mit ihr anfangen?

Die Unerfülltheit treibt zu der besessenen Suche nach kurzfristigem Profit. Das ist so ein Satz, der ihm zur Offenbarung wird. Der Kapitalismus versucht, an sich selbst satt zu werden, liest er weiter. Er verschlingt sich selbst und speit sich immer wieder selbst aus. Er ist entfremdetes Leben und zieht alle anderen in diese Entfremdung hinein. Seine Anhänger sind ebenso sehr Opfer wie Täter. Er ist eine Grundverfehlung der Existenz, denkt er. Wir sollten anders leben. Wir sind von Gott zu etwas anderem bestimmt. Unsere Existenz sollte eine erfüllte sein, erfüllt von Gott. Die sozialistische Kapitalismuskritik hat, genauso wie das Christentum, die Nichtigkeit der Menschenwelt durchschaut. Witzig, denkt er, dass ich das hier wiederfinde.

Ihre Hände. Wie ihre Linke sacht über seinen Bauch streicht, die feinen Härchen zupft, sich fest und trocken auflegt und die Haut wärmt, über die Wölbung kreist, den Oberschenkel hinauf und hinunter fährt und die Haare in den Strich legt wie einem Pferd. Selbstvergessen macht sie das. Selbstverständlich. Versichert sich seiner Gegenwart, am Abend, beim Fernsehen. Er liebt ihre Hände, ihre

Finger, die Form, die Feingliedrigkeit, wie sie sich anfühlen. Er liebt sie.

Mit dem Abend wird er verdrossen. Die Welt dreht sich wieder auf ihre Kehrseite, er spürt einen Überdruss an allem. Die Essgeräusche seiner Frau neben ihm auf dem Sofa gehen ihm auf die Nerven, das Fernsehen ödet ihn an, er schimpft über die Nachrichten, und der Roman, an dem er schreibt, ist wertlos.

»Ach, was soll's!«, sagt er resigniert.

»Wenn du abends verdrossen wirst, bist du hungrig oder müde«, sagt sie.

»Wie ein kleines Kind«, brummt er, legt sich aber hin. Auf dem neuen Sofa hat er viel Platz. Nach einer Weile kommt die Schwere und die Müdigkeit. Irgendwann dreht er sich zur Wand, sie deckt ihn zu, und er schläft tatsächlich ein. Rechtzeitig zum Länderspiel ist er wieder wach.

»Es ist eine inspirierende Stadt«, sagt er zu ihr beim Abendessen, »fraglos. Nur ist es einfach nicht unsere Stadt.«

»Und sie wird es auch nicht«, sagt sie traurig. »Ich habe Heimweh nach den Bergen, weißt du? Wie als Kind. Ich bin ja im Allgäu aufgewachsen, da waren die Berge immer in Sichtweite.«

»Und *ich* bin mit meiner Heimat noch nicht fertig. Ich habe mit ihr noch eine Rechnung offen, und mit meinem Vater. Die ganzen Jahre der Enge und Ausweglosigkeit.«

»Wie lange gibst du uns noch?«

Sie zuckt die Schultern. »Altwerden möchte ich hier jedenfalls nicht.«

»So Gott will und wir leben«, sagt er.

Arbeit, denkt er. *Im Schweiße deines Angesichtes.* Äcker mit Disteln und Dornen. Es ist ein Fluch, ganz gewiss, denkt er. Eine Arbeit müsste es sein, die nicht entfremdet, die befriedigt, erfüllt, Fähigkeiten und Begabungen entfaltet, ein gutes Körpergefühl gibt und Selbstsicherheit verleiht. Eine Erfahrung der bebaubaren Welt in friedlichem Horizont, denkt er, und nicht das Überleben im Konkurrenzkampf des Leistungsfähigsten – das wäre wahre Arbeit! Habe ich als Schriftsteller auch nicht.

Andere Leben. Vietnam: Feuerschein in der Nacht auf dem See, ein Käfig mit lodernden Holzscheiten an einer Stange. Das Feuer spiegelt sich im schwarzen Wasser und lockt Fische an. Der Einheimische sitzt im Boot und hält ein Bündel Leinen in der Hand wie ein Hundeführer, die Hunde haben Flügel, flattern und tauchen. Es sind Kormorane, den

Hals zugebunden, damit sie größere Fische nicht verschlucken können. Der Einheimische zieht die Vögel dann heraus und lässt sie den Fang auswürgen. Es gibt nicht mehr viele Kormoranfischer in Vietnam. Existenzen veralten, sterben aus, ernähren die Menschen nicht mehr. Schriftsteller, sagt er sich, wird es immer geben.

Er sitzt abends an seinem Schreibtisch. Es wird jetzt früh dunkel. Erst fahl, dann blau, dann schwarz mit Lichtern. Erst wenn es ganz dunkel geworden ist, fühlt er sich sicher. Er geht in die Küche und macht sich eine Tasse Tee. Dazu isst er einen Lebkuchen. Der Tee schmeckt nach Wein. Im Abendhimmel zieht ein Flugzeug vorbei, alles ist sichtbar: die Flügel, die Reihen der leuchtenden Fenster, blinkende Lichter. Er schaut ihm zu, bis es außer Sicht ist auf dem Weg zu seinem Fernziel.

Die Lesungsanfragen haben aufgehört. Ab und zu erreicht ihn aus der Heimat ein Gesuch im Rahmen des Gedenkens an die Euthanasieopfer in Süddeutschland, aber er lehnt ab. Er hat sich vom Verleger breitschlagen lassen, einen Fortsetzungskrimi zu schreiben, doch der kann an den Erfolg des Erstlings nicht anknüpfen, und sein zweites Buch, die *Road Novel* in Irland, floppt. Sein Erstling ist zwar mittlerweile ein Bestseller geworden – wenn man Julie Zehs Aussage trauen darf, dass heutzutage schon zehntausend verkaufte Exemplare ein Bestseller sind –, doch auch sein viertes Buch, wieder in der schwäbischen Heimat angesiedelt, erregt kaum Aufsehen und kommt über die erste Auflage nicht hinaus.

Eine Zeit lang arbeitet er mit einem amerikanischen Übersetzer zusammen, der den Erstling in den Staaten heraus bringen will, und einmal ist sogar von einer Verfilmung fürs Fernsehen die Rede.

Dann wird es stiller. Nach fünf Jahren sind seine Titel nur noch antiquarisch zu bekommen und geraten in Vergessenheit. Ratlos steht er vor den undurchschaubaren Gesetzen des Marktes und den geheimnisvollen Strömungen der Lesergunst. Eine schnelllebige Branche, erkennt er. Jetzt sollte er nachlegen, weiß er, seinen Namen im Gedächtnis der Menschen verankern. Er schreibt unverdrossen weiter, Roman um Roman, sein Ausstoß vervielfacht sich, aber er findet keinen Abnehmer mehr. Seinem Verleger schickt er immer wieder das neueste Werk, aber der lehnt ab, weil *Coming of Age*-Geschichten überholt seien, weil ihm ein Roman zu religiös, der Andere zu metafiktional ist und der Dritte nicht zu seinem Programm passt.

Er entschließt sich, einen Agenten zu nehmen, unterschreibt einen Repräsentanzvertrag und hofft, dass der Agent ihm die lästige Verlagssuche ab-

nimmt. Der Agent bekommt im Erfolgsfall fünfzehn Prozent von allen Verkaufsmargen des veröffentlichten Buches. Er schickt ihm seine bisher un-
veröffentlichten Manuskripte zu, aber der Agent
möchte, dass er einen Roman heraus pickt, den er
gerne veröffentlicht sehen wolle.

»Veröffentlicht sehen will ich alle«, sagt er am
Telefon. »*Sie* müssen doch beurteilen, welcher Roman aussichtsreich ist, nicht ich. Dazu habe ich Sie
ja!«

Eines Mittags im Oktober trifft er sich mit seinem
Agenten in dem Südstaatenlokal in Volksdorf. Das
Problem, das es zu lösen gilt, ist sein umfangreiches
Œuvre. Er schreibt zu viel.

»Ist das Ihr Ernst?« Er kann es nicht fassen.

»Ich kann«, sagt der Agent, ein junger, drahtiger
Kerl mit schmalen Augen und einer kantigen Brille, »nur einen Roman im Jahr vermitteln. Alles andere ist unseriös, und verschiedene Manuskripte
verschiedenen Verlagen gleichzeitig anzubieten, ist
verpönt.«

Er schüttelt den Kopf. Das hätte er am allerwe-
nigsten gedacht. Der Agent sieht in ihm ein viel ver-
sprechendes Talent, das aber nicht konsequent am
Verkauf orientiert ist, wie er durchblicken lässt. Er
meint das als Mangel. Er wünscht sich von ihm einen weiteren Krimi oder einen geradlinigen, soli-

den Roman. Keine Experimente, nichts Exotisches.

»Kommen Sie mir nicht mit Herzblut«, sagt er über den Burger und den Krautsalat hinweg, »das ist romantisch. Wir brauchen für Sie ein klares Profil mit raschem Wiedererkennungswert.«

Sie sitzen draußen, in der Spätsommersonne, umgeben von gilbem Herbstlaub. Er ist nervös, wütend, raucht eine Zigarette nach der Anderen. Er ist normalerweise harmoniebedürftig und will mit Leuten, mit denen er zusammenarbeitet, keine Auseinandersetzung. Aber es geht um seine Zukunft. Wie soll ich künftig in Ruhe schreiben, denkt er, wenn ich nicht die Sicherheit habe, dass der Agent hinter allen seinen Arbeiten steht? In Ruhe zuhause sitzen, schreiben, das Manuskript an den Agenten schicken – fertig! So hat er sich das vorgestellt, und deshalb nur hat er sich einen Agenten genommen.

»Die Strategie muss sein«, sagt der Agent, »einen Lektor zu finden, dem Ihre Sachen gefallen und der sie nach und nach heraus bringt. «

Das leuchtet ihm ein.

Zuhause macht er sich Gedanken und erstellt ein Profil, in das sich seine Werke künftig einordnen lassen. Er entwirft ein Image als Autor, das sich verkaufen ließe. An einem der seltenen Treffen mit seinem Freund in Schnelsen stellt er seine

Entwürfe vor. Sie sitzen in dessen Schreibzimmer, Bücherregale, ein alter Mahagonischreibtisch, Erbstück seines Vaters, ein Liegesofa, zwei Sessel, ein Teetisch. Der Freund bekommt allmählich einen Bauch und graue Haare. Zwei Kinder, jetzt schon aus der Schule. Im Schreibzimmer können sie rauchen, er seine Pfeife, der Freund selbst gedrehte Zigaretten. Dazu gibt es Tee, Schwarztee aus dem Himalaya, den sie beide vom selben Teeversand beziehen. Sie trinken aus Glastassen, der Tee steht goldrot in einer Glaskanne auf dem Stövchen. Es riecht von seinem Tabak nach Westminster und Literatenclub. Englische Mischung, mit ein wenig Würztabak aus der Türkei.

»Wohin willst du mit deinen Romanen?«, resümiert der Freund. »Was ist deine Zielgruppe?«

»Ich stelle mir das so vor: Einbruch des Numinosen. Lebenskrise und Aufbruch. Ausbrechen aus dem Alltag. Die Frage der Freiheit. Und immer als Fluchtpunkt Gott.«

»Klingt gut.«

»Und immer auch die Frage nach der eigenen Lebensgeschichte. Nach dem Zusammenhang zwischen *history* und *story*, zwischen Historie und Fabel, verstehst du?«

»Geschichte ist ja dein Zentralmotiv. Die eigene Lebensgeschichte. Wie damals im Studium.«

»Genau. Ich stelle mir vor: Auf einer Lesung mit Walrossbart und Sprüche-T-Shirt, meinen australischen Hut auf dem Kopf, eine afrikanische Halskette um den Hals – ich finde, das passt.«

»Mja«, meint der Freund skeptisch.

Es ist spätabends, als er aufbricht. Der Freund bringt ihn nach unten zur Haustür. Er ist mit dem Auto gefahren und hat jetzt eine lange Heimfahrt durch nächtliche Straßen vor sich.

Sie gehen noch einmal zum Hafen, obwohl es schon Herbst ist. Beide treibt sie ein Bedürfnis nach Abschluss, nach Perspektive. Er nimmt eine Beruhigungstablette gegen die Angst. Aus der Tiefe des S-Bahntunnels steigen sie empor. Wind weht in die Katakomben, der Kiosk, *Le Crobag*, dann treten sie ins Freie, hinaus auf die Brücke, und stehen im Anblick des Hafens. Es ist kalt, harter Glanz auf dem Wasser, Schiffe, Kräne in der Ferne. Das Trockendock von *Bloom&Voss*. Die Neubauruine der Elbphilharmonie. Die getakelte *Rickmer Rickmers*. Die *Cap San Diego*. Es ist mittlerweile vertraut, aber immer noch ein Fernwehbild. Sie überqueren die Straße, steigen die Treppen hinab zwischen Japanern, Bayern und jovialen Rheinländern. Sie lassen die Heringsbuden und Rundfahrtbüros links liegen und gehen über die Holzbrücken an die Kaje hinunter. Das Gefälle ist groß, es herrscht Niedrigwasser. Das Wasser schwappt an der Kante, schwarzgrün, die Wellen sehen aus wie flüssiger Granit.

Auf den Stahlpollern sitzen Möwen. Die safarigelben Fähren legen an und nehmen Leute in Abendgarderobe zum Musical mit auf die andere Seite. Aus dem Containerterminal Altenwerder wird millimeterweise ein Containerriese in die Fahrrinne manövriert. Die bulligen Schlepper rauschen vorbei wie Zugmaschinen ohne Zug. Lautsprecheransagen der Hafenrundfahrt. Am Schalter mit den Tickets für den Katamaran nach Helgoland erkundigen sie sich nach dem Preis. Er zieht die Kapuze über, weil ihn der Wind auskühlt. Fünf Jahre haben sie sich gegeben, wie der Freund empfohlen hat. Die sind schon längst vorbei.

»Ich hätte gern noch einmal Helgoland kennen gelernt«, sagt er. »Wenn wir schon einmal hier waren.«

» Es gibt in dieser Stadt schon viel, was man unternehmen könnte«, sagt sie. »Aber wir tun es nicht.«

Sie schweigen, jeder in seine Gedanken versunken. Nach einer Weile sagt sie:

»Wir reden im Konjunktiv.«

Er nickt. »Ja«, sagt er, »es ist vorbei. «

Es vergehen noch fast fünf Jahre, Jahre, von denen sie nicht wissen, wo sie geblieben sind. Sie gewöhnen sich an die Fremde, aber es bleibt Fremde. Manches wird vertraut und wächst ihnen ans Herz, aber meist überwiegt das Gefühl, hier nicht herzugehören. Sie werden nicht heimisch hier. Zehn Jahre haben sie sich gegeben, nun sind es zwölf geworden. Sie machen kaum noch Ausflüge nach Hamburg, der Hafen hat seinen Reiz verloren, sein Interesse an der Großstadt, am Tor zur Welt ist abgeklungen. Auch Ausflüge ins Umland unternehmen sie nur noch selten, es ist einfach nicht die Landschaft, in der sie sich geborgen fühlen. Der Norden, der früher Inbegriff des Aufbruchs und der Freiheit für ihn war, ist ihm fremd.

Er verlässt nur noch zum Einkaufen und für Arztbesuche das Haus. Er will nur noch seine Ruhe, sich im Bau verkriechen, kehrt der Welt den Rücken zu. Zu den Streifzügen von früher, mit seinem Moleskine auf der Suche nach Lebensgeschichten und Wirklichkeiten, hat er nicht mehr die Kraft und die Lust. *Kraft*, hat Max Frisch einmal gesagt, *ist die Ausdauer der Lust.* Das gilt auch umgekehrt: Ohne Kraft keine Lust. Achtzig Prozent seiner Kraft braucht er dafür, jeden Tag zu überstehen. Jeder Tag ist eine Gratwanderung, ein ständiges Auf und Ab. Oft suchen ihn depressive Verstimmungen, Angstattacken und Schwächeanfälle heim, einander widerstrebende Impulse lähmen ihn, er ist froh um die Stunden, in denen er unbeschwert schreiben kann.

Sein Therapeut erreicht eine zweifache Verlängerung der Therapie, dann ist sie zu Ende. Sie verabschieden sich herzlich. Er ist gerne hergekommen, die Gespräche haben gut getan, wenn er auch nicht weiß, ob sie ihn weitergebracht haben. Es besteht ja keine Aussicht auf Heilungsfortschritte. Es geht nur darum, Strategien und Methoden zur Alltagsbewältigung zu entwickeln.

Der Neurologe begrüßt ihren Entschluss zur Rückkehr und rät ihnen: »Betrachten Sie die Rückkehr in die Heimat nicht als Niederlage! Es hat einfach nicht gepasst für Sie!«

In der Gemeinde hat er den Glaubensgrundkurs abgehalten und zweimal gepredigt. Dann verläuft sein Engagement im Sande, aus der Jugendarbeit steigt er aus, und irgendwann gehen sie auch nicht mehr in den Hauskreis. Seine Frau verlässt den Chor, weil sie die Abende zur Erholung von der Arbeit braucht. Beide werden sie sehr häuslich, gehen abends kaum aus. Sie ist froh, dass sie keinen Mann hat, der Hans-Dampf-in-allen-Gassen spielen muss, und er ist dankbar dafür, dass sein Bedürfnis nach Rückzug und Ruhe ihrem entgegenkommt. Einmal besorgen sie sich Karten für ein Handke-Stück im *Thalia*-Theater, bleiben an dem betreffenden Abend aber zuhause, weil sie sich von vier Stunden Vorführung, von den vielen Leuten und dem ganzen festlichen Rahmen überfordert fühlen.

Mehr und mehr muss er einsehen, dass sich sein Traum einer Schriftstellerexistenz in Hamburg zerschlagen hat. Er hat ihn verwirklicht, aber er bietet ihm keine Erfüllung. Er weiß nicht, woran das liegt. Er weiß nur, dass er keine Lust und keine Kraft hat, die Großstadt zu erkunden. Nicht mehr. Er kann sich einfach zu keinen Unternehmungen mehr aufraffen. Umso stärker vermisst er das Vertraute und Liebgewonnene der Heimat, das ihm Sicherheit und Geborgenheit geben könnte. Diese Geborgenheit fehlt ihnen beiden. Um ihrer willen bewirbt seine Frau sich nach zwölf Jahren um eine Stelle in seiner Heimatstadt. Um Schriftsteller zu sein, muss er nicht in Hamburg wohnen. Sie beauftragen sie ein Umzugsunternehmen und packen noch vor Weihnachten ihre Sachen. Der Umzug kostet fünftausend Euro, sie müssen dafür einen Kredit aufnehmen.

Auf der Autobahn zündet er sich eine Zigarette an. Er sitzt auf dem Beifahrersitz, seine Frau fährt. Er hat das Seitenfenster einen Spalt offen, damit der Rauch abziehen kann. Die vertraute Strecke, die sie von Hamburg aus immer nach Süden gefahren sind. Der übliche Stau am Maschener Kreuz. Seltsames Gefühl, denkt er: alles zum letzten Mal. Alles fällt zurück in die Namenlosigkeit, die es vor ihrem Hiersein hatte. Der friedliche Vorort an der Peripherie, das Kaufhaus, das Schuhstübchen, der *Budnikowski*, das Teelädchen, das Rathaus mit der Bücherei – das alles kann dort bleiben, es geht sie nichts mehr an.

Es ist ein Abschied. Sie werden hier nicht mehr leben. Und als es dann Richtung Bremen geht und über dem fahlen Land die gelbe Sonne schon sinkt, kommen ihm die Tränen. Er begräbt seinen Traum, das wird ihm klar, seinen Traum von der großen weiten Welt, seinen Traum vom Schriftstellersein in Hamburg.

»Tränen dürfen sein«, sagt seine Frau. »Es ist wirklich ein Abschied.«

»Wir sind einfach nicht heimisch geworden«, sagt er, »und der literarische Durchbruch ist auch ausgeblieben. Obwohl der Anfang viel versprechend war und es ausgesehen hat, als ginge es gerade so weiter.«

»Es ist gut, dass wir heimkommen,« sagt sie.

Was war das nun?, fragt er sich und zündet sich eine neue Zigarette an. Exil? Verbannung? Abenteuer? Der Versuch von damals in Melbourne im Kleinformat? Hamburg wird den Traum bewahren, das weiß er. Den Traum vom weiten Horizont.

Vielleicht kann er etwas davon mitnehmen in die Heimat. Aber dort zu leben hat nicht genügt. Man kann im Geheimnis nicht leben, fällt ihm Alfred Andersch ein.

Er freut sich auf die Ankunft in der Heimatstadt.